MENS-MOI JUSQU'AU BOUT DU MONDE

Collection Hugo Poche dirigée par Franck Spengler

34-36, rue La Pérouse
75116 Paris
www.hugopublishing.fr

Ouvrage dirigé par Alice Serverin
Suivi et relecture : Luce Valli
Conception de la couverture : Ariane Galateau
Images de couverture : © Shutterstock

ISBN : 9782755694390
Dépôt légal : juillet 2022
Imprimé à Barcelone par CPI Blackprint

KRISTEN RIVERS

MENS-MOI JUSQU'AU BOUT DU MONDE

Hugo Poche

NEW ROMANCE®

À Nitty.

CHAPITRE 1

NITTA

– Nitta, vous venez manger avec nous ?

Je me force à lever les yeux de mon écran pour les braquer sur Sarah, mon assistante. Vu la lueur de lassitude polie qui brille dans ses iris bleus, j'en déduis qu'elle a dû me poser la question plusieurs fois avant que je daigne réagir. Je soupire. Voilà qui témoigne de son optimisme. En cinq ans qu'a duré notre collaboration, combien de fois ai-je accepté son offre ? Pas une seule. N'importe qui aurait pu comprendre que je ne suis pas sociable. N'importe qui, sauf Sarah. Elle est l'unique collègue suffisamment bornée pour continuer à m'inviter inlassablement à prendre mon repas avec elle.

– Pas le temps.

Pas l'envie, surtout.

– D'accord, fait-elle en enfilant son manteau. Je vous commande quelque chose ?

J'ébauche à peine un geste de la main pour lui signifier que je n'y tiens pas, les yeux à nouveau posés sur mon écran. J'ai promis que je bouclerais rapidement ce dossier, indispensable pour mener à bien un rendez-vous programmé dans quelques jours, et c'est exactement ce que je vais faire, dussé-je finir ma nuit sur mon fauteuil à roulettes avec mon clavier pour seul oreiller. Il m'est déjà arrivé de me réveiller avec la marque des touches sur le visage et ça ne m'a pas tuée. Me rendre à un rendez-vous important sans l'avoir correctement préparé ? Jamais !

J'ai trouvé ce poste quelque temps après mon arrivée aux États-Unis. J'ai commencé tout en bas de l'échelle, à préparer des cafés pour mes supérieurs et à accomplir tout un tas de tâches ingrates. À présent, je suis sur le point de recevoir une promotion pour devenir directrice des relations clients, ce qui me situera tout juste en dessous du grand directeur de cette société spécialisée dans la promotion et l'importation de produits de luxe venant tout droit d'Europe.

Je n'ai aucune ascendance française, britannique ou encore polonaise, ce qui a toujours joué en ma défaveur. La plupart de mes collègues ont des origines du Vieux Continent. Moi, je suis née en Asie. J'ai obtenu la fameuse carte verte grâce à mes notes irréprochables, et j'ai pu m'installer ici, à New York, il y a maintenant six ans. J'ai dû mettre les bouchées doubles pour prouver ma valeur, mais j'y suis arrivée. J'ai pris d'interminables cours de langue afin de pouvoir communiquer avec les clients les plus exigeants. Italien, espagnol, allemand et surtout français, puisque la France est le berceau du luxe. En dehors de mon chat, Mao, je ne vois personne. En même temps, il ne se plaint jamais et il est toujours prêt à donner et à recevoir des câlins, quelle que soit l'heure à laquelle je franchis le seuil de mon appartement. Mieux encore : il ne parle pas.

Alors que je suis en train de travailler, mon ordinateur émet un bip et un pop-up apparaît sur mon écran pour me rappeler de bien préparer la réunion avec un client, M. Dechavanne, un Français qui a fait fortune dans la parfumerie de luxe et souhaite faire appel à nous pour commercialiser son dernier chef-d'œuvre. Notre entreprise spécialisée dans la pub permet aux entreprises étrangères de se faire une place sur le marché américain. Selon mes sources, Dechavanne est un client exigeant, raison pour laquelle mon chef me l'a confié. C'est un contrat publicitaire à plusieurs dizaines de milliers de dollars. Si je réussis à le satisfaire, ça multipliera mes chances d'obtenir cette promotion tant convoitée. Cet entretien, je le prépare minutieusement depuis des semaines. En fermant le pop-up distraitement, je me répète qu'il n'y a aucune raison pour que ça se passe mal et me replonge dans mon dossier en cours pour une firme allemande.

Mon travail m'absorbe à un tel point que je sursaute en entendant des rires fuser dans l'open space. Mes collègues, hilares, sont de retour. Et moi, j'ai encore oublié de manger. Ça ne fait rien, ce n'est pas la première fois que ça m'arrive, et ça ne sera sûrement pas la dernière. Mon ventre gargouillera, mais avec l'agitation qui règne tout le temps dans mon espace de travail, personne ne l'entendra.

Sarah s'est postée à moins de trois pas de moi. Adossée au mur, elle me sourit.

Qu'est-ce qu'elle veut ?

– On a essayé le nouveau restaurant chinois à l'angle de la rue. C'était trop bon ! Vous auriez dû venir, je suis sûre que vous auriez aimé.

Bien sûr. Je suis asiatique, donc je suis censée a-do-rer tous les plats provenant de mon continent de naissance.

– Vraiment ? Pourquoi ?

– Il y avait des tableaux écrits en chinois accrochés aux murs, et même la représentation de la muraille de Chine en relief.

Je me mords les lèvres pour retenir une réplique amère. Je suis née en Thaïlande, pas en Chine. Et le fait que personne ne comprenne les spécificités des différents peuples asiatiques alors que je fais tout pour connaître les Occidentaux me tape sur le système. C'est vrai, est-ce que moi, je confonds la Hongrie et les États-Unis ? Est-ce qu'il me viendrait à l'esprit de payer un hamburger à un habitant de Madrid pour qu'il se sente « vraiment comme chez lui » ? Sachant qu'en plus, cela fait six ans que je fais tout pour me fondre dans la masse en oubliant mes origines.

– C'est gentil. Je viendrai un autre jour, peut-être.

Mon ton faux semble la vexer. J'aurais pu lui expliquer ce qui me gêne, mais je manque de temps, je dois retourner à mon dossier. Et puis le geste de cet imbécile de Donald, qui me fait un salut à la japonaise, finit de me décourager entièrement.

Je me retiens de soupirer et me repenche sur mon travail. Ce n'est pas comme si ce dossier allait se terminer tout seul.

Trois heures plus tard, je me rends compte qu'un « détail » m'empêche de poursuivre. Mon ordinateur rame comme une limace oubliée au soleil et je manque de place pour stocker les dernières données. Je me débarrasse du casque audio qui me sert à couvrir le bruit de la conversation de mes collègues et parcours l'open space en direction du bureau de James, l'informaticien. Je m'arrête devant sa table, sur laquelle est exposée une collection de mugs et de figurines issues de l'univers geek. Cette habitude qu'ont certains Occidentaux de rester de grands enfants m'étonnera toujours.

– James ? James, tu m'entends ?

Occupé à taper sur son clavier, il demeure hermétique au monde, et donc à moi. Telle la vilaine sorcière que je suis, je répète inlassablement son nom comme une incantation magique. Elle porte ses fruits au bout de la septième fois.

Miracle !

– Nitta !

Ses sourcils forment un arc parfait au-dessus de ses yeux. C'est fascinant.

– Tu sembles surpris de me trouver là.

– Je ne savais pas qu'il t'arrivait de décoller les fesses de ton fauteuil pour parler aux vrais gens. Tu deviens un être sociable ?

Je croise les bras sur ma poitrine et ne me donne pas la peine de relever sa plaisanterie.

– Il me faut de l'espace de stockage.

– Je ne peux pas t'en donner. Tu es déjà au maximum qu'on accorde à chaque employé.

Je lui coule un regard torve. Il devrait savoir que je bosse deux fois plus que les autres.

– Voyons, James. Tu sais bien que je porte cette entreprise sur mes épaules. Je ne peux pas me contenter du même stockage que Sarah, dont le plus grand effort de la journée est de jouer au solitaire entre deux recherches de restaurant pour la pause de midi. Il me faut de la place.

Il ne bouge pas d'un pouce. Peut-être attend-il le mot magique. Alors, le voilà :

– Maintenant !

J'ajoute un sourire, au cas où ça ne suffirait pas. L'informaticien hausse les épaules avec désinvolture, guère ému par mon attitude.

– Les règles sont les règles et je n'ai pas le budget pour augmenter l'espace pour tout le monde. S'il te faut plus de place, tu peux toujours supprimer les e-mails non essentiels ainsi que les spams et autres choses inutiles que nous avons tous tendance à garder.

Je visse mes poings sur mes hanches dans une position que j'espère menaçante et qui n'est d'aucun effet, James s'étant remis à taper tranquillement sur son clavier en feignant d'ignorer ma présence. Un peu comme je le fais avec Sarah.

OK, il veut la jouer comme ça ? Alors il ne va pas être déçu du voyage !

Sans plus de politesses, je retourne à ma place et attends sagement qu'il soit dix-sept heures, heure de départ de l'informaticien le plus pénible de la planète. En quittant le bureau, il m'adresse un geste de la main, peut-être pour s'assurer que je ne lui en veux pas de m'infliger le même traitement qu'aux autres. *S'il savait !*

À peine a-t-il filé que je ferme ma session et me précipite sur l'interface réservée à l'administrateur sans quitter ma chaise. Trouver le mot de passe de James est un jeu d'enfant. Cet abruti l'a tapé plusieurs fois devant moi sans se soucier de mon regard indiscret. C'est presque une invitation à la triche tellement c'est simple. Une fois sur l'espace de l'informaticien, il me faut un certain temps avant de trouver le moyen d'accéder au stockage et de m'en accorder un peu. Mes petites magouilles terminées, je retourne à mon poste de travail, plutôt fière de moi.

– Un e-mail d'un amoureux ?

Je détache péniblement les yeux de mon écran pour les poser sur le visage poupin de Sarah. Qu'est-ce qu'elle fiche là ? D'habitude, elle s'en va en même temps que James.

– Vous souriez. Enfin, vous avez souri pendant une ou deux secondes, mais vous connaissant, c'est déjà énorme.

– C'est la satisfaction du travail bien fait. Vous devriez essayer.

Ma remarque, qui ne se voulait pas blessante, semble la déstabiliser. Pourtant, j'ai seulement énoncé un fait. Si elle faisait mieux son boulot, elle saurait. Boudeuse, elle baisse la tête sur ses baskets usées. Je soupire.

– Mais votre pull est très joli.

Ma tentative de me racheter échoue et Sarah s'en va sans demander son reste. Si je blesse les gens, ce n'est pas volontaire. Pas systématiquement, en tout cas. J'ai toujours senti une sorte de décalage entre les autres et moi. Je ne sais pas comment agir avec eux. Enfant, j'étais déjà d'un naturel réservé. Peut-être parce que je ne me sentais pas à ma place et que je craignais d'être rejetée. Ce sentiment a empiré en grandissant et désormais, je prends les devants en dressant un mur entre les autres et moi. Et parfois, je fais du mal aux gens en essayant de maintenir cette distance, plus par maladresse que par volonté de nuire.

Lorsque je redresse enfin la nuque une fois mon dossier pour la firme allemande dûment bouclé, tout le monde a déjà quitté l'open space.

Je sors de mon bureau vers vingt-deux heures. L'ascenseur me ramène directement au parking sous-terrain et je fais démarrer ma voiture de location. Dehors, un duvet blanc tombe sur le pare-brise. Voilà qui va encore ralentir mon trajet vers la maison. Il fut un temps où la danse folle des flocons de neige m'aurait fait rêver. Mais on finit tous par grandir un jour, et c'est mieux comme ça.

Je réprime un frisson, tends le bras pour mettre le chauffage à fond et me glisse dans les embouteillages new-yorkais. Je suis de celles qui préfèrent être coincées dans l'habitacle réduit de leur bagnole plutôt que dans les transports en commun. Le parfum « aisselle sale et pieds puants » n'a jamais fait partie de mes senteurs préférées. Autour de nous, les passants circulent rapidement. Avec le vent et la neige, la température ressentie doit être atroce et je suis bien contente d'être à l'abri dans ma Hyundai.

En attendant que le feu passe au vert, je laisse mes yeux se promener sur les décorations d'Halloween, omniprésentes dans les rues de New York en cette fin du mois d'octobre. Soudain, je distingue une forme vaguement familière. Cette silhouette tassée sur elle-même, les bras autour du corps pour lutter contre le froid : c'est Sarah. Qu'est-ce qu'il lui a pris de se déplacer à pied, à cette gourde ? Elle n'a pas de carte de transport ? Pas de parapluie non plus ? Son manteau semble trempé, ainsi que ses cheveux, ce qui lui donne un air de folle dangereuse. J'éprouve un bref instant de panique lorsqu'elle reconnaît ma voiture et que son visage s'éclaire. Honnêtement, je n'ai pas envie de la prendre. Elle est trempée, elle va tout salir et, encore pire, je vais devoir lui faire la conversation, ce qui est au-dessus de mes forces. Mais j'hésite et je culpabilise. Alors qu'elle fait un pas dans ma direction, le feu vire au vert et m'autorise à filer comme une voleuse. Et pendant un laps de temps qui ne doit pas dépasser une seconde, j'éprouve quelque chose qui ressemble de près ou de loin à des remords. Mon instinct de survie prend vite le dessus et me pousse à appuyer sur l'accélérateur.

La laisser poser son cul dégoulinant sur le siège de ma voiture de location qui me coûte les yeux de la tête ? Et puis quoi encore ? L'altruisme n'a jamais sauvé personne. C'est même le contraire, et je suis bien placée pour le savoir.

Vingt minutes plus tard, j'arrive enfin chez moi. Je vis sous les combles d'une vieille bâtisse en briques typique de New York. Ce n'est pas le Ritz, ce n'est même pas le lieu de vie dont j'ai toujours rêvé, mais c'est fonctionnel et surtout, c'est à portée de ma bourse. Ne vit pas dans la Grosse Pomme qui le veut, encore moins quand on est une immigrée tout droit venue de la campagne thaïlandaise sans un seul dollar en poche. J'ai repéré ce studio perdu dans le Queens sitôt arrivée à New York et son loyer est la première chose que j'ai payée après avoir reçu mon premier salaire. Si le bail est en dessous du prix du marché, c'est pour une raison toute simple : les propriétaires, une famille estonienne aussi bruyante qu'envahissante, occupent l'ensemble de la maison, à l'exception des combles, dont je suis l'unique locataire. Ça me convient. De toute manière, je n'ai pas les moyens de jouer les difficiles.

La voiture garée en sécurité dans le garage – la nuit, ce coin de la ville craint un peu –, je prends mes affaires et me dépêche pour éviter de finir trempée sous la neige.

Une fois que je suis en sécurité dans la solitude rassurante de mon studio, Mao me saute dessus en poussant des miaulements désespérés.

– Tu as faim ? Bon, allez, je veux bien te donner un peu de mon repas.

Je me rends dans la cuisine où je coupe un morceau de poisson pour le donner à mon chat. Repu, Mao se pose sur ses pattes arrière et m'observe de cet air supérieur dont seuls les chats possèdent le secret. Je tends le bras pour caresser sa tête si douce.

C'est en Thaïlande qu'est né mon amour pour les animaux, passion que je partageais avec mon père. Je referme les plaies que ce souvenir rouvre dans mon cœur. Le passé doit rester derrière soi. Le ressasser ne le changera pas.

J'interromps mes caresses quand mon téléphone se met à sonner et je me précipite sur l'appareil, au cas où ce serait un coup de fil du boulot.

Oui, aussi tard, ce serait invraisemblable, mais on ne sait jamais.

– Allô ?

– Nitta ?

La voix pétillante que je reconnaîtrais entre mille me propulse à l'autre bout de la planète, d'autant plus qu'elle me parle en thaï. Je ressens d'abord un intense sentiment de bonheur en entendant ma cousine préférée. Ses finances étant limitées, elle ne m'appelle pas souvent. Et moi, je ne pense simplement jamais à le faire, trop occupée que je suis avec mon travail. Cependant, le plaisir est vite remplacé par de la peur. La dernière fois qu'elle m'a contactée, c'était pour m'annoncer le décès de ma tante, sa mère.

– Il est arrivé quelque chose ?

– Tu vas devoir rentrer en Thaïlande plus vite que prévu.

Mon sang ne fait qu'un tour.

– Ma mère, elle… elle se porte bien ?

– Oui, mais je t'assure qu'elle se portera nettement moins bien si tu n'avances pas la date de ton voyage.

Ma sœur jumelle, que l'on pourrait aussi surnommer « reine des garces », se marie dans un peu plus de deux mois, après quoi elle est censée s'installer en France. Il paraît qu'elle a dégoté un « *farang* », un de ces Occidentaux dont certaines filles – parmi lesquelles ma cruche de frangine – raffolent pour une raison qui allie cupidité et survie. Après six ans sans avoir mis les pieds dans mon pays natal, je vais devoir y retourner pour célébrer le mariage de la personne que je déteste le plus au monde, ce qui me réjouit autant qu'un nouveau grain de beauté sur le bout du nez.

– Qu'est-ce qui se passe, Boon-Bee ?

– Tu sais que ta sœur doit se marier bientôt…

– Comment l'oublier ?

Ma jumelle m'a contactée pour m'annoncer ses fiançailles, et elle ne s'est pas gênée pour se vanter. Pour les familles humbles comme la mienne, ce genre de mariage est une aubaine, parce que la fille qui épouse un *farang* peut envoyer de l'argent à ses proches pour les aider à survivre. Moi, je le fais déjà. Une partie non négligeable de mon salaire part en Thaïlande tous les mois, et ce depuis mon emménagement aux États-Unis. Mais pour ma mère, ce n'est jamais assez. Quand Kanitta a décidé de se marier avec un riche *farang*, elle est devenue automatiquement l'héroïne de la fratrie. Ça m'énerve à un point !

– Eh bien, ça risque de ne pas se produire si tu ne viens pas.

– Comment ça ? Ce n'est tout de même pas moi qui dois le célébrer, ce mariage !

J'adore ma cousine, mais elle commence à m'agacer avec ses phrases à moitié finies.

– Exact. Mais c'est toi qui dois jouer les fiancées.

Je tousse d'étonnement. J'espère avoir mal entendu.

– Je te demande pardon ? C'est elle qui se marie. Pas moi.

– Euh… techniquement, oui. Mais dans les faits, c'est différent.

Je fronce les sourcils, de plus en plus contrariée.

– Explique-moi les choses clairement. Pourquoi ma sœur ne pourrait-elle pas se marier ?

– Parce qu'elle s'est fait coffrer, et qu'elle en a pour un peu moins de trois mois de prison. Or, le *farang* doit se pointer en Thaïlande dans une dizaine de jours pour apprendre à la connaître. Tu sais, il peut se rétracter à tout moment si elle venait à ne pas lui plaire, alors imagine s'il apprenait qu'elle est derrière les barreaux…

– Ce n'est vraiment pas de bol ! déclaré-je sans pouvoir réprimer un sourire de pure satisfaction.

Finalement, le karma fait bien les choses ! Merci, petit Bouddha !

– C'est là que tu entres en jeu. Tu es sa jumelle, vous vous ressemblez comme deux gouttes d'eau. Surtout qu'il ne l'a vue que par webcam, alors l'illusion sera parfaite. En plus, vous avez le même surnom. On n'attend plus que toi, Nitta. Je…

Un rire nerveux surgi de nulle part couvre les paroles de Boon-Bee. Il me faut quelques instants pour comprendre que c'est le mien.

Je ne suis pas quelqu'un de serviable et ma cousine le sait. Je tiens plus du Grinch que du Bisounours. Alors, comment peut-elle croire que je serais prête à quitter mon poste et mon appartement new-yorkais pour voler au secours de la personne que je déteste le plus au monde ?

– Dis-moi, Boon-Bee, tu as bu trop de *sato*, l'alcool t'est monté à la tête et tu t'es plantée de numéro ? Ou tu t'es simplement mise à croire au Père Noël ?

– Rien de tout ça, Nitta. Mais je me suis dit que, peut-être, tu avais encore un cœur.

– Eh bien, il faut croire que tu t'es plantée, Boon. Il neigera en Thaïlande avant que je décide d'aider ma sœur gratuitement.

Là-dessus, je raccroche, avec dans la bouche un goût amer d'avoir mis fin trop rapidement à ce coup de fil que j'attendais depuis des lustres. L'espace de quelques secondes, j'hésite à la rappeler. J'ai encore été trop impulsive et je m'en veux pour ça, mais c'est plus fort que moi. Ma jumelle a été tellement odieuse avec moi par le passé que mes réactions sont viscérales dès qu'il s'agit d'elle. Kanitta m'énerve tellement ! Tant que je serai dans cet état, il est inutile que je recontacte ma cousine, mais je note un rappel dans mon agenda pour penser à lui passer un coup de fil dans quelques jours.

CHAPITRE 2

BEN

Je plonge la main dans le paquet de M&M's posé à côté de moi et la porte à ma bouche après avoir rapidement examiné la couleur de ma confiserie. Certains prétendent le contraire, mais je suis de ceux qui clament que la teinte de ces bonbons a son importance. Et je sais de quoi je parle. Je ne me nourris que de ces choses-là quand je suis en filature. Bonbons, barres chocolatées et chips. Ce qui ne m'empêche pas de jouir d'un corps qui fait tourner les têtes. Plutôt pratique pour trouver un plan cul sans avoir à chercher longtemps.

Comme si tu avais le temps pour ça…

Je reporte mon attention sur la rue, plutôt calme en cette heure avancée de la nuit. Il s'agit d'un quartier parisien aisé et résidentiel dont la plupart des habitants doivent être en train de dormir, de faire des rêves aussi chiants que leurs vies réelles.

Je réprime un bâillement et observe ma montre high-tech. Bientôt une heure et demie du matin. Juste à ce moment, un message de mon complice m'informe que ma proie est sur le point d'arriver. Je n'ai pas une minute à perdre, le devoir m'appelle. Cette nuit, peut-être, je m'endormirai avec le sentiment du travail accompli.

Je bondis hors de la voiture et attrape à la hâte mon appareil photo dernier cri. Machinalement, je relève le col de mon manteau comme le ferait un détective pour ne pas être reconnu, et m'élance dans la rue à pas rapides.

Je n'ai aucun mal à les repérer : ils sont les seuls promeneurs dans la rue à cette heure-ci. Je longe le mur, tête baissée, discret comme mes dernières années de pratique m'ont appris à l'être. De toute manière, ils ne font pas attention à moi. Enfin, surtout elle. La cougar est entièrement focalisée sur sa jeune conquête, ignorant qu'en réalité, c'est elle, la proie. À cet instant précis, elle se dit seulement qu'elle va pouvoir profiter du déplacement professionnel de son mari pour s'envoyer en l'air avec un mec de vingt piges.

Così fan tutte*, comme dirait l'autre.*

Personnellement, je me fiche de ses mœurs. Chacun ses choix, du moment que le consentement est éclairé. Mais c'est ce genre d'affaire qui me permet de payer mes factures, alors allons-y franco.

Le jeune me repère alors que je ne suis plus qu'à une dizaine de mètres d'eux. Comme convenu, il embrasse sa cible à pleine bouche. Ils s'arrêtent, comme si la passion les empêchait de marcher. Elle enroule ses doigts couverts de bagues en or dans les cheveux du type et l'attire un peu plus à elle. Je pointe mon appareil photo sur eux, pivote légèrement sur mes pieds pour avoir le bon angle et appuie sur le bouton qui me fera obtenir une vidéo de qualité et un excellent cliché.

Dans la boîte !

Après avoir pris plusieurs photos pour m'assurer d'avoir quelque chose à remettre à ma boss, j'adresse un signe à Jean. Mon complice relâche brusquement la proie, qui lui lance un regard étonné avant de se tourner vers moi. En découvrant mon appareil, ses yeux s'arrondissent comme des soucoupes. Sa posture tout entière traduit la panique qui est en train de la gagner.

– Vous… vous m'avez prise en photo !

– Exactement, Mathilde.

Son visage se couvre de rouge.

– Vous connaissez mon prénom ?

– Bien sûr, pour qui me prenez-vous ? Un amateur ? Je connais toujours mon dossier sur le bout des doigts.

Je crois qu'elle pige à cet instant précis ce que je suis.

– Un paparazzi ? Effacez le cliché tout de suite !

– Un journaliste, madame, la corrigé-je non sans lassitude. Et je ne réponds aux ordres de personne.

– Je vous en prie, effacez ça…

Sans tenir compte de sa réplique larmoyante, je plonge la main dans ma poche pour sortir l'enveloppe contenant trois cents euros et la tends à mon complice, qui l'accepte avec un sourire soulagé.

– Jean ? Jean, tu connais ce monsieur ?

La stupéfaction déforme les traits de la femme.

– Ouais. Au fait, merci pour le resto, c'était sympa.

Le jeune tourne les talons sans se soucier de sa « maîtresse », qui le regarde partir, le visage défait. Yeux larmoyants, lèvre tremblante : la panoplie de la femme infidèle prise en faute et terrifiée à l'idée que son époux adoré mais mou de la queue apprenne qu'elle le trompe. Autant de détails qui me laissent aussi froid que la glace. Je sors un paquet de mouchoirs de la poche de mon jean et le lui tends en guise de consolation.

– Ne faites pas cette tête, Mathilde. Demain, vous serez une star.

Probablement désespérée, elle fait un pas vers moi pour enrouler ses doigts autour de mon poignet. Son parfum musqué, que je devine onéreux, me file la nausée parce qu'il me rappelle quelqu'un d'autre. Je me dégage brusquement.

– Je vous en prie, ne faites pas ça, insiste-t-elle, pensant susciter ma pitié. Sinon…

Ma pitié ? Si j'en avais, je ne ferais pas ce métier.

– Sinon quoi ? Votre député de mari va être fâché, humilié. Soit il passera l'éponge en raison de ses propres conquêtes, soit il divorcera et dans ce cas, vous aurez droit à une enveloppe bien remplie. Alors, qu'est-ce qui vous dérange ?

– Et mes enfants ?

Vu son âge, ses gosses doivent avoir plus de trente piges. On est loin du morveux désemparé parce que papa et maman se séparent.

– Fallait y songer avant, ma petite dame, répliqué-je avec un sourire mauvais.

Là-dessus, je fais demi-tour et l'abandonne dans la rue, marchant suffisamment vite pour l'empêcher de me suivre.

Pas un remords, pas un regard en arrière, mais une profonde satisfaction personnelle quand je songe à mon ascension au sein de Scandal & Co, la boîte pour laquelle je travaille.

Après seulement trois petites heures de sommeil et pas moins de quatre tasses de café, me voilà assis à mon bureau devant mon écran, sur lequel je finis de taper l'article incendiaire qui accompagnera la vidéo et les photos de Mathilde Crin, la femme du député que j'ai coincée hier soir. Le dernier mot tapé sur mon clavier, je m'autorise enfin à lever la tête.

– Tu vas vraiment envoyer ça à Marie-Pat ?

Avec une lenteur exagérée, je me tourne pour planter mon regard dans celui de Marc, l'informaticien avec qui je partage mon bureau.

Quelle question !

Sans même lui répondre, je clique sur « envoyer ». Je sais que dans moins de cinq minutes, ma cheffe sera en train de lire l'article.

– C'est ce pour quoi on me paie.

– On pourrait aussi te payer pour ce que tu aimes. Du journalisme de qualité. De l'investigation, de la recherche… Pas pour ce genre de torchon.

Je plisse les yeux, agacé. Si Marc n'était que l'informaticien de Scandal & Co, je lui aurais fait ravaler ses mots illico. Je ne suis pas de ceux qui se laissent marcher sur les pieds. Mais le titre de « meilleur ami » confère aussi quelques privilèges, notamment celui de pouvoir toujours dire ce que l'on pense. Il le sait, et il n'hésite jamais à en abuser.

– C'est justement ce genre de torchon qui va me permettre d'obtenir ce que je convoite.

Mon ami hausse l'un de ses sourcils roux en attendant une explication. Mon téléphone qui se met à sonner me permet d'éviter d'avoir à répondre.

– C'est Marie-Pat. Elle m'attend dans son bureau.

Je ne peux réprimer l'immense sourire satisfait qui étire mes lèvres. C'est allé encore plus vite que je ne le pensais.

Autour de la table ovale en acajou de cette salle sans âme, je retrouve non seulement Marie-Pat, mais aussi les plus grosses pointures de Scandal & Co, dont Joachim, le trésorier, et Irma, la responsable éditoriale. J'ai eu une brève aventure avec celle-ci avant de me rendre compte que ce n'était pas l'idée du siècle. Elle m'a fait du rentre-dedans pendant deux ou trois semaines après que je l'avais plaquée et l'ambiance au bureau en a pâti. Je me suis juré de ne plus jamais mélanger plaisir et travail.

Tous m'accueillent avec le sourire bienveillant de ceux qui savent qu'ils vont se faire beaucoup d'argent.

– Nous voulions te féliciter pour ton dernier scoop. Sitôt la vidéo postée, elle a atteint un nombre de vues incroyable ! Nous sommes premiers sur YouTube, et ce n'est que le début ! s'extasie Irma. Et je suis certaine que l'article avec la femme du député sera encore plus viral.

Les deux autres collègues sont moins expansifs, mais leur satisfaction est visible à leur gestuelle. Je leur ai rapporté un paquet de fric. Les gens comme ça, c'est tout ce qui les intéresse, et ça me convient très bien.

– As-tu d'autres projets en cours ? s'enquiert-elle.

Je me cale sur ma chaise et l'observe quelques instants, conscient que je suis en train de miser gros. En clair, je joue mon avenir professionnel dans cette conversation qui a l'air détendue en apparence. Bras croisés sur le torse, j'affiche un sourire léger.

– À vrai dire, il y a bien un petit article sur lequel je travaille actuellement.

« Petit article » est un euphémisme. La vérité, c'est que ça fait plus de quatre mois que je bosse dessus. Je ne loupe pas le regard intéressé qu'échangent les deux femmes.

– On t'écoute.

– Si je vous racontais que je suis sur le point d'épouser une femme sur catalogue ?

À leurs yeux qui pétillent d'excitation, je sais d'avance que j'ai gagné.

– Dis-nous tout.

Patiemment, je leur narre comment je suis tombé sur une pub pour un site promettant à tout homme prêt à payer une certaine somme de pouvoir se marier avec une femme en Thaïlande. Jeune ou mûre, avec ou sans enfants, mince ou forte, il y en a pour tous les goûts et pour tous les portefeuilles. Fier comme un paon, je leur raconte comment je me suis fait passer pour un homme en quête du grand amour. Comment j'ai monté un faux dossier et passé mes soirées à discuter avec une parfaite inconnue qui, à l'autre bout du monde, espère épouser un étranger qui l'emmènera vivre en France. Je leur fais part de mon souhait de me rendre en Asie et d'épouser cette fille. Pas de panique : il n'y a rien de plus facile que d'obtenir un divorce en Thaïlande. Je ne cours aucun risque. Je leur promets un article croustillant, atypique, addictif. J'ai l'intention de détailler les techniques de séduction de ces femmes et les dessous de ce genre d'agence. Je ne me suis pas encore rendu en Thaïlande et je détiens déjà pas mal d'anecdotes corrosives qui feront le bonheur des lecteurs. Alors, une fois sur place, ce sera encore mieux.

– Quelle audace ! me félicite Irma. J'ai hâte de lire ton article.

– Cela fait des mois que je travaille dessus. Il ne manque qu'une chose pour pouvoir le finaliser.

– Laquelle ?

– Un voyage d'un peu plus de deux mois en Thaïlande pour rencontrer ma fiancée et compléter mon article.

À ces mots, le trésorier rougit puis verdit. Quel magnifique feu tricolore !

– Ça représente une somme astronomique.

Je m'attendais à sa remarque.

– J'en suis conscient, mais on n'a rien sans rien. Et il vaut mieux que l'argent parte dans un excellent article bien trash plutôt que dans des frais de bouche, pas vrai ?

Par cette allusion, je lui prouve que je suis au courant de certains de ses détournements. Il comprend le message et garde le silence. J'enfonce le clou.

– En allant sur place, je peux non seulement écrire un billet de qualité, mais aussi révéler mon lot de scandales. Dieu seul sait quel Européen richissime je trouverai là-bas, à se la couler douce en charmante compagnie.

J'en rajoute. D'après mes recherches, ThaïCupidoo est une entreprise sérieuse spécialisée dans le mariage sur catalogue et non dans la prostitution de bas étage, mais je sais que si je ne laisse pas planer la possibilité de publier quelques ragots, Scandal & Co ne voudra jamais couvrir mes frais.

Et pour des raisons personnelles, je veux à tout prix écrire cet article.

Un silence pesant suit mon intervention. Je ne laisse pas le stress m'envahir. Je suis sûr de ce que je vaux. Certain de ce que je peux obtenir.

– C'est ambitieux, commente Irma.

– C'est audacieux, renchérit Joachim.

– C'est un article pour Scandal & Co. Prépare ta valise, Benjamin. Tu pars pour Bangkok.

Gagné !

En rentrant chez moi après avoir dûment fêté cette victoire qui pourrait signer un nouveau tournant dans ma carrière, je me sers un dernier verre et vais m'asseoir devant l'ordinateur. En attendant qu'il démarre, je lève les yeux sur la seule touche de couleur qui détonne avec les murs blancs de mon appartement : un portrait. Il a été réalisé par les petites mains expertes de Carolina, la fille de Marc. Son dessin ne pouvait pas être plus loin de la réalité. Je me tiens devant une maison de plage entourée de palmiers. Mes cheveux châtains sont en pétard et surtout, je souris niaisement et je porte un tee-shirt orange orné d'une Poké Ball. Derrière moi, il y a un avion qui se crashe. Elle n'a que six ans, mais elle n'ignore rien de ma phobie de certains moyens de transport. Si je l'ai accroché, c'est uniquement pour lui faire plaisir. Je n'aime pas particulièrement les enfants, mais je sais ce que ça fait d'être déçu à cet âge.

Une fois le navigateur lancé, je me rends directement sur la boîte e-mail bidon que j'utilise pour ma future épouse thaïlandaise. L'objet du message que j'y découvre m'intrigue.

Complications.

Bien sûr. Si les plans se déroulaient sans accrocs, ça se saurait. Je me hâte de l'ouvrir.

Ben,

Je ne lui ai donné que mon diminutif, pas mon vrai nom. Je ne tiens pas à ce qu'elle me retrouve quand j'aurai pris la poudre d'escampette après avoir fini de rédiger mon article alors que je lui aurai fait miroiter un beau mariage.

Il est arrivé quelque chose d'horrible.
Je ne pourrai pas t'écrire pendant
quelques jours et ça me fend le cœur.
Ou peut-être quelques semaines.
Je ne t'envoie pas de photo
aujourd'hui, mes yeux sont si rouges
d'avoir pleuré que tu prendrais peur
et me quitterais pour une autre
et je ne pourrais pas le supporter.
Tu me manques tellement.

La missive, qui se termine par une suite longue comme le bras de smileys larmoyants, me laisse un goût amer et il me faut quelques instants pour me ressaisir.

En soi, le message n'a rien d'inquiétant. Cette gourde de Kanitta, Nitta pour les intimes, est une habituée des superlatifs et de la dramatisation. C'est la reine du suspense à deux balles. Mais mon métier m'a appris à lire entre les lignes. À déceler ce que personne ne perçoit. Et mon inconscient me souffle que cette affaire est plus grave qu'il n'y paraît. Il est réellement arrivé quelque chose à ma fausse future épouse, et il ne faudrait pas que cela compromette mes plans.

Je prends sur moi pour ne pas me laisser porter par l'angoisse et la contrariété et commence à taper ma réponse.

Nitta,
Ça fait des mois que je supporte
tes messages débiles et tes smileys
à la con, tu ne vas pas me laisser
tomber si près du but alors que
j'ai accompli tant d'efforts !

J'efface cette phrase. Hors de question que je lui envoie ça.

Je m'inquiète pour toi.
Que s'est-il passé ?
Comment puis-je t'aider ?
Quelle que soit ta situation,
je ferai tout ce qui est en mon pouvoir
pour te sortir de là.

Parce qu'il y va de ma carrière, bordel de merde !

Tu me manques aussi.
Tiens-moi au courant,
s'il te plaît.
Ben.

Je clique sur « envoyer » et reste devant l'écran, les yeux ouverts en grand à guetter une réponse qui tarde à venir.

En même temps, elle vient de te prévenir qu'elle ne pourra pas t'écrire, espèce de plouc !

À cet instant, deux options s'offrent à moi. Remettre mon projet à plus tard – les billets que la secrétaire a achetés cet après-midi sont remboursables et de toute façon, ce n'est pas moi qui les ai payés – ou poursuivre comme si de rien n'était en comptant sur ma bonne étoile.

Pour moi, le choix est vite fait.

CHAPITRE 3

NITTA

Me rendre en Thaïlande pour aider ma frangine. Et puis quoi encore ? La plupart des gens m'indifèrent, mais s'il y a bien une personne que je déteste sur cette planète, c'est Kanitta, ma sœur. Extérieurement, nous nous ressemblons comme deux gouttes d'eau, mais intérieurement, nous ne pourrions pas être plus différentes. Alors que je me suis toujours battue pour sortir de la pauvreté, n'hésitant jamais à redoubler d'efforts pour mener ma barque, Kanitta s'est contentée de se laisser porter par les autres, voire de les manipuler. Ma feignante de sœur soutire de l'argent à qui elle le peut en usant de ses charmes. Elle est de tous les mauvais plans, de toutes les combines foireuses. Même à moi, cette escamoteuse m'a pris ce qui me tenait le plus à cœur sans le moindre remords, sans la moindre hésitation. En magouillant pour s'approprier le seul bien que mon père voulait me léguer, un bien d'une valeur affective inestimable, elle s'est attiré ma haine la plus profonde. À jamais.

Aujourd'hui, le destin a décidé de la punir pour ses mauvaises actions passées. Et l'on veut encore que j'aille défaire ce que son karma a si bien fait ? Hors de question !

Voilà les pensées qui m'ont tenue éveillée une bonne partie de la nuit. Arrivée au travail, je me rends directement à la machine à café. Dans d'autres circonstances, j'aurais demandé à Sarah de m'en préparer un, mais elle n'arrive jamais avant huit heures du matin. Armée de mon triple expresso servi dans un mug ébréché représentant un bébé singe, je m'installe à mon bureau. Cette tasse, souvenir d'un autre temps, doit être le seul objet qui me tient à cœur. C'est le premier objet que je me suis acheté en arrivant à New York, et ce capucin est un clin d'œil à mon pays, à mon enfance. Alors que je viens d'allumer l'ordinateur, mon téléphone bipe pour m'indiquer l'arrivée d'un message WhatsApp de ma cousine.

Je fais toujours le meilleur pad thaï
de Keaa Ling.

Son insistance me fait pousser un soupir exaspéré en même temps qu'elle m'arrache un sourire.

Et je serai ravie de le goûter.
Dans deux mois.

Sa dernière missive est la photo d'un chaton siamois. Dans ma famille, personne n'ignore ma passion pour les animaux. Malheureusement pour Boon-Bee, je les préfère aux humains, si bien que sa requête me laisse froide.

Il est chou,
mais c'est toujours non, Boon.

Je me détache de mon smartphone pour porter mon mug à mes lèvres, le regard perdu sur les hauts buildings qui m'entourent, l'esprit vide de toute pensée. Avant de me mettre au travail, je savoure pleinement ce moment de calme et de solitude qui précède la bruyante arrivée de mes collègues.

Mon ordinateur enfin allumé, je pose ma tasse vide sur le bureau.

Au revoir la Nitta zen, la Nitta working girl est de retour !

Je suis en train de parcourir mes e-mails quand un bip attire mon attention. Parallèlement, une nouvelle fenêtre s'ouvre sur mon écran. Il s'agit d'un pop-up servant à rappeler un événement marquant. Je clique dessus un peu distraitement.

21/10/2020 :
Déjeuner avec M. Dechavanne,
bureau 115.

Mon cœur fait un bond de trois mètres de haut. Il doit y avoir une erreur. Ce rendez-vous était pour la semaine prochaine ! Je ne peux pas m'être trompée, puisqu'il concerne *le* contrat de l'année ! Celui qui doit se dérouler sans le moindre accroc.

Détends-toi, Nitta. Inutile de paniquer alors qu'il s'agit sans doute d'une méprise.

D'un geste brusque, je m'empare de mon agenda papier afin de vérifier la date. Elle correspond à celle qui figure sur le pop-up. Non, non, non, non ! Je ne peux pas avoir fait la même boulette deux fois !

Ni une ni deux, j'attrape mon téléphone et j'appelle Sarah. J'ai le loisir de compter jusqu'à sept sonneries avant que son répondeur se déclenche et que les quelques mots préenregistrés sur un ton trop joyeux me donnent la migraine. Je raccroche et réessaie aussitôt. Je reproduis l'opération un nombre incalculable de fois avant de finir par lui laisser un message.

– Sarah, il est huit heures vingt, ce qui signifie que tu devrais être ici depuis vingt bonnes minutes. Et tu n'es pas là. Alors, à moins que tu sois à l'article de la mort, tu as intérêt à te grouiller et à te pointer dans moins de soixante secondes pour me fournir une explication valable et expliquer ton absence. Je crois qu'on s'est plantées sur la date du rendez-vous avec M. Dechavanne. Bref, débrouille-toi comme tu veux, mais sois là tout de suite, OK ?

Je raccroche sans plus de fioritures. Mes collègues sont déjà arrivés, mais toujours pas de Sarah en vue. Je croise le regard de James qui s'installe à son poste de travail et me fait un signe de la main. C'est à peine si je lui réponds, obnubilée par « l'affaire Dechavanne ». Le dossier Dechavanne est introuvable. Pourtant, tout est toujours parfaitement classé dans mon ordinateur. Au bout de trente minutes, je suis au bord des larmes. Je ne peux pas avoir fait tout ce travail pour rien, la promotion ne peut pas me passer sous le nez. Pour la énième fois, je rappelle ma collègue.

– Sarah, t'es où ? tonné-je dans le répondeur. T'as intérêt à débarquer avec une armure, parce que je vais te démolir avec ma clé USB, crois-moi. Ou avec un stylo. N'importe quel outil fera l'affaire !

Un mouvement devant moi me fait relever les yeux. Une hanche appuyée contre mon bureau, bras croisés sur le torse, James m'observe avec un sourire amusé et une lueur étrange dans le regard.

– Qu'est-ce que tu fiches là, toi ?

– Sarah ne viendra pas. Elle m'a envoyé un message pour me prévenir qu'elle était malade comme un chien.

– Et pourquoi elle te prévient toi et pas moi ?

– Sans doute parce que je ne suis pas responsable de son état grippal, alors que toi…

– Quoi, moi ?

Ça y est, ça me revient. Sarah frigorifiée sous la neige. Elle a dû tout lui raconter, cette pipelette. Je me prends la tête entre les mains en maudissant mon karma.

– Non, non, non, non, non.

Je respire profondément pour essayer de me détendre. Stresser ne fera qu'aggraver mon cas. Je me souviens que j'ai besoin de James, alors je pose mon téléphone et essaie de lui sourire. J'ai tellement peu l'habitude d'user mes zygomatiques que j'ai mal à la mâchoire.

Comment ils font, les gens joyeux ?

– James, tu détiens les mots de passe de tout le monde, pas vrai ?

– Ouais.

– Dans ce cas, il faut que tu ouvres la session de Sarah pour que je puisse récupérer le dossier de M. Dechavanne.

Il ne bouge pas d'un pouce.

– C'est urgent.

Je me suis efforcée de parler sur un ton posé, mais il ne réagit pas. Est-ce qu'il est sourd ?

– Tu ne le trouves pas dans ton propre espace de travail, Nitta ?

Je me mords les lèvres. Ça me coûte un rein d'admettre que j'ai pu commettre une erreur.

– Je... Je crois que je l'ai perdu.

Son sourire s'élargit. Ses yeux pétillent un peu plus fort.

– Non, tu ne l'as pas perdu.

C'est là que tout homme serviable devrait se pencher sur mon écran pour m'aider à mettre la main dessus.

Spoiler alert : James n'est pas cet homme.

– Tu sais où il est ?

– Oui. Avec l'espace de stockage que tu m'as volé hier soir.

Je m'étrangle avec ma propre langue. Consciente que j'ai tendance à perdre patience un brin trop vite lorsqu'il s'agit d'imprévus, je me force à compter jusqu'à trois pour ne pas massacrer l'informaticien.

Un... deux... Et puis merde !

Je me lève prestement et l'attrape par le col de son tee-shirt.

– Peu importe ce que j'ai fait. Retrouve-le. Cet ensemble de documents pèse plusieurs dizaines de milliers de dollars.

Nos collègues se sont agglutinés autour de nous. Il y en a même un qui se sert de son téléphone pour me prendre en photo ou me filmer.

Pose ça tout de suite ou je te le fais bouffer.

Le type doit lire la menace dans mon regard puisqu'il range l'appareil dans sa poche. Je reporte mon attention sur James.

– Toi, le geek de pacotille, fais apparaître mon dossier tout de suite ou je te jure que je…

La porte s'ouvre sur Santangelo, notre chef. Je relâche ma victime, ni vu ni connu.

– Tout va bien, James ?

– Oui, répliqué-je à la place de l'informaticien. Je l'aidais à essuyer une miette de doughnut sur son tee-shirt. Ce vêtement est si beau que ça me fait mal au cœur de le voir sale.

Santangelo nous observe longuement. Je ne sais pas s'il me croit ou s'il en a simplement marre de moi.

– Vous venez, James ?

Non. Non, non, non, non ! Il doit rester avec moi et récupérer mon dossier.

L'intéressé me nargue d'un clin d'œil amusé. Si je le pouvais, je lui ferais ravaler toutes ses dents. Je lui crèverais les yeux. Il y a tant de choses douloureuses à faire avec une tête…

– Je t'aurais bien aidée, prétend-il, mais j'ai rendez-vous avec le boss pour lui expliquer où est passé l'espace de stockage que je lui réservais. Le karma, tout ça…

Il tourne les talons et s'en va sans demander son reste, m'abandonnant dans le désespoir le plus profond. Mes autres collègues rejoignent leurs postes de travail comme s'ils craignaient pour leur vie. Ils ont raison. J'ai tendance à mordre quand je suis de mauvais poil.

Je me retrouve seule face à un ordinateur pratiquement inutilisable. Je suis fichue. *Ma vie* est fichue.

Soyons pragmatiques. Cet entretien, je le prépare depuis des semaines. J'ai commis une erreur, une seule. Je me suis trompée sur la date, et ça a suffi à tout faire capoter. Chacune des données sur la société de M. Dechavanne est encore stockée dans ma tête. C'est juste que je suis incapable de fonctionner sans un plan précis, jamais je n'arriverai à improviser mon discours.

Et puis, il y a tous les à-côtés. J'ai pris le temps de me renseigner sur les goûts de notre client, c'est pourquoi j'avais commandé quatre menus chez le meilleur traiteur français de New York pour… pour la semaine prochaine. Traiteur chez qui il est impossible de commander le jour même. Mais plutôt mourir que de m'avouer vaincue. Je contacte le livreur qui s'occupe habituellement de fournir la boîte où je travaille et lui ordonne de se débrouiller pour me livrer quatre repas français pour midi, sans quoi je le ferai virer sans ménagement. En vrai, je ne détiens pas ce pouvoir, mais ça, il n'a pas besoin de le savoir. Cette histoire de repas plus ou moins réglée, je me saisis d'une feuille blanche sur laquelle je commence à gribouiller un plan. Dès que j'aurai fini, je prendrai quelques minutes pour me rendre à la parfumerie la plus proche et acquérir le parfum préféré de M. Dechavanne. Je vaporiserai deux gouttes de cette senteur derrière mes oreilles. Il paraît que cet homme est doté d'un odorat très sensible. Je comptais l'acheter pendant le week-end, mais ça ne va pas être possible. À la guerre comme à la guerre !

Trois heures plus tard, lorsque la secrétaire vient me chercher pour m'annoncer l'arrivée imminente de M. Dechavanne, ma feuille n'est plus blanche. Mais les gribouillis qui la recouvrent sont tellement illisibles que j'ai juste envie de la rouler en boule pour la jeter à la figure du premier venu. Et bien sûr, il est trop tard pour aller à la parfumerie.

Je me lève en tâchant de garder la tête haute lorsque je me rends compte que tous les regards sont braqués sur moi, comme si chacun espérait me voir flancher. Ils ont intérêt à attendre assis sur une chaise confortable, parce que ce n'est pas près d'arriver.

J'ai juste le temps de faire un tour aux toilettes pour me refaire une beauté. Quand je suis nerveuse, j'ai tendance à fourrager dans mes cheveux, si bien que ma coupe ne ressemble plus à rien. Je me recoiffe, puis je savonne ma tempe gauche sur laquelle j'ai laissé des traces de stylo. Sans quitter mon reflet des yeux, je fais un pas en arrière pour prendre une feuille d'essuie-tout. Je rencontre comme une résistance sous mon pied et soudain, une sensation d'humidité remonte de ma cheville jusqu'à mon genou avant qu'une odeur aussi désagréable qu'artificielle ne se répande partout dans la pièce. En m'écartant, je constate que je viens de marcher sur le désodorisant des toilettes, qui s'est décroché du mur.

Je pue. Je pue une senteur indéfinissable et persistante qui n'a rien en commun avec les fleurs roses dessinées sur le flacon de cette chose. Et qu'est-ce que je vais faire dans quelques instants ? Rencontrer le nez le plus fin d'Europe ! J'hésite entre m'enfuir par la fenêtre et simuler un malaise. Mais nous sommes au quarante-deuxième étage et j'ai toujours été nulle pour faire semblant.

Des coups portés contre le battant m'empêchent de réfléchir plus loin. Dora, la secrétaire, est venue me chercher.

– Il est arrivé.

Du pas du condamné, je me rends dans la salle de réunion. M. Dechavanne est en pleine discussion avec Santangelo et Donald, mon concurrent direct dans cette boîte. Lui et ses dents longues sont toujours là à essayer de me voler mes dossiers.

– Ah, la voilà ! s'exclame Santangelo dans un français au fort accent américain.

Je me force à sourire et m'approche de Dechavanne pour lui tendre une main tremblante.

Aussitôt, je le vois froncer le nez.

– Quelle est cette odeur ?

Je panique, alors mes lèvres bougent toutes seules.

– Toilette.

Merde, Nitta ! Reprends-toi !

– Eau de toilette. D'un collaborateur français. Je ne peux pas vous donner son nom parce que son parfum n'est pas encore sorti. Top secret !

Bien que je maîtrise sa langue, j'accentue mon accent étranger pour rendre ma bourde plus crédible. L'homme m'observe en plissant les yeux. Je ne sais pas s'il m'a crue.

– Bien, si l'on passait aux choses essentielles ? suggère Santangelo.

Je me contente de hocher la tête. Ma gorge est aussi coincée qu'une nonne dans une rave party. Je reste debout devant le bureau ovale alors que chacun s'assied. Puis je commence mon discours, qui n'a ni queue ni tête. Je bafouille, inverse les chiffres que j'ai appris par cœur, confonds les données de son entreprise avec celles d'un concurrent. Et je transpire comme je n'ai jamais transpiré, avec de grosses gouttes de sueur qui coulent le long de mes tempes et me donnent l'air de sortir tout droit d'un sauna.

– Voulez-vous qu'on baisse le chauffage ? tente Donald avec un sourire mauvais.

La seule chose qui va baisser ici, c'est ton salaire quand j'aurai obtenu ma promotion !

Je fais signe que non et poursuis mon charabia sans trop savoir où j'en suis. Enfin, la porte s'ouvre sur Jeff, le livreur.

– Voilà vos repas français ! clame-t-il.

La diversion est plus que bienvenue...

Honnêtement, les plats en question tenaient davantage du repas de cantine que du restaurant français. Ça a été une véritable catastrophe. Pour Dechavanne, c'est la goutte d'eau qui fait déborder le vase.

– Je suis la fine fleur du luxe français. Et vous, vous m'envoyez une femme qui ne connaît pas son dossier, qui pue les chiottes et qui confond haute gastronomie et bouffe carcérale. Vous vous fichez de moi ?

– Je suis désolé, monsieur Dechavanne. Je me suis trompé en lui confiant cette tâche.

– Ça, c'est certain. Vous m'avez fait perdre mon temps. Je refuse de travailler avec elle.

Donald fait un pas vers notre client.

– Et moi, je serai ravi de prendre le relais. Je connais votre dossier par cœur et je vais vous le prouver.

Non, mais il se fout de ma gueule ? La seule chose que ce type connaisse par cœur, c'est son mot de passe sur YouPorn.

Je le vois sortir mon fichier d'un trieur. *Mon fichier !* Je reconnais ma typographie particulière et les icônes que j'avais disposées pour mieux me repérer. Mon sang ne fait qu'un tour. D'un coup de pied, j'écarte la chaise qui me bloque le passage et me précipite vers Donald en vociférant comme un cochon qu'on égorge.

– C'est *mon* dossier !

Lorsque je grimpe sur la table, j'ai l'impression que la scène se passe au ralenti. Sa bouche s'ouvre en grand. Je saisis l'extrémité de sa cravate et la lui fourre dans la gueule.

– Tiens, étouffe-toi avec. T'as de la chance, le goût du tissu est meilleur que celui de ta langue, et je sais de quoi je parle puisque t'as essayé de m'embrasser à la fête de Noël l'an dernier !

Le visage soudain rougeaud, il me répond par un borborygme. Je place mes mains autour de son cou et serre un peu, des fois que ça le décoince.

– Nitta ! hurle mon supérieur.

Je me tourne vers Santangelo qui m'observe d'un air médusé.

– Quoi ? Il m'a volé mon dossier et je vais serrer jusqu'à ce qu'il me le rende. Ne vous en faites pas, il ne risque rien. L'asphyxie ne se produit que quand le sang cesse d'affluer dans le cerveau, et il en est dépourvu.

– Nitta…

La porte s'ouvre sur James.

Qui l'a sonné, lui ?

L'informaticien s'avance tout doucement vers moi, les bras en croix, un peu comme quand je veux attraper mon chat après qu'il a fait une bêtise.

– Tu as dépassé les bornes, Nittaya.

– Moi ? Je les ai dépassées ? Et lui, alors ?

Plus tard dans l'après-midi, alors que je suis de retour à mon bureau, je sais déjà ce que Santangelo vient me dire lorsqu'il me rend visite.

– Vous êtes virée. Vous avez trente minutes pour rassembler vos affaires.

Dans l'open space, pas une personne ne prend ma défense. On ne peut pas dire que je ne l'ai pas mérité. Non seulement la promotion que je convoitais tant vient de me passer sous le nez, mais en plus j'ai perdu mon travail. Je reste prostrée quelques instants, le temps de prendre la mesure de ce qui m'arrive, jusqu'à ce que James me fasse sursauter en déposant une boîte en carton vide sur mon bureau, un sourire compatissant aux lèvres.

– Je suis désolé. Je ne pensais pas que tu te ferais renvoyer.

Je le crois. La sincérité qui perce dans sa voix lui épargne la réplique cinglante que j'ai sur le bout de la langue. Je me lève en silence, empile mes affaires dans la boîte prévue à cet effet et quitte les lieux sans un regard en arrière ni un mot pour mes collègues. Je ne leur manquerai pas, et la réciproque est vraie aussi.

Mon téléphone bipe quand je suis dans la voiture. C'est un message de Boon-Bee, qui m'envoie une photo d'une plage de Keaa Ling, probablement pour m'attendrir. Et ça marche, du moins pendant quelques secondes. D'un index distrait, je caresse l'eau turquoise dans laquelle j'aimais tant nager. Vu que j'ai perdu mon boulot, ce serait tentant de céder à la proposition de ma cousine et de rentrer en Thaïlande pour passer deux mois de vacances. Tentant, mais aussi parfaitement imprudent. Je vis aux États-Unis, pays où la loi autorise les employeurs à virer leurs salariés du jour au lendemain, avec des indemnités qui leur permettent tout juste d'acheter un paquet de cacahuètes. J'exagère à peine. Par chance, trouver un emploi est tout aussi facile que de le perdre. Et c'est exactement ce que je vais faire dès que j'aurai franchi le seuil de mon appartement.

Je m'installerai devant mon ordinateur et enverrai des CV à toutes les entreprises qui recrutent.

Arrivée chez moi, je tombe sur Narya, la propriétaire. Elle jette un regard étonné au carton que je trimballe.

– J'ai perdu mon travail, annoncé-je de but en blanc.

Je me dis aussitôt que je n'aurais pas dû balancer ça comme ça. Elle va avoir peur que je ne m'acquitte plus de mon loyer, même si je n'ai jamais été en retard sur aucun paiement.

– C'est vraiment une mauvaise journée pour vous.

J'arque un sourcil étonné.

– Une mauvaise journée ? Parce qu'il y a autre chose que ce licenciement à ajouter sur ma liste ?

Je n'aime pas l'expression contrite de son visage pâle.

– Ma famille débarque d'Estonie.

Et ? Ils sont bruyants ? Ils ne se lavent pas ? Ils font cuire des tripes tous les jours ?

– C'est plutôt une bonne nouvelle pour vous, non ?

– Oh oui, je suis tellement ravie !

– Je comprends.

Je suis expatriée, moi aussi, et même si je suis moins sociable que la moyenne, je peux concevoir que l'on soit heureux de voir ses proches.

Narya partage avec moi la liste des sites qu'elle compte leur faire visiter et moi, je suis obligée de l'écouter parce qu'elle me barre le passage. Je finis par l'interrompre au bout de deux minutes parce que je suis pressée d'envoyer mes CV.

– Bon, je vais monter, histoire de trouver un travail qui me permettra de régler le loyer en temps et en heure, tenté-je afin de la motiver à se décaler.

Là-dessus, son visage se plisse dans une grimace qui lui donne des airs de pruneau oublié au fond d'un caisson.

– Justement, il y a un couac.

– Je n'aime pas les couacs.

– Ma famille arrive à New York dans une dizaine de jours.

Seigneur, faites qu'elle arrête de tourner en rond.

– Et ?

– Et elle va loger sous les combles.

L'information est tellement abracadabrante qu'elle a besoin de quelques instants avant de trouver la voie vers mon cerveau.

– Quels combles ? *Mes* combles ?

Je balance ma boîte sur une épaule pour libérer une main avec laquelle je me pointe du doigt pour qu'elle comprenne mieux. Elle acquiesce.

– Ils restent combien de temps ?

– Trois, peut-être un peu moins.

– Jours ?

– Mois.

Je ferme les yeux quelques instants, abattue.

– Je n'ai pas d'autre endroit où les accueillir, vous savez bien que ma maison n'est pas immense.

Peut-être pouvez-vous loger ailleurs, pendant ce temps. Chez un ami, par exemple. Ou dans un hôtel.

– Je vais voir ce que je peux faire. Bonne soirée.

La nuit est déjà bien avancée quand j'éteins mon ordinateur. Je n'ai pas trouvé une seule offre d'emploi convenable. Il ne me reste qu'à postuler dans un fast-food. Quand je pense à tout ce que j'ai sacrifié pour ma carrière, ça me met les nerfs en pelote !

Une fois dans mon lit, Mao à mes pieds, je peine à trouver le sommeil.

Je m'empare de mon téléphone posé sur la table de nuit, en quête d'une vidéo rigolote qui pourrait m'aider à me détendre. Pourquoi pas des *lolcats* ? Ça marche à tous les coups. Du pouce, j'écarte sans l'ouvrir le dernier message de ma cousine et me rends sur YouTube.

Mais tous les chatons du monde ne suffisent pas à apaiser mon esprit. J'ai perdu mon boulot. Et je n'ai plus de logement pendant trois mois. Après un long moment à évaluer les possibilités qui s'offrent à moi, je n'en trouve qu'une seule qui me convienne. La Thaïlande, mais pas à n'importe quel prix, et pas n'importe comment.

Il n'est pas question que j'aide ma frangine gratuitement. Je vais fixer une contrepartie. Je réclamerai ce qui me tient le plus à cœur, et elle n'aura pas d'autre choix que de me le donner.

Le jour se lève à peine quand je prends mon téléphone après une nuit blanche. Boon-Bee répond au bout de deux sonneries. Je ne lui laisse pas le temps d'en placer une et balance d'emblée :

– Je viens à une condition, qu'il faudra imposer à ma sœur. Et tu seras chargée des négociations. Khwam sera à moi.

CHAPITRE 4

BEN

Attablé au café de l'aéroport Charles-de-Gaulle, je commande une Kronenbourg avec une pointe de nostalgie pour ma région natale, l'Alsace. En face de moi, Marc me jette un regard intrigué. Il sait que ce n'est pas ma marque préférée.

– Je n'en trouverai pas, en Thaïlande.

Son sourire se fane.

– J'ai du mal à me dire que tu pars pour de vrai.

Je lui souris avec un mélange de tendresse et d'amusement.

– Ce n'est pas la première fois, Marc.

– Je sais bien. Mais cette fois, c'est différent.

Il est comme ça, mon meilleur ami. Sensible, attentif à des détails que je ne perçois même pas.

– Je reviendrai.

– C'est une menace ?

Il sourit et croque dans son croissant. Tiens, je vais m'en commander un. Ça non plus, je ne le trouverai plus en Thaïlande. Si encore je m'envolais pour Bangkok… Mais ma destination finale, c'est une minuscule île du nom de Keaa Ling. Ça m'étonnerait qu'on y mange autre chose que de la cuisine locale. Je m'envole avec deux jours d'avance dans le but de surprendre ma chère et tendre Nitta. Je compte la déstabiliser pour mieux analyser sa réaction.

– Tu es sûr et certain de ce que tu es sur le point de faire ? Tu as bien réfléchi aux conséquences de tes actes ?

Marc est un ange. Un vrai. C'est le genre de type à grimper dans un arbre pour sauver un oisillon alors que moi, je suis le gars qui reste en bas à rire et à prendre des photos. C'est un homme intègre qui ne voit pas d'un bon œil mon boulot de « journaliste à scandale », mais qui me soutient quand même, parce que c'est dans sa nature.

Pour lui faire plaisir, et aussi, avouons-le, pour qu'il me lâche la grappe, je fais semblant de méditer pendant quelques secondes.

– Ouais. J'ai bossé dur pour que Scandal & Co finance mon projet. Je suis convaincu que cet article fera décoller ma carrière.

– Tu es conscient que ce que tu vas faire aura forcément de lourdes conséquences sur la fille ? Tu vas la planter juste après lui avoir passé la bague au doigt.

La fille, c'est le cadet de mes soucis. Si elle est prête à se mettre dans cette situation contre une coquette somme d'argent, c'est son problème, pas le mien.

– Certaines affaires présentent un risque de dommage collatéral. C'est comme ça que le monde fonctionne, Marc, même si je sais que tu aimerais que les choses se finissent bien pour chacun. Mais je te promets de faire de mon mieux pour la blesser le moins possible.

– Fais attention à toi, aussi.

Si sa remarque me touche, je la balaie d'un geste de la main.

– Je ne m'expose jamais.

Son expression ne m'indique pas s'il me croit ou pas. Je jette un œil à ma montre, qui m'apprend que je dispose d'une quinzaine de minutes avant l'heure limite pour enregistrer mes bagages. Il me reste un sujet particulièrement désagréable à évoquer avec mon ami.

– J'ai payé par avance les frais d'hôpital pour les quatre mois à venir. S'il y avait des dépenses supplémentaires, n'hésite pas à me prévenir. J'aurai mon téléphone avec moi en permanence.

Marc hoche la tête sans me poser de questions ni me faire de reproches, me rappelant une fois de plus pourquoi je l'ai choisi comme meilleur ami.

– Je veillerai sur elle, me promet-il.

Le simple fait de songer à ma mère suffit à me mettre de mauvaise humeur. Je vide ma bière en m'efforçant de me la sortir de la tête. Je veux bien régler les factures de ses médecins, mais il ne faut pas m'en demander plus. Je ne la laisserai plus jamais me nuire.

Fort de cette résolution, je me lève de table. Marc m'imite et nous échangeons une accolade virile.

– Ne pleure pas. Je reviendrai, le charrié-je.

– Ah, mais justement, je pleure parce que tu reviendras.

Je lui adresse un tout dernier doigt d'honneur, qu'il me retourne, après quoi je lui tourne le dos pour me diriger vers le comptoir de la compagnie aérienne qui doit me conduire jusqu'à Bangkok.

Une fois dans l'avion, c'est la montée de stress. Ce n'est pas que je n'aime pas voler. Je n'apprécie pas le fait de laisser ma vie entre les mains de quelqu'un d'autre et clairement, c'est ce que l'on fait lorsqu'on se confine dans ce genre de cercueil volant.

Extérieurement, je ne laisse pas paraître mon angoisse. Jamais. Je suis un *control freak*, un vrai. Mais intérieurement, je me mets en PLS à chaque bruit suspect. Et le pire, c'est que nous n'avons même pas encore quitté le sol.

Les bras crispés sur les accoudoirs, j'écoute très attentivement le discours de l'hôtesse de l'air, une sublime brune aux jambes interminables. Lorsque ses iris noisette se posent sur moi et ne me quittent plus, je sais qu'elle va m'offrir la meilleure manière d'évacuer mon stress.

Pour preuve, dès que nous avons atteint l'altitude de croisière, ce qui nous autorise à circuler librement dans l'habitacle, elle vient à ma rencontre.

– Bonjour. Désirez-vous quelque chose ?

Mon regard qui balaie son corps parfaitement sculpté constitue une réponse en soi. Elle jette un coup d'œil circulaire autour d'elle pour s'assurer que tous ses collègues sont occupés. Une chance que les deux places à côté de moi soient libres.

– Je peux vous offrir à boire dans la partie réservée au personnel.

Je comprends le message et la suis de bonne grâce.

Quatorze heures plus tard, j'atterris enfin à Bangkok. J'ai été groggy pendant une bonne partie du trajet à cause du calmant que j'ai ingurgité pour me détendre après les turbulences. Si le pays est aussi chaotique que son aéroport, et je pense bien que c'est le cas, ces quelques mois vont me paraître longs, très longs. La climatisation doit être en panne, car je suis déjà en nage lorsque j'arrive au comptoir de Thaï Airways. L'hôtesse m'adresse un sourire poli et a la décence de ne pas s'attarder sur la goutte de sueur qui coule le long de ma tempe.

– Bonjour, et bienvenue en Thaïlande, monsieur, me salue-t-elle en anglais. Que puis-je pour vous ?

– Bonjour. Je dois me rendre à Keaa Ling.

Elle acquiesce et lance une recherche sur son ordinateur avant de lever la tête vers moi.

– Je suis navrée, c'est impossible.

– C'est moi qui suis navré, impossible ne fait pas partie de mon vocabulaire. Il doit bien y avoir un moyen d'y aller, non ? J'ai vérifié sur Google. Cette île existe pour de vrai. En revanche, je n'ai pas réussi à réserver de billet sur Internet.

L'employée acquiesce de nouveau sans se défaire de son sourire.

– Vous avez raison. Cet endroit existe, mais il est difficile d'accès. Pour vous y rendre, vous devez prendre l'avion jusqu'à Koh Pha Ngan, une île voisine. De là, il vous faudra emprunter un bateau.

Je suis un peu agacé, d'abord parce que j'ai horreur des bateaux, et puis aussi parce que ça va me prendre un certain temps. Mais ce n'est pas comme si j'avais le choix.

– Alors, réservons.

– Navrée, mais c'est impossible. Il vous faudra passer par la seule compagnie qui effectue ce type de trajet.

J'attends qu'elle développe. En vain.

– Pourriez-vous me donner le nom de cette compagnie ?

Je jure que j'ai vraiment essayé de ne pas laisser passer mon énervement dans ma voix.

– Ploof Airlines, c'est une toute petite compagnie spécialisée dans les trajets du golfe de Thaïlande.

Je cille en entendant ce nom qui, je l'espère, ne sera pas prémonitoire. Une fois n'est pas coutume, l'hôtesse répond à ma question sans que j'aie à la formuler en m'indiquant un endroit du bout de l'index.

– Vous voyez cette partie un peu sombre de l'aéroport, là-bas, tout au fond ?

– Oui…

– Eh bien c'est là.

Super, ça promet !

Après avoir remercié l'hôtesse, je traîne ma valise jusqu'à ce lieu obscur, chaud et moite qui me donne l'impression d'être entré dans une bouche géante. L'employé de Ploof Airlines ne parlant pas l'anglais, ça me prend un certain temps de réussir à me faire comprendre. Évidemment, j'ai pris des cours de thaï avant d'entreprendre mon voyage, mais c'est une langue très éloignée du français, ce qui fait qu'en quelques semaines, j'ai à peine acquis les bases. Le billet est en thaï. J'espère seulement que c'est la bonne destination qui figure dessus.

CHAPITRE 5

NITTA

Je ne saurais décrire le sentiment qui m'a envahie dès l'instant où mes hauts talons se sont posés sur le sol thaïlandais. Il s'agit sûrement d'un mélange de plusieurs émotions allant de l'appréhension à la nostalgie en passant par une sensation très éphémère de… paix.

Quitter New York a été plus facile que prévu. Ma voiture de location a été rendue à l'agence. J'ai trouvé un arrangement avec Narya pour mon appartement : je le lui laisse pour trois mois. Comme ça, elle pourra loger sa famille estonienne et moi, je n'aurai pas un dollar à débourser. Mon travail ? Ah ah. Encore faudrait-il que j'en aie un. Quand je regarde tout ça d'un œil froid, je me demande ce qui me retenait réellement à New York. Mon chat ? C'est vrai qu'il me manque déjà. Je l'ai confié à Narya, le temps de régler cette histoire de mariage sur catalogue. Je sais qu'elle s'en occupera comme si c'était le sien.

Dans tous les cas, je suis libre comme l'air, sans la moindre attache. Et, admettons-le, seule comme la mort. Du moins, jusqu'à ce que j'arrive à destination. Sur mon île, ce sera une autre histoire.

Après un trajet pour le moins mouvementé jusqu'à Koh Pha Ngan – j'avais oublié à quel point les petits coucous de mon pays pouvaient être effrayants –, me voilà dans un petit bateau qui m'emmène à Keaa Ling, l'endroit qui m'a vue grandir.

Mes mains agrippent fermement la bordure de bois rouge vif de l'embarcation. Ma nervosité ne découle pas du bateau minuscule et surpeuplé, ni du fait d'être sur l'eau. Naviguer a longtemps été pour moi comme une seconde nature. Après tout, j'ai passé la moitié de mon enfance les pieds dans l'eau. Mais je me demande comment ma famille va m'accueillir. Et par famille, j'entends ma mère.

Ma cousine sera là, c'est certain. Je peux compter sur elle. Mais les autres ? Si j'envoie de l'argent à ma mère tous les mois, il y a très longtemps que je ne me suis pas entretenue avec elle.

Une chose est sûre, ma sœur ne sera pas là puisqu'elle est en taule. Me répéter cette information comme un mantra a un effet rassurant. De courte durée, malheureusement, puisque mon stress grandit à mesure que l'île de Keaa Ling se dessine sur la mer turquoise.

J'avais oublié la couleur incroyable de l'eau, l'enchantement des embruns, l'air chargé d'iode qui balaie mon visage.

Le port de Keaa Ling est minuscule – à l'image de l'île, qui fait à peine une cinquantaine de kilomètres carrés –, constitué seulement d'un ponton auquel sont amarrés quelques bateaux traditionnels aussi vétustes que colorés. C'est un endroit peu touristique, surtout fréquenté par des locaux. Mais à cet instant précis, ce n'est pas le côté pittoresque de mon île qui m'intéresse. À peine descendue du bateau, toute mon attention est subitement sollicitée par un cri strident, joyeux et familier, qui me vrille les oreilles. J'ai tout juste le temps de me retourner avant qu'une fusée humaine aux cheveux multicolores ne me percute de plein fouet.

– Tu es venue ! Tu es venue ! Oh, ce que tu sens bon le parfum occidental. Tu en as rapporté un peu avec toi ? Tu partages ? Ça veut dire oui ? Ah, c'est dingue ce que tu m'as manqué. Un de ces quatre il faudra que j'épouse un riche moi aussi pour pouvoir me payer un ticket et venir te voir, mais en attendant, tu es là. Alors, laisse-moi te serrer dans mes bras.

Je râle juste pour la forme, mais la vérité est que je savoure chaque instant de cette accolade musclée de ma cousine. D'un an ma cadette, Boon-Bee a toujours été une véritable boule d'énergie, un baume pour les cœurs brisés. Cette femme qui peine à dépasser un mètre cinquante détient un don magique : celui de donner le sourire à n'importe qui. Même à moi.

– Les autres ne sont pas venus ? m'étonné-je.

Je suis à la fois soulagée de ne pas avoir à affronter toute ma famille et déçue qu'ils n'aient pas fait le déplacement. S'ils m'en voulaient pour une raison ou une autre ?

– Chacun vaque à ses occupations. Boulot, école… Et certains ont déménagé sur le continent.

J'acquiesce. Ça fait tellement longtemps que je suis partie d'ici que quelque part, ça me fait bizarre de penser que les autres aussi, ont leurs vies. C'est égocentrique, j'en suis consciente. On sait ce qu'on a laissé, quand on s'en va. Inconsciemment, on s'attend à ce que tout se soit arrêté avec notre départ. Constater que la vie a suivi son cours naturel peut créer une sensation dérangeante, même lorsque l'on est ravi que ce soit le cas.

– Tu as toujours ta Ford !

Ma cousine a obtenu sa voiture pour ses dix-huit ans, et ce tacot était déjà une épave à l'époque. Ce qui ne l'a pas empêchée d'en être extrêmement fière étant donné qu'elle était la seule de la famille à posséder un véhicule. Je me souviens être allée l'acheter avec elle à Koh Pha Ngan. La ramener sur notre île n'avait pas été facile, mais on s'était marrées comme des dindes. Ça me fait bizarre de m'installer sur ce siège dont le ressort me titille le derrière exactement au même endroit que le jour où ma cousine a reçu la voiture.

– Elle roule toujours, alors il n'y a pas de raison de la changer. Ici on répare, on ne jette pas, fait-elle en s'installant à côté de moi. Pitié, cousine, ouvre la fenêtre, sinon on va cuire. En plus, ça muscle les bras. Par contre, ça ne fonctionne que sur un seul.

Elle n'a pas tort. La manivelle est tellement dure qu'en trente secondes, j'ai l'impression d'avoir fait l'équivalent d'une heure de sport alors que j'ai seulement baissé la vitre d'un quart. Malheureusement, l'autoradio fonctionne toujours et déverse sa *dance music* à grand renfort de décibels.

– Les gens te parlent encore après ce que tu leur fais subir ? Ça devrait être interdit, une musique pareille.

Elle me flanque une pichenette sans quitter la route cabossée des yeux.

– Tu aimais bien, avant.

– Oui, mais j'ai grandi.

Elle m'offre une grimace indéchiffrable.

– Je vois ça.

Nous n'échangeons plus un mot. Mon cœur se met à battre plus vite à mesure que nous approchons de Baan Talae, petit village de pêcheurs qui m'a vue grandir. La plupart des maisons en bois sont à moitié construites sur la terre, à moitié sur l'eau grâce à des pilotis. Celle où je suis née ressemble à toutes les autres, à une exception près : ce jasmin gigantesque que mon père avait planté quand il a construit cette habitation de ses mains, et qui aujourd'hui fait le tour de la bâtisse.

Je réprime un soupir lorsque nous nous garons sur le petit bout de terre qui longe la partie émergée de la maison.

– Ça va aller ? s'inquiète Boon-Bee en avisant ma mine déconfite, ses cheveux aux couleurs de l'arc-en-ciel dansant au vent.

Je m'efforce de me composer un visage serein, même si je sais que ma cousine n'est pas dupe.

– Bien sûr. J'ai affronté des clients nettement plus coriaces que maman, au boulot, balancé-je avec un sourire de façade.

Je vois dans son regard qu'elle ne me croit pas, mais elle a la gentillesse de me rendre mon sourire sans rien ajouter. Enfin, elle m'aide à sortir ma valise du coffre.

– Je dois aller bosser pour le repas de midi. Je suis cuistot au Chan Rak. Et serveuse, accessoirement.

Je jette un regard incrédule à ma cousine. Chan Rak signifie « jeu d'amour ». À l'époque où je vivais ici, il n'y avait pas de restaurant. Ceux qui ne mangeaient pas chez eux achetaient leur déjeuner dans la rue, au marché.

– Les choses changent, conclut-elle. Bref, je dois aller au taf. Mais si tu as besoin de moi, je peux rester un peu avec toi. Il n'y aura pas mort d'homme si j'arrive en retard.

Je lui fais de grands yeux. Même si sa sollicitude me touche à un point qu'elle n'imagine pas, je ne voudrais pas qu'elle perde son emploi à cause de moi. J'adopte donc mon ton de peste et lui assène :

– Ne te cherche pas d'excuse pour être en retard et va bosser !

Pas dupe pour deux sous quant à ma motivation, Boon me flanque un énergique coup sur l'épaule en guise d'encouragement avant de tourner les talons pour retourner à sa voiture. Comment une femme aussi petite peut-elle avoir autant de force ?

Je prends une profonde inspiration lorsque mon regard se pose sur mon ancienne maison.

À la guerre comme à la guerre !

Déséquilibrée par mon bagage, je manque de tomber en gravissant les marches usées du vieil escalier en bois. La porte s'ouvre dans un grincement sinistre sans même que j'aie eu à frapper. La silhouette maigre de ma mère apparaît sur le seuil, comme un obstacle supplémentaire à franchir. En silence, elle se décale sur le côté pour me laisser entrer. Je laisse ma valise sur le sol de la salle principale, qui n'a pas changé d'un iota depuis mon départ. Il y a toujours ce canapé à moitié défoncé récupéré dans la seule déchetterie de l'île, la table boiteuse et ses quatre chaises dépareillées, l'armoire qui n'avait déjà plus que trois pieds quand j'étais enfant et l'indétrônable autel dédié à Bouddha. C'est comme si le temps n'était pas passé.

Je voudrais dire à ma mère qu'elle m'a manqué. La serrer contre moi comme Boon l'a fait avec moi. J'en suis parfaitement incapable en raison de tout ce qui nous sépare. Sans aucun doute, c'est d'elle que je tiens ma froideur. J'attends patiemment qu'elle s'exprime en premier. En vain. Son regard se promène sur mon bagage. J'imagine qu'elle essaie de deviner ce qu'il contient. Et cette pensée me met tellement en colère que je décide de ne pas lui donner le cadeau que j'ai acheté pour elle à New York. Des souvenirs désagréables remontent dans mon esprit et je suis soudain pressée de quitter les lieux.

– Est-ce que je pourrais avoir les clés ?

Maman arque un sourcil dubitatif pour marquer son incompréhension.

– Les clés de Khwam, spécifié-je.

Il ne faut pas qu'elle se leurre. Cet endroit, c'est la seule raison qui m'a poussée à revenir en Thaïlande plus tôt que prévu. Son expression qui se ferme ne me dit rien qui vaille.

– Ça ne va pas être possible.

– Comment ça ? Kanitta me l'a promis.

– Et elle tiendra sa promesse, Nittaya. C'est seulement que… vu vos relations à toutes les deux, elle se méfie. Elle te cédera Khwam sitôt le mariage prononcé.

Pourquoi est-ce que ça ne m'étonne pas ?

– Et moi, je n'ai pas le droit de me méfier ? Je dois remplir ma part du marché en espérant qu'elle fera la sienne, c'est ça ?

Au regard de ma mère, je comprends que je n'ai pas d'autre choix que de coopérer. Ce n'est pas comme si elle n'avait pas toujours préféré ma frangine.

– OK. Dans ce cas, où vais-je dormir ?

– Cette nuit ? Dans la chambre.

Je hoche la tête, même si je ne suis pas ravie. La maison qui m'a vue grandir ne compte que deux pièces. Celle que j'occupais avec ma sœur, enfant, et le salon. La cuisine est si minuscule qu'elle ne compte pas. Il n'y avait pas de salle de bains lorsque je suis partie. On se lavait directement en bas, dans le cours d'eau.

Je ne réponds pas. À quoi bon ? Sans un mot, j'attrape le sac pour le poser dans la chambre qui m'a été attribuée pour la nuit. Des deux petits lits, il n'en reste plus qu'un. La peinture rose bonbon que ma frangine avait choisie à l'âge de huit ans s'écaille par endroits. Je suis dégoûtée de me la farcir ne serait-ce qu'une nuit de plus. Dans cet espace réduit, je devrais éprouver de la nostalgie. C'est ce que ressentirait un adulte normal dans ma situation. Pas moi. Mon enfance n'a pas été entièrement malheureuse. J'ai vécu de bons moments, avec mon père, principalement. Avec les animaux dont il avait l'habitude de s'occuper. De ces instants précieux, aucun ne s'est déroulé sous ce toit. Les souvenirs désagréables liés à cette chambre et à ma cohabitation avec ma jumelle reviennent en force, au point que quitter les lieux pour m'aérer l'esprit m'apparaît comme la seule solution.

– Où est-ce que tu vas ? s'enquiert ma mère en me voyant près de la porte.

– Prendre l'air. Et puis, ça ne te regarde pas. Il y a belle lurette que je ne suis plus sous ton autorité.

Si ma remarque et mon ton la blessent, elle ne laisse rien paraître. Parfois, j'aimerais mieux comprendre ce qu'elle a sur le cœur, mais j'ai peur que ce soit encore pire que ce que j'imagine.

– On attend quelqu'un. L'entremetteuse.

La dernière fois que j'ai entendu ce terme, c'était dans *Mulan*.

– Je vais faire du thé. Elle ne devrait pas tarder.

Je profite de son absence pour sortir quelques affaires de mon sac et essayer de connecter mon téléphone, ce qui me prend un certain temps vu l'instabilité du réseau. Du coup, je ne sais pas si j'ai reçu un message de Ben, mon « amoureux ». Depuis que j'ai appris que j'allais devoir remplacer ma sœur jusqu'au mariage, j'ai échangé quelques missives avec ce parfait inconnu. C'est vraiment bizarre de se dire que l'on va épouser quelqu'un et d'entretenir une correspondance aussi froide. Ce n'est pas l'image que je me fais de l'union de deux êtres. Mais après tout, qui suis-je pour juger de ça ?

Je retourne dans le coin cuisine, où ma mère s'active autour du feu.

– Tu veux que je fasse quelque chose ?

Je me fais l'effet d'une enfant de dix ans. Ou d'un homme des années 1950. Maman n'a pas le temps de me répondre en raison des coups qui résonnent à la porte. La surprise se peint sur ses traits et une légère lueur de panique passe dans ses yeux lorsqu'elle me dévisage.

– Elle est déjà là ! Et tes cheveux sont tellement hirsutes qu'on dirait que tu as mis les doigts dans une prise électrique.

Comme je ne réagis pas, elle s'impatiente.

– Va ouvrir !

Je ne me le fais pas répéter deux fois et me dirige vers la porte en refaisant ma queue-de-cheval. La surprise me saisit lorsque je découvre l'identité de notre visiteuse. Alors que je m'attendais à recevoir une sorte de femme d'affaires en tailleur, je me trouve devant une vieille dame en tenue traditionnelle. Si elle ne dépasse certainement pas la taille d'un enfant de dix ans, son attitude inspire le respect. Et encore, elle n'a pas prononcé un mot. Alors que je suis en train de la détailler, elle brandit sa canne en bambou devant moi.

– Vous me faites entrer ou je dois vous donner un coup de bâton ?

Je me pousse sur le côté en soupirant. Une fois à l'intérieur, elle inspecte le salon avant de focaliser toute son attention sur moi. Je ne suis pas une experte en matière d'entremetteuse, mais j'imagine que ses sourcils qui se redressent ne sont pas de bon augure.

Ma mère accourt l'accueillir et lui adresse un salut traditionnel en baissant bien son buste en signe de respect, ce qui me rappelle que j'ai oublié que j'étais en Thaïlande et non aux États-Unis. Sous le regard insistant de ma génitrice, je l'imite.

– Souhaitez-vous une tasse de thé ?

Comme la vieille dame acquiesce, ma mère se penche vers moi, un peu gauche. Je recule instinctivement d'un pas, guère habituée à la proximité physique avec celle qui m'a mise au monde, et ça n'a pas l'air naturel pour elle non plus.

– Vas-y, chuchote-t-elle. Montre-lui ce que tu vaux.

Ce que je vaux ? Je sais rapporter de l'argent aux entreprises, mais je n'ai jamais été à l'aise dans tout ce qui concerne l'hospitalité légendaire de mon pays natal et les bonnes manières. Néanmoins, j'obtempère. Il y va de Khwam, l'endroit que je souhaite obtenir en échange d'un coup de main à mon idiote de sœur.

Sur la planche en bois qui nous sert de plan de travail, je trouve un plateau contenant une théière en porcelaine, un bol de lait condensé sucré – les rudiments du thé thaïlandais – ainsi qu'une assiette remplie de gâteaux mous à la noix de coco et à la cacahuète. Mes préférés. Si, pendant un bref instant, je suis touchée par cette attention de la part de ma mère, mon cerveau me rappelle très vite que je ne suis sûrement pas la destinataire de ces douceurs. Elle a simplement voulu impressionner l'entremetteuse.

Je pose le tout sur la table avec mon manque de grâce habituel. D'un haussement de sourcil, maman me fait comprendre que je dois servir notre invitée. Je m'exécute sous l'œil médusé de l'entremetteuse.

– Bien, je crois qu'on va commencer tout de suite, suggère la marieuse après nous avoir remerciées pour la nourriture.

Je connais un bref instant de panique. Et pour cause ! Je ne me suis même pas mise d'accord avec ma mère. Est-ce que cette femme sait que je vais remplacer ma sœur ou bien me prend-elle pour cette dernière ? Je jette un coup d'œil discret à la maîtresse de maison, qui répond à mon interrogation silencieuse en secouant la tête de droite à gauche. Je me tourne vers l'entremetteuse.

– Vous avez raison. J'ai tellement hâte de me marier !

Même à mes oreilles, ça sonne faux. Pour preuve, notre invitée me scrute attentivement. Je me rassure en me disant qu'extérieurement, je ressemble comme deux gouttes d'eau à ma sœur. Et je suis parfaitement capable d'adopter son ton suraigu et de parler comme elle.

Mais l'entremetteuse se cale dans sa chaise et croise les bras sur sa tunique bleu ciel.

– Qui êtes-vous ?

Je fais une tête d'idiote.

– Mais enfin, Nitta !

– Non, vous n'êtes pas Nitta, même si vous avez exactement le même visage. Et si je m'en suis rendu compte dès mon arrivée, votre prétendant le remarquera aussi.

Là-dessus, elle se lève. Une vague de panique commence à me gagner.

– Ne partez pas, Tukata ! la supplie ma mère.

– Oh que si ! J'ai une réputation à défendre, moi. Je ne suis pas une arnaqueuse.

Le visage de ma mère est défait. Je me mets debout à mon tour et barre le passage à l'entremetteuse, bien décidée à obtenir ce que je veux, comme je le ferais si j'étais encore au sein de mon entreprise.

– Vous avez raison. Je ne suis pas Kanitta, je suis Nittaya, sa jumelle. Je dois la remplacer pour son mariage parce qu'elle a fait de mauvais choix et s'est retrouvée en prison. Nous échangerons nos places dès sa libération. Une Nitta pour une autre, ça ne change pas grand-chose…

Tukata pousse un soupir excédé. J'essaie de l'amadouer.

– Vous savez, ce sont des choses qui arrivent fréquemment dans les familles pauvres comme la mienne.

Son expression se radoucit, mais je sens que ce n'est pas suffisant.

– Je comprends, et je compatis. Mais ce n'est pas mon problème.

Je saisis la nature profonde de cette dame. Sous ses airs traditionnels, c'est une femme d'affaires. Exactement comme moi.

– J'imagine que ce sont les hommes étrangers qui vous paient, non ?

– Évidemment. Je suis bien consciente de la pauvreté des femmes qui se jettent les yeux fermés dans un mariage sur commande. C'est pourquoi je ne leur demande pas d'argent.

Je fais un pas vers elle.

– Dans ce cas, j'ai une proposition à vous faire.

Elle m'observe sans masquer sa méfiance. Ma mère aussi est sur ses gardes.

– Si le *farang* annule le mariage, je vous rembourse entièrement ce qu'il aurait déboursé pour moi. Plus un petit pourcentage pour le dérangement.

Elle me répond par un éclat de rire dédaigneux. J'insiste.

– Combien vous paient les hommes ?

Elle penche la tête sur le côté en plissant les yeux, m'étudiant attentivement. Ma proposition l'intéresse, c'est certain. Elle claque sa langue à l'intérieur de sa bouche avant de m'apporter sa réponse.

– Cela dépend de la femme qu'ils convoitent. Plusieurs critères entrent en jeu. Sa beauté, son niveau d'éducation, voire son niveau social même s'il est rare que celui-ci soit élevé. Son éventuelle maîtrise d'une langue étrangère est également un plus.

Je vois où elle veut en venir. Je lui fais signe d'écourter.

– Combien déboursent-ils, alors ?

– Entre cinq mille et soixante-dix mille dollars. Notre agence offre de bonnes garanties.

Je fais un calcul rapide dans ma tête. Ma sœur est certes jolie, ça ne l'empêche pas d'être bête comme ses pieds. Sa curiosité intellectuelle avoisine celle du chou chinois.

– Je vous offre sept mille dollars.

Elle éclate de rire en balayant ma proposition du revers de la main.

– Sept mille ? Vous voulez rigoler ? Kanitta vaut au moins quarante mille.

Je croise les bras sur la poitrine en adoptant l'attitude que j'aurais face à un client.

– Kanitta croit que le chocolat coule dans les rivières d'Europe, comme dans *Charlie et la chocolaterie*, et que le coronavirus s'attrape en buvant de la bière mexicaine.

– Trente mille ?

– Dix mille.

Nous finissons par trouver un accord à quinze mille dollars. Je suis accablée, parce que c'est tout ce que j'ai pu mettre de côté depuis que je vis aux États-Unis. D'ailleurs, sans un sou en poche, mon retour au pays de l'Oncle Sam me semble bien compromis étant donné que je n'ai plus de travail ni même de quoi payer un billet d'avion. J'espère seulement que je ne suis pas en train de faire une bêtise.

Tandis que Tukata prépare les papiers pour ratifier notre nouveau contrat secret, je me rends dans le coin cuisine avec le plateau vide dans l'intention de rester seule quelques instants, le temps de m'éclaircir les idées. Comme rien ne se passe jamais comme on le voudrait, ma mère me suit. Elle me jette un regard dans lequel percent plusieurs émotions que je peine à identifier. Et ça me met mal à l'aise, parce que je n'ai pas l'habitude de gérer les émotions des autres.

– Merci d'avoir fait ça pour nous. Ta sœur…

La simple évocation de ma frangine suffit à me hérisser le poil.

– Pour vous ? Je ne l'ai pas fait pour vous. Je l'ai fait pour moi. C'est une simple transaction commerciale, maman. En investissant cet argent, je m'assure que Khwam me reviendra à la fin de cette opération.

Quelque chose semble s'éteindre dans son regard. J'éprouve un début de remords pour lui avoir parlé de la sorte, mais je rejette ce sentiment de toutes mes forces. Si ça se trouve, elle fait seulement semblant. Comme Kanitta.

Sans un mot de plus, nous retournons auprès de Tukata. À peine ai-je signé les papiers qu'elle aborde le vif du sujet. Ni elle ni moi n'aimons perdre notre temps.

– Est-ce que vous avez une petite idée de ce que recherchent nos clients ?

Je secoue la tête. J'avoue m'être déjà posé la question. Pourquoi payer une fortune pour épouser une femme en Thaïlande alors qu'il y en a plein les rues dans leurs pays ?

– Je vais parler sans détour. Tu auras l'impression que je suis brute de décoffrage, mais il vaut mieux que tu connaisses la vérité, et le plus tôt sera le mieux.

D'un signe de tête, je lui fais comprendre que je suis prête.

– Une bonne partie de ceux qui font appel à ThaïCupidoo le font parce qu'ils peinent à trouver une épouse dans leur pays d'origine pour la raison qu'ils ne sont pas très attrayants.

Je fais la grimace. Comble de la malchance, je vais me coltiner un thon ! Enfin, peu importe. Ce n'est pas comme si j'allais me marier pour de vrai.

– Ici, la misère est telle qu'il suffit de débourser une certaine somme pour trouver chaussure à son pied.

Ses mots sont durs. Sans pitié pour notre nation. Mais ils sont horriblement vrais.

– Il y a aussi ceux qui croient dur comme fer aux clichés. Ils pensent que les Asiatiques sont plus soumises que les Occidentales.

Elle rit à la fin de sa phrase, parce que nous savons toutes les trois combien cette assertion est fausse. C'est d'ailleurs un stéréotype qui m'a porté préjudice quand je vivais à New York. Du racisme, en somme. Et absolument antiféministe. J'éprouve soudain un sentiment de dégoût envers cet homme que je ne connais pas encore. D'emblée, je présume qu'il me méprise. Qu'il me prend déjà pour une petite chose malléable. Voilà, c'est ça : un objet.

– Au début, mes candidates mettent tout en œuvre pour incarner ce cliché, ne serait-ce que le temps d'appâter le client. Une fois le mariage acté, elles peuvent révéler leur propre nature, mais ça ne te concerne pas puisque tu ne l'épouseras pas. Contente-toi de sourire à tout ce qu'il dira et d'être charmante. Et ris à ses blagues, même si elles sont nulles.

Je suis incapable de réprimer une grimace.

– Je sais ce que vous pensez. C'est hypocrite, mais…

– C'est surtout misogyne et outrageusement rétrograde ! Je vais avoir l'impression de vivre dans les années 1950 !

– J'en suis consciente, mais je vous assure que c'est ce que ce type d'homme recherche. Vous n'aurez qu'à imaginer que vous avez emprunté une DeLorean.

Je lui jette un regard mauvais. Sur les cinq maisons dotées d'une télévision à Keaa Ling, il a fallu que la sienne figure dans ce classement. Néanmoins, elle a raison. Dédramatiser m'aidera à mieux affronter la situation, étant donné que je n'ai pas le choix.

– OK. Quoi d'autre ? Où va-t-il habiter pendant ce temps ?

Quand j'ai quitté mon île, elle ne comptait pas un seul hôtel. Et je ne vois pas un homme habitué au confort occidental dormir dans une maison aussi rudimentaire que celle de ma mère. Déjà que moi, je vais avoir du mal…

– Vous logerez au Chan Rak.

– Quand vous dites « vous », vous m'incluez dans le lot ?

Elle hoche la tête avec un sourire en coin amusé.

– Ça veut dire que je vais dormir avec lui ?

– C'est à peu près exact.

La surprise me cloue le bec. Je n'avais pas du tout envisagé les choses sous cet angle.

– Le Chan Rak est un récent complexe hôtelier spécialement construit pour le groupe ThaïCupidoo. Dans le but de mieux vous connaître avant le mariage, votre espace de vie sera commun. Vous partagerez la cuisine, la salle de bains, le séjour… mais je vous rassure, nos logements sont dotés de deux chambres séparées.

De soulagement, je relâche l'air que je gardais dans mes poumons. Je n'avais pas remarqué que je retenais mon souffle.

– Vous ne serez aucunement obligée de coucher avec lui. Vous pouvez très bien lui dire que vous souhaitez vous réserver pour le mariage. Mais si jamais ça vous fait envie, sachez que ça ne pose aucun problème.

Ma mère place une main devant ses yeux et moi, je suis bouche bée. Coucher avec le fiancé de ma sœur ? Et puis quoi encore !

– Hum, ça ira.

Tukata exprime son indifférence d'un geste avant de poursuivre.

– Le Chan Rak organisera des activités pour stimuler votre complicité. Ne vous en faites pas, vous n'aurez rien à gérer ni à débourser, tout est compris dans le forfait. Avec ça, vous pourrez gagner son cœur avec une facilité déconcertante.

J'acquiesce sans conviction. Je n'avais pas songé à l'aspect « conquête ». Je ne suis pas chaste, mais je suis une solitaire. Je n'ai jamais fait d'efforts pour plaire à quiconque et je ne suis pas douée au jeu de la séduction. Quand une occasion se présente et que j'ai le temps pour ça, je cède. C'est un peu le hasard. Mais séduire quelqu'un de manière délibérée ? Non, je ne sais pas comment m'y prendre, et le seul fait d'y songer me flanque une peur bleue.

Habituée à cerner les gens, Tukata devine mon état d'âme.

– Écoutez mes conseils et il vous mangera dans la main, je vous le garantis, j'ai des années d'expérience et j'ai connu des candidates moins dégourdies que vous, même si ça paraît difficile à imaginer. Il arrive dans deux jours. Vous avez le temps de vous préparer.

Sa franchise me plaît, je l'avoue.

– Soyez traditionnelle. N'hésitez pas à user du *waï*, notre salut coutumier en Thaïlande. Mais ne jouez pas les villageoises ignorantes et coincées, soyez moderne aussi. Vivante, gaie, mais calme. Riez à ses blagues, mais sans excès. Soyez ouverte, mais pas pour tout. Serviable sans être cruche. Faites-vous belle, soyez séduisante, mais n'en faites pas trop, restez naturelle.

Mon cerveau, qui nage pourtant dans les chiffres et les concepts économiques, peine à enregistrer ce bombardement d'informations qu'il perçoit comme contradictoires.

Je ne m'en sortirai jamais ! C'est pire que la fois où j'ai essayé de suivre un tuto de coiffure sur YouTube !

Je suis sur le point de lui demander de parler plus lentement quand mon téléphone émet un bip. Habituée à être connectée en permanence, je le sors de ma poche sous le regard réprobateur des deux femmes.

– C'est un message de Ben !

Avec le réseau capricieux, je mets un certain temps à ouvrir la missive.

Nitta,
J'ai eu la possibilité de partir
deux jours plus tôt, alors j'ai sauté
sur l'occasion pour te faire
une surprise. Et me voilà bloqué
à Koh Pha Ngan ! Il paraît
que le ferry est en panne. Existe-t-il
un autre moyen de rejoindre ton île ?
C'est que… j'ai tellement hâte
de te voir !

Je lève les yeux et me tourne pour croiser ceux de ma mère et de la vieille dame qui lisent par-dessus mon épaule sans la moindre gêne.

– Et s'il m'avait envoyé une photo de lui tout nu ? Vous auriez vu le kiki du mec de ma sœur ! La discrétion, vous connaissez ?

– On en a vu d'autres, réplique ma mère.

– Je peux vous emprunter votre téléphone pour l'approcher de mon visage ? C'est que je n'ai plus vingt ans et que je ne porte jamais mes lunettes, ça m'enlaidit.

Je lui tends l'objet en retenant un soupir et me tourne vers maman.

– Je vais lui dire de demander à un pêcheur de l'amener. Problème réglé.

Je tends la main vers Tukata pour reprendre mon smartphone, mais celle-ci lève le bras pour m'en empêcher.

– Certainement pas, jeune fille. N'avez-vous rien retenu de mes conseils quant au fait d'être serviable ?

– Mais, je suis serviable. Je lui réponds…

Je me lève pour essayer de lui voler mon téléphone, sans succès. La vieille dame m'esquive avec l'agilité de Yoda.

– Oui. Mais comme vous êtes une fiancée dévouée et que vous avez vraiment hâte de rejoindre votre futur époux, vous allez vous empresser de vous rendre au port et de demander à un pêcheur de vous conduire à Koh Pha Ngan.

– Et pourquoi est-ce que je ferais tout ça ?

– Parce que vous n'avez pas le choix. J'ai déjà répondu à votre place.

Elle me montre l'écran, qui affiche un dernier message que je n'ai certainement pas envoyé.

J'arrive ! 🫶🫶🍆😍🍌🍑

– Pourquoi des fruits ?

– Je ne sais pas, mais j'ai vu ça sur un certain nombre de SMS, il paraît que c'est tendance. Ça vous rend plus cool.

Je lève un regard incrédule vers Tukata et ma mère, alors que je sens la panique me gagner.

Et ce n'est pas le petit voyage en mer qui m'effraie.

– Filez, mon enfant. Et n'oubliez jamais que dans cette histoire, nous avons tous quelque chose à gagner. Ne perdez pas votre objectif de vue.

Khwam…

Je prends mon sac à main et quitte les lieux sans demander mon reste. Sur le seuil, je croise une fillette qui doit avoir cinq ans. J'éprouve une sensation étrange de déjà-vu en l'apercevant, ce qui est impossible puisqu'elle n'était sûrement pas née quand j'ai quitté la Thaïlande.

Malgré ma fatigue qui fait suite au voyage depuis les États-Unis, je me dépêche de trottiner en direction du port. Arrivée sur place, je suis étonnée de ressentir de l'excitation à l'idée d'être de nouveau sur l'eau. Il fut un temps où c'était naturel pour moi. Presque vital, même.

Trouver un pêcheur prêt à me conduire à Koh Pha Ngan est d'une facilité déconcertante. Peut-être que cette mission sera moins dure que je ne le pensais !

Je suis à mi-chemin quand je m'aperçois que j'ai oublié un petit détail. Je ne sais même pas à quoi ressemble Ben, puisqu'il ne m'a pas envoyé de photo depuis que j'ai pris le relais de ma sœur et que je n'ai pas pensé à consulter l'historique. Pressée par le temps, je n'ai pas pu faire part de ce problème à Tukata. Je dégaine mon incontournable téléphone pour quémander son aide. C'est sans compter sur le fait que je suis au milieu du golfe de Thaïlande, ce qui implique une absence totale de réseau.

Ne panique pas, me seriné-je. *Tu n'auras qu'à trouver un Occidental bedonnant, ringard et laid à souhait qui attend sur le port…*

Oui, ce sera facile. Il n'y a pas de raison que ça parte en cacahuète dès le départ.

CHAPITRE 6

BEN

Les choses n'auraient pas pu être plus compliquées. Tout d'abord, il m'a fallu attendre une éternité à l'aéroport. Au comptoir de la compagnie aérienne, on m'a certifié qu'on décollerait sitôt l'appareil posé sur le tarmac. Je ne pouvais pas savoir qu'il lui faudrait vingt-quatre heures avant d'atterrir à Bangkok. J'ai dû dormir sur un banc entre un grand-père qui ronflait et une touriste totalement shootée. Et quand j'ai vu la gueule de ce qu'ils ont osé appeler « avion », j'ai failli réclamer mon vol retour pour la France. L'appât du gain a été plus puissant que ma peur, et je suis resté. D'ailleurs, les accoudoirs aussi me sont restés dans les mains. Je comprends mieux le nom de Ploof Airlines : je n'ai jamais vu la mer d'aussi près durant un vol commercial. Arrivé à Koh Pha Ngan, j'ai appris avec désarroi que le ferry était en panne et qu'il partirait dès qu'il serait réparé. Ça, c'était hier. Alors, j'ai envoyé un message à Nitta pour lui faire part de mon petit souci. Ça aussi, c'était hier. De là à dire que le réseau est paresseux… Par chance, elle a fini par me répondre à grand renfort de smileys mielleux à souhait. J'ai même eu la surprise de découvrir une banane et une pêche. Je ne l'imaginais pas si directe ! Voilà qui alimentera mon article.

À présent, je suis à la meilleure table du seul restaurant climatisé du port en train de siroter un cocktail. Quitte à patienter, autant le faire agréablement.

Je viens de commander un deuxième cocktail quand quelque chose attire mon regard. Il s'agit d'un touriste bedonnant, la cinquantaine, qui a cru bon d'enfiler une chemise hawaïenne fluo. Je me détourne pour ne pas finir avec une fracture rétinienne et laisse mon regard planer sur la mer.

C'est là que je la vois pour la première fois, assise à l'avant du bateau de fortune qui est en train d'amarrer sur le port. Elle essaie de discipliner ses longs cheveux noirs que le vent soumet à rude épreuve tout en jetant des regards anxieux autour d'elle. Je l'imaginais plus sûre d'elle. L'embarcation se met à tanguer dangereusement. La fille parvient à se rattraper de justesse et quitte le navire sans accepter l'aide du pêcheur qui lui tend la main. À peine sur la terre ferme, elle avance d'un pas hésitant en regardant partout autour d'elle. Le temps de me rendre au comptoir pour régler ma consommation et de sortir, je la retrouve devant le mec ventripotent à chemise hawaïenne. Elle rejette la tête en arrière en riant. Je rêve ou elle le drague juste sous mes yeux ?

Qu'est-ce que c'est que ce bazar ? On ne s'est pas encore officiellement rencontrés qu'elle est déjà prête à me tromper ?

Il se rapproche d'elle. Ils ne sont plus qu'à quelques centimètres l'un de l'autre. Elle le repousse maintenant avec un rire gêné. Il essaie de lui mettre une main aux fesses, qu'elle rejette mollement, le regard désespéré. Visiblement pas content, le type l'agrippe par l'avant-bras. Elle plaque une main sur son torse pour tenter de se dégager, en vain.

Cette enflure est en train de l'agresser ! Mon sang ne fait qu'un tour et je cours jusqu'à eux. N'écoutant que mon instinct, je me transforme en super-héros des temps modernes et repousse brusquement l'espèce de pieuvre qui est en train de peloter ma future-fausse-épouse. Le quinquagénaire libidineux chute lourdement en arrière en hurlant comme un cochon qu'on égorge.

– Ah, on fait moins le malin, hein ?

Particulièrement fier de mon exploit, je me tourne vers Nitta, qui m'observe d'un air courroucé. Moi qui pensais que les Thaïlandaises étaient douces comme la soie, qu'est-ce qu'il lui prend ?

– Espèce de brute ! hurle-t-elle en anglais. Vous ne pouviez pas faire attention ?

Euh, dans les films, la fille saute dans les bras du chevalier servant qui vole à son secours. Il faut croire qu'elle ne connaît pas Hollywood.

L'incompréhension doit se peindre sur mon visage. Je ne pige rien. J'ai besoin de quelques instants avant de trouver mes mots.

– Hein ?

La pieuvre se frotte le bas du dos en pleurnichant comme un gros bébé, ce qui me donne envie de lui en remettre une couche. Nitta se penche vers lui, la main tendue pour l'aider à se lever.

– Mais, tu fais quoi, là ?

Pour toute réponse, elle me jette un coup d'œil assassin avant de se focaliser sur l'espèce de Flanby frotteur. Loin d'accepter son aide, ce dernier se met debout tout seul et s'éloigne. Et elle, elle lui court après. C'est le monde à l'envers. Ou alors, c'est une farce. J'englobe les environs d'un coup d'œil en cherchant la caméra cachée. Après s'être fait jeter, Nitta revient vers moi, ses yeux noirs brillant de colère. La furie pointe un index accusateur vers moi, dont le bout est à moins d'un centimètre de mon torse.

– Vous avez tout fichu en l'air en abîmant mon fiancé ! s'écrie-t-elle en anglais. Qu'est-ce que je vais faire maintenant ? Vous…

À cet instant, c'est comme si le monde s'était arrêté de tourner. Je n'entends plus ce qu'elle me dit, parce que je suis pris d'un irrépressible fou rire, rassuré par le fait qu'il ne s'agit que d'un quiproquo.

– Et ça vous fait marrer, en plus ! Espèce d'enfoiré !

– Oh oui, je n'ai rien vécu d'aussi hilarant depuis que ma grand-mère a perdu son dentier dans mon gâteau d'anniversaire pour mes quatre ans. Et pas précisément dans sa part.

Bras croisés sur la poitrine, sourcils froncés au point qu'ils ne font qu'un, elle me fixe comme si elle détenait le pouvoir de me faire disparaître par la pensée.

– Je ne vois pas ce qu'il y a de drôle.

– Parce que tu ne sais pas que c'est moi, ton fiancé.

La colère cède à l'incrédulité. Elle doute et m'observe attentivement avant de lâcher un soupir dédaigneux.

– C'est ça. Crétin !

– Je suis peut-être un crétin, mais je m'appelle Ben. Et toi, tu es sûrement Nitta.

Soudain, la jolie teinte dorée de son visage disparaît et elle devient aussi blanche qu'une craie.

– Ben ? C'est toi ?

Ça commence bien, elle n'a même pas pris la peine de regarder mes photos !

– En chair et en os, ma belle.

Je me régale du spectacle.. Mon article sera sensationnel, je le sens. D'un seul coup, son attitude change du tout au tout. Ses lèvres s'étirent dans un sourire poli, ses paumes se joignent sous son menton et elle incline légèrement son buste en avant, reproduisant à la perfection le *waï*, ce salut dont les Thaïlandais ont le secret.

– *Sawat dii khaa.*

Soudain mal à l'aise, je l'imite maladroitement en essayant de répéter cette phrase que j'ai pourtant apprise en cours, ce qui ne fait que renforcer son sourire. Elle se redresse avec grâce. Son visage n'est que bienveillance. Finalement, elle a deux sourcils !

– Tu as fait bonne route ?

Voilà comment on efface un épisode gênant. On fait comme s'il n'avait jamais existé.

– Euh, si on enlève le cercueil volant, l'attente interminable à l'aéroport, puis au port, et la chaleur accablante, c'est-à-dire quatre-vingt-dix-neuf pour cent de mon trajet, alors oui. On peut dire que mon voyage s'est bien passé.

Elle s'esclaffe comme si je venais de sortir la blague du siècle alors que je suis sérieux. Elle a un grain. Maintenant, j'en suis convaincu.

Je vais passer les mois qui suivent avec une psychopathe. Enfin, si je survis.

Elle doit enfin déceler la lueur de pure méfiance dans mon regard, car son rire s'arrête aussi sèchement qu'il avait commencé.

– Le pêcheur nous attend pour nous ramener à Keaa Ling.

Quand je comprends que je vais réellement devoir monter sur cette embarcation de fortune, mon estomac forme un nœud marin impossible à défaire sans aide médicale.

– D'accord, je vais juste chercher quelques affaires que j'ai laissées au bar. Je suis à toi tout de suite.

Je déguerpis sans demander mon reste et commande une bouteille d'eau directement au comptoir. Je l'utilise pour faire passer mon médicament contre le mal de mer et ne quitte les lieux qu'un quart d'heure plus tard, quand le cachet commence à faire effet.

Lui vomir dessus parce que je suis malade en mer n'est pas la meilleure manière de gagner sa confiance.

Elle semble mécontente. En même temps, je me suis absenté longtemps en l'abandonnant en plein cagnard. Toutefois, dès qu'elle m'aperçoit, son visage s'éclaire comme celui d'un enfant qui reçoit une Nintendo Switch à son anniversaire. Je ne suis pas dupe. Elle n'est pas amoureuse de moi au point de ne plus pouvoir se passer de ma présence. Mais elle est entièrement séduite par ce que je représente, à savoir un portefeuille bien garni ainsi qu'un visa pour l'Europe. Comment mes compatriotes peuvent-ils tomber dans le panneau au point de se croire aimés par une femme qu'ils viennent à peine de rencontrer ?

– On y va ?

Alors qu'elle n'avait pas besoin du bras du pêcheur pour quitter la barque, elle réclame mon aide pour grimper dessus, jouant à la perfection la fille fragile. En l'occurrence, dans cette histoire, celui qui est fragile, c'est moi. La simple idée de faire du bateau me met tellement mal à l'aise que je serais encore capable de tout envoyer au diable et de faire demi-tour. Je ne sais pas de quand date ma peur des transports. Ça fait longtemps, en tout cas. Je ne panique pas en voiture. Mais dès que j'ai l'impression de ne pas avoir la main sur un moyen de locomotion, comme l'avion ou le bateau, je perds un peu les pédales. Je devine que c'est une histoire de contrôle.

– Ben ?

Son sourire factice me permet de me focaliser sur l'important : ma mission. Étudier minutieusement le comportement de cette fille et montrer au monde entier les rouages des mariages sur catalogue.

J'attrape sa main tendue, dont la peau est étonnamment douce, et l'aide tant bien que mal à monter sur ce fichu radeau du diable. Enfin, je m'assieds. Ça tangue. Je vais mourir. Inconscient de mon état d'esprit, le pêcheur fait bouger l'embarcation chaque fois qu'il charge une valise à l'arrière. D'ailleurs, elle commence à pencher. Ça y est, on va tous se noyer. Ici, dans ce port à la con, sans même que j'aie fini d'écrire mon article.

– Vous ne pouvez pas équilibrer un peu mieux le poids, là ?

L'homme me dévisage sans comprendre. Nitta traduit et se tourne vers moi avec un sourire idiot alors que le marin obtempère.

– Tu es bien installé ?

Je me retiens de rire. Avec le cul appuyé sur une planche en bois pleine d'échardes et l'estomac au bord des lèvres, je pense que même au purgatoire, je serais mieux qu'ici.

– Je suis assis à tes côtés. Que demander de plus ?

Au rayon hypocrisie, je me pose là. Et je n'éprouve pas le moindre scrupule. Nous sommes deux menteurs. Deux arnaqueurs. Mais j'ai une longueur d'avance sur elle, car elle ne se doute pas que je vais l'avoir en beauté. Le pêcheur met le moteur en route. Par chance, l'engin est si bruyant que toute conversation est impossible.

CHAPITRE 7

NITTA

Ça n'aurait pas pu plus mal commencer. Je suis censée être douce, soumise et irréprochable. Au lieu de quoi : je me suis fait draguer sous ses yeux, je l'ai insulté, je me suis trompée de fiancé et, ne nous leurrons pas, j'étais à deux doigts de le frapper à mon tour. On peut dire que j'ai tout fait à l'envers. Si Tukata l'apprend, elle va me tuer.

J'ai essayé de rattraper le coup en me montrant mielleuse à souhait. J'ai l'impression qu'en fait, je l'ai écœuré.

Ce n'est pas ma faute. La dernière fois que j'ai dragué quelqu'un, j'étais ivre morte. Et ça remonte à loin : à cette époque révolue, Donald était le prénom d'un célèbre canard colérique et grincheux et non celui d'un président tout aussi colérique et grincheux.

Je n'aurais jamais dû accepter ce deal. Même pour Khwam. Je ne suis pas faite pour ça. Je suis une femme tout ce qu'il y a de moins fréquentable. Je suis mariée à mon travail, j'ai autant de conversation qu'un Tupperware et j'ai la grâce d'un ananas pas mûr. Signer pour cet accord avec ma sœur, et même engager mon argent, c'était tout sauf une bonne idée.

Maintenant, il est tout crispé, comme si je venais de l'humilier. Je suis sûre qu'il se demande s'il n'a pas commis une erreur en venant ici pour m'épouser. Enfin, pour se marier avec ma sœur.

En même temps, on ne peut pas m'en vouloir. Conformément à ce que m'a dit Tukata, je m'attendais à tomber sur un mec moche comme un pou. Et plutôt mûr. Un peu comme le type que j'ai abordé. Or, celui qui est assis à mes côtés n'a rien d'une espèce de Flanby qui aurait dépassé sa date de péremption. Du coin de l'œil, j'étudie son profil digne de celui d'un dieu grec. Ses cheveux châtains, assez longs, dansent au vent. Quant à ses yeux, ils ont une couleur indéfinissable. Bruns, bleus, comme si Dame Nature n'avait pas réussi à se décider lorsqu'elle a établi son code génétique. Ou comme si elle était arrivée à la fin de son pot de peinture et qu'elle avait dû en commencer un autre. C'est flippant. Ça lui donne un air de psychopathe.

En tout cas, je dirais qu'il a à peine vingt-huit ans. Ses fringues me semblent normales, ni déchirées ni hors de prix. Un mec sans histoires, en somme. Et pas trop laid. Alors, pourquoi n'a-t-il pas trouvé chaussure à son pied en Occident ? Pourquoi a-t-il dû se rabattre sur une femme « payante » ? Est-ce parce qu'il ronfle en dormant ? Est-ce un psychopathe qui découpe les gens en morceaux ? Si j'avais su que j'allais vivre une fausse amourette avec la copie attirante de Charles Manson, j'aurais demandé mieux que Khwam !

De toute façon, je crois que cette histoire touche à sa fin avant même d'avoir commencé. Vu la tronche qu'il tire, c'est mort. À moins de lui fourrer directement la main dans le slip, je ne vois vraiment pas comment je pourrais le décoincer. Et encore !

Je prononce quelques mots au hasard, mais le bruit assourdissant du moteur de tondeuse de l'embarcation les couvre entièrement. Je décide sagement que la meilleure approche est encore de ne pas bouger, de ne pas parler.

Sois belle et tais-toi, mais surtout tais-toi.

Quand nous arrivons à Keaa Ling, il pousse un soupir de soulagement. Moi, je me tends parce que Tukata, postée sur le petit port, s'avance vers nous. Si elle fait ne serait-ce que flairer que j'ai fichu la pagaille, je suis une femme morte.

– *Sawat dii khaa*, nous salue-t-elle en joignant les mains sous son menton, le buste légèrement incliné.

Comme le veut la tradition, je réponds en me baissant de manière plus prononcée pour marquer mon respect. À côté de moi, Ben s'exécute gauchement. Je profite de cet instant d'inattention pour me coller un peu plus à lui afin de faire illusion et tends le bras pour le poser sur son épaule. Pas habituée à toucher les autres, je me loupe complètement. Ma main entre en collision avec sa nuque quand il se redresse, produisant un bruit de claque qui se répercute dans ce silence particulièrement gênant. Il me jette un coup d'œil mauvais, j'ébauche un sourire crispé. Tukata nous observe. Elle n'a besoin que d'une fraction de seconde pour comprendre que ça cloche sérieusement.

– Bienvenue à Keaa Ling, Ben. J'espère que vous y serez heureux. Votre rencontre s'est bien passée ?

La question ne m'est clairement pas destinée, mais je réponds quand même pour éviter que les choses dérapent un peu plus.

– Oh, c'était vraiment comme dans les films ! Un touriste un peu lourd m'a importunée. Ben est arrivé et l'a fait partir d'un coup de poing. Quelle force ! Qui sait ce qui aurait pu m'arriver s'il n'avait pas été là !

Un blanc suit ma description enthousiaste. Je retiens mon souffle en espérant que le *farang* ne va pas contredire ma version des faits.

– C'est à peu près ça, oui. À ceci près que Nitta s'en sortait très bien toute seule.

Je lui souris en plissant le nez. Le but de cette grimace ? Le faire craquer pour moi ? Lui faire peur pour qu'il se taise ? Je ne le saurai jamais.

– Tu es trop modeste, Ben.

L'entremetteuse comprend enfin ma gêne et décide de m'aider.

– Bon ! fait-elle en tapant bruyamment dans ses mains. Si je vous faisais visiter votre nouvelle demeure ?

– Oui, s'il vous plaît, répliquons-nous d'une voix éteinte qui suscite un haussement de sourcils de la part de Tukata.

La vieille dame a eu la bonne initiative d'abandonner le tuk-tuk traditionnel au profit d'une belle et spacieuse voiture japonaise. J'avoue n'en avoir jamais vu comme celle-ci à Keaa Ling. Il y a même un chauffeur particulier ! Alors qu'elle s'assied côté passager, Ben et moi nous installons à l'arrière, chacun à une extrémité de la banquette, comme si le simple fait de nous toucher nous était insupportable. L'entremetteuse me jette un regard lourd de reproches. Je baisse la tête, un peu honteuse.

Même si l'île est minuscule, le trajet est long. La faute au conducteur qui a fait un détour, sans doute pour ne pas traverser la partie la plus pauvre de Keaa Ling. La Thaïlande est un pays fier, nous aimons nous montrer sous notre meilleur jour, quel qu'en soit le prix.

Bien que j'aie séjourné dans de grands hôtels chaque fois que l'on m'a envoyée en déplacement professionnel, je découvre avec stupeur la beauté de l'endroit qui deviendra notre foyer pour les jours à venir.

Après avoir traversé un haut portail censé éviter les intrusions, nous voilà dans un écrin de verdure. Au centre de cet écrin, une piscine privée bordée de palmiers. Juste en face se trouve un bâtiment de style thaïlandais dont les dorures étincellent au soleil.

– Qu'est-ce que c'est ?

– C'est le restaurant. Vous pouvez déjeuner ici ou bien vous faire livrer vos repas dans votre chambre. Tout est compris dans le pack « La flèche de Cupidon » du Chan Rak.

Alors que Ben se contente de sourire, je détourne le regard en entendant le mot « Cupidon ». Clairement, nous n'y sommes pas du tout. Il va falloir que j'y mette du mien si je veux qu'il tombe amoureux de moi. Quelqu'un peut-il me rappeler pourquoi je me suis laissé embarquer dans cette histoire ?

– Vous pourrez également bénéficier du spa ainsi que du home cinéma. Tout a été conçu pour votre confort, des massages thaïlandais jusqu'au bar à chats en passant par le bain à remous.

Je souris bêtement en songeant au bar à chats. C'est ce que j'ai entendu de plus tentant depuis mon retour au pays. Je surprends le regard de Ben posé sur mon visage. Un regard pas spécialement attendri ou bienveillant, mais plutôt méfiant. En quatre mots : je lui fais peur. Il faut dire que mon comportement n'a rien de naturel. Je dois me ressaisir.

Tukata reprend :

– Le Chan Rak accueille cinq couples dans le cadre du pack. Les autres participants auraient certainement aimé venir vous saluer, mais ils sont occupés pour la journée avec une activité.

Du coin de l'œil, je vois Ben acquiescer mollement.

– Est-ce qu'on va loger ensemble ?

– Oh non ! Je vous rassure. Chaque couple a sa propre maison. La piscine, le restaurant et le spa sont communs, tout comme certaines activités proposées par le club. Mais vous aurez une maison rien qu'à vous.

Lorsqu'il secoue la tête, je peux sentir son odeur. Un mélange de parfum boisé et de sueur.

– Non, je me suis mal exprimé. Je veux dire, est-ce que je vais habiter avec… elle ?

Il me désigne du pouce, inconscient que dans mon pays c'est un cruel manque de politesse. Pour le coup, je me sens doublement mal. Je lui jette un regard incrédule faisant écho à celui de Tukata, qui s'est retournée pour l'observer. Elle remet derrière son oreille une mèche grise qui s'est échappée de son chignon, peut-être pour se donner une contenance, car pour la peine, elle semble aussi déstabilisée.

Sur quelle touche dois-je appuyer pour disparaître ?

– Bien sûr. Chez ThaïCupidoo, nous misons sur la qualité avant tout, raison pour laquelle nous avons mis au point le pack « La flèche de Cupidon ». Le but de ce programme est de vous permettre de mieux vous connaître entre fiancés dans le cadre de votre mariage, car, j'en suis certaine, vous n'avez pas envie d'épouser une femme à l'aveugle. Elle doit vous plaire sincèrement.

Si Tukata n'a rien perdu de son attitude professionnelle, moi, je me décompose. Je n'ai pas l'habitude de flirter et encore moins de me battre pour séduire quelqu'un. En revanche, j'ai une conscience aiguë de ce que ça fait d'être rejetée. Et c'est exactement ce que Ben hésite à faire. Je le perçois dans sa manière d'agir avec moi, et cette certitude ne me rend que plus gauche.

– Bien sûr. Je comprends.

Au moins, il ne m'a pas jetée.

Pas encore !

La voiture s'arrête devant l'une des cinq maisons en bois séparées les unes des autres d'une bonne vingtaine de mètres.

– Voici votre nouveau chez-vous. Je vous montre ?

Comment résister à l'enthousiasme de Tukata lorsqu'elle agite les clés juste sous notre nez ?

Nous suivons la petite vieille la plus agile du monde à travers un long jardin verdoyant et fleuri. Les escaliers en bois craquent sous nos pas. La porte s'ouvre sur un intérieur lumineux et moderne. De l'autre côté du couloir, la baie vitrée qui donne sur la mer m'arrache un sourire.

Les meubles sont en teck. La décoration, quant à elle, est plutôt zen. Il y a une statue de Bouddha en pierre, mais elle est loin de l'exubérance colorée de nos autels traditionnels. Je retrouve les teintes crème, gris et rose qui font souvent l'unanimité. Ils n'ont pris aucun risque, et c'est tant mieux. L'odeur, elle aussi, est neutre. Cette maison qui n'a pas d'âme est à l'opposé de celle de ma mère, elle est faite pour moi.

Après nous avoir accordé quelques instants pour observer notre nouveau cadre de vie, Tukata reprend :

– Le logement compte un séjour, une cuisine et deux chambres qui ont chacune leur salle de bains, ainsi qu'une autre salle d'eau commune, histoire de vous laisser le temps de vous habituer l'un à l'autre sans brusquer les choses. Suivez votre propre rythme, et tout ira bien.

Je pousse un soupir de soulagement un peu excessif et récolte un regard indéchiffrable de la part de Ben, ainsi qu'un coup d'œil réprobateur de l'entremetteuse.

Je n'y peux rien si j'angoisse à l'idée de partager mon lit avec un parfait inconnu. Je lui fais suffisamment confiance pour penser qu'il ne va pas me violer ni me découper en morceaux, principalement parce que nous avons son nom et qu'il se ferait prendre en moins de deux s'il tentait le moindre truc louche. Mais pour moi, ce n'est pas évident de devenir intime avec quelqu'un que je n'ai pas choisi.

Après quelques explications, Tukata s'en va. Je me retrouve seule face à mon faux fiancé et mon stress monte d'un cran. Je baisse les yeux pour ne pas croiser son regard.

Je ne me reconnais plus !

– J'imagine que tu vas choisir la plus grande chambre.

Je plante mes iris dans les siens, déstabilisée par le ton désagréable qu'il vient d'utiliser.

– Pourquoi ferais-je cela ?

Il hausse les épaules sans me quitter des yeux.

– Eh bien, j'imagine que c'est ce que tout le monde veut, non ? Avoue que ça te démange, d'avoir un peu accès au luxe. Prends ça comme un avant-goût de ce que je t'offrirai en Europe !

Son clin d'œil m'indique qu'il plaisante.

C'est en effet ce que ma sœur ferait. Prendre le meilleur sans se soucier des autres. Kanitta a toujours été une femme vénale. J'imagine que c'est le cas d'une bonne partie de celles qui sont prêtes à épouser un *farang* sans réellement le connaître pour se faciliter la vie.

Je penche la tête sur le côté et balance avec un sourire :

– Si ça ne te dérange pas, je prendrai celle avec la plus belle vue.

Je le laisse en plan pour monter à l'étage. Les deux chambres ont une ouverture vers la mer, mais je choisis celle qui possède un balcon. Il y a également deux portes. La première donne sur la salle de bains la plus luxueuse que j'aie vue en Thaïlande, avec une baignoire suffisamment grande pour accueillir deux ou trois personnes sans qu'elles se touchent. Quand je pense que dans la maison où j'ai grandi, qui doit se trouver à une dizaine de kilomètres d'ici, il n'y avait même pas l'eau courante durant toute mon enfance !

Curieuse, j'ouvre la deuxième porte avec l'impression d'être Alice au Pays des merveilles. Super, c'est un dressing ! Même s'il est petit, je suis contente parce que je n'en ai jamais eu. Je ferme derrière moi et m'avance pour inspecter ce trésor quand un mouvement me fait sursauter : Tukata surgit de derrière une robe et je pousse un hurlement strident.

– Qu'est-ce que vous faites ici ? Vous êtes passée par le balcon ?

Ma parole, cette mamie est une vieille ninja.

J'entends les pas précipités de Ben dans le couloir.

– Tout va bien, Nitta ?

Tukata pose l'index sur les lèvres pour m'inciter au silence. Visiblement, elle n'a pas envie qu'il entre dans la chambre.

– Pff. Je ne grimpe pas aux murs, tout de même ! Je t'attendais planquée ici pour te parler seule à seule. Mais occupe-toi de ton mec, tu as dû lui faire peur à crier comme une dingue. Rassure-le. Mens.

J'élève la voix :

– Oui, j'ai trouvé une souris !

L'entremetteuse lève les yeux au ciel.

– D'accord, chuchoté-je, j'aurais pu trouver mieux comme excuse. Mais j'ai été un peu prise de court !

– Une souris ? Peut-être faudrait-il prévenir l'hôtel.

Son ton est presque moqueur. Il m'énerve !

– Non, non. C'est une gentille souris.

Tukata se cache les yeux derrière les mains. Je m'enfonce.

– Je veux dire, je gère. J'ai travaillé dans une animalerie. Je sais comment les manipuler.

Ce n'est pas exactement la vérité ni tout à fait un mensonge.

– Ah, je l'ignorais.

– C'est parce que je regorge de surprises, chéri. C'est pour ça qu'il faut qu'on prenne le temps d'apprendre à se connaître. Voilà, tout va bien, la souris est partie ! Merci de t'être soucié de moi.

Si tu pouvais te casser maintenant, ça serait parfait !

Tukata et moi retenons notre souffle jusqu'à ce que les pas du *farang* s'éloignent dans le couloir, après quoi elle me saute littéralement à la gorge.

– Mais ça ne va pas du tout ! Il n'a franchement pas l'air content. Qu'est-ce que tu lui as fait ?

J'ai flirté sous ses yeux avec un vieux, et après, je l'ai insulté.

– Rien du tout.

Je me compose une expression de pure douceur. Je vois dans le regard de l'entremetteuse qu'elle ne me croit pas, mais elle a l'intelligence de ne pas insister.

– ThaïCupidoo, c'est mon gagne-pain, Nitta. J'ai besoin de cet argent. S'ils mettent un terme à ma collaboration avec eux…

– Je comprends. Et moi, j'ai besoin de…

Elle me coupe la parole d'un geste brusque.

– Je me fiche de tes états d'âme. Des gens dépendent de moi, et moi, je dépends de toi. Tu as intérêt à faire mieux que ça, Nitta. Débrouille-toi comme tu veux pour le séduire, mais il faudra qu'il t'épouse, sans quoi toi et moi allons avoir de sérieux problèmes. Compris ?

Je ne lui demande pas en quoi consistent ces « problèmes ». La menace qui pèse dans ses yeux comme dans ses mots suffit à me calmer.

– *Chàï krab*, accédé-je en baissant docilement la tête.

Les doigts de mon interlocutrice se posent sous mon menton pour me contraindre à la regarder. La colère a quitté ses traits. Elle a gardé sa détermination, mais ses iris pétillent d'une douceur nouvelle.

– Tu es belle, Nitta. Et intelligente. N'aie pas peur de ce que tu es. Au fond de toi, je suis sûre que tu sais comment t'y prendre pour le séduire. Laisse-toi aller et tout ira bien.

Elle ignore que celle qui avait une liste de prétendants longue comme le bras, c'était ma jumelle. Moi, je n'ai jamais eu que mes livres de cours et le travail. Surtout le travail. Néanmoins, j'acquiesce.

Parce qu'elle a au moins raison sur un point : je dois gagner le cœur de Ben.

– Je t'ai préparé quelques habits, glisse-t-elle en désignant les lieux avec un sourire.

J'étais tellement concentrée sur la présence incongrue de l'entremetteuse dans cette pièce que je n'ai même pas songé à faire attention à l'endroit où je me trouvais.

– Quelques habits ? C'est un dressing digne de Madonna !

J'exagère un peu, mais j'essaie de me montrer enthousiaste. Sa main descend sur mon épaule, qu'elle serre affectueusement.

– Alors, fais-toi belle pour le dîner !

– Le dîner ?

Elle m'abandonne là et quitte le dressing. Le temps que je réagisse, elle est déjà partie. Par le couloir ou par la fenêtre, je ne le saurai sans doute jamais.

Spider Mamie...

Dépitée, j'examine les tenues que contient mon dressing. Des robes, des robes et encore des robes. Et aucune n'arrive en dessous du genou. Non que je sois devenue soudainement prude, mais s'il y a une partie de mon corps que je déteste, ce sont bien mes jambes.

Par chance, j'ai ce qu'il faut dans mes valises. Une paire de collants aussi opaques qu'une nuit sans étoiles. À New York aussi, j'ai pris l'habitude de cacher mes faiblesses pour paraître indestructible. Mais ici, c'est comme si la lumière des tropiques risquait de les dévoiler à tout moment. Raison de plus pour redoubler de vigilance.

Trente minutes plus tard, je suis opérationnelle. Cheveux propres et noués dans un joli chignon, petite robe noire, collants et maquillage sophistiqué, mais sans excès. J'ai même trouvé une parure toute simple sur ma table de nuit, ainsi qu'un parfum dont j'ai consciencieusement vaporisé les points stratégiques de mon corps.

Devant la porte, je pousse un profond soupir. Je n'ai jamais eu à me demander si un homme me trouverait à son goût. C'est maintenant chose faite et c'est une impression que je n'aime pas du tout. Jusqu'ici, je n'ai connu que des coups d'un soir, et je me fichais de leur opinion à mon égard puisqu'ils étaient jetables, à mes yeux. Jamais je n'ai imaginé que je me soucierais de plaire à un homme de manière durable, simplement parce que je n'avais pas la moindre envie d'être en couple. Même si dans ce cas précis, c'est pour de faux, je ne peux pas m'empêcher d'appréhender sa réaction.

Quand j'arrive dans le salon, je le trouve en train de pianoter sur son smartphone. Il ne m'a peut-être pas entendue arriver. Sans doute parce que, selon la tradition thaïlandaise, je ne porte jamais de chaussures à l'intérieur, donc je ne fais pas de bruit.

Soudain, j'ai comme une illumination. Pour le séduire, je vais faire comme ma sœur et adopter une de ces poses lascives que l'on voit dans les films. Je me penche sur la table, me cambre pour lui offrir une jolie vue sur ma chute de reins et attends. En vain. Je toussote pour attirer son attention. Sauf que mon manque de classe étant ce qu'il est, je produis le même son que Mao quand il essaie de recracher une boule de poils. Ben lève brusquement les yeux vers moi et se met debout d'un bond.

– Tu t'étouffes ?

Puisque maintenant, j'ai l'air con, autant mentir jusqu'au bout. Je passerai moins pour une idiote s'il croit réellement que je me suis étranglée. Je hoche la tête d'un air faussement paniqué.

– Attends, je connais les gestes qui sauvent.

Oh non, pas ça !

Sans me laisser le temps de prétexter que ça va mieux, il se matérialise derrière moi et place mon buste dans un angle étrange et mes bras, en croix sur ma poitrine.

Nom de nom ! Qu'est-ce qu'il fiche ? On dirait qu'il va me balancer dans un sarcophage.

Il m'administre quelques claques entre les omoplates, d'une puissance telle qu'elles produisent l'effet inverse de celui escompté et me coupent le souffle, si bien que lorsqu'il me demande si ça va mieux, je suis incapable de répondre.

– Attends, j'ai la solution. Ne panique pas.

Trop tard !

Il me redresse totalement. Tout l'arrière de mon corps est collé à lui. Je suis étonnée par la fermeté de son anatomie, surtout de ses pectoraux. Je n'ai pas le temps d'en profiter parce que ses deux poings s'enfoncent dans mon ventre, appuyant si fort que mes poumons se vident entièrement de leur air dans un bruit peu ragoûtant.

Mon Dieu, je ne pouvais pas faire pire.

Dans l'effort, mes yeux sont devenus humides, faisant couler le mascara. Et j'ai soudainement très chaud. Mon front est même trempé de sueur. Quant à mes cheveux, si j'en crois les mèches folles qui me collent au visage, ils se sont rebellés contre l'autorité du chignon. Le miroir accroché au mur le plus proche de la table m'offre une vision d'horreur. Je ressemble à Rocky Balboa après un combat de boxe.

J'essaie de ne pas perdre la face et papillonne des cils lorsque je lève mon regard sur lui.

– Si jamais tu vois flou, ça peut être un signe de manque d'oxygène dans ton cerveau. Vu que tu as failli t'étouffer, ça pourrait correspondre. En plus tu es toute rouge.

Vas-y, enfonce-moi un peu plus...

Je ne suis pas satisfaite de la manière dont s'est produit notre premier rapprochement physique. J'espérais quelque chose de plus sensuel pour coller à mon rôle, mais au moins, c'est fait. Le contact est passé.

– Je t'assure, tout va bien. On va dîner ?

Je lis l'hésitation sur ses traits. En même temps, qui voudrait sortir avec moi dans cet état ? Finalement, le « contact » n'est pas si bien passé que ça. Je me compare mentalement à ma sœur, et je ne lui arrive pas à la cheville, pour ce qui est de plaire aux hommes.

– Ça te dérange si on se fait livrer ici ? Le voyage m'a crevé et le décalage horaire n'arrange rien.

Voilà, j'en étais sûre. L'étape séduction vient à peine de commencer que j'en sors déjà perdante. Mais je ne peux pas insister, au risque de le brusquer. Je me mords les lèvres avant de me forcer à les étirer dans un sourire compatissant.

– Bien sûr, je comprends. Et si tu as besoin de quoi que ce soit : un massage, un bain chaud… n'hésite pas à me solliciter. Je suis là pour ça.

Il rejette mon offre. Poliment, mais c'est tout de même un refus. Nous échangeons quelques banalités au cours du repas, mais j'avoue que notre discussion est plus plate que le delta du Mékong. Il n'est pas encore vingt heures quand je me glisse dans mes draps, le cœur froid, insatisfaite de ma prestation et peu confiante en l'avenir.

CHAPITRE 8

BEN

Aujourd'hui, pour la première fois, je me sens prêt à sortir. En trois jours, c'est à peine si j'ai quitté ma chambre. Moi qui ai pour habitude de me nourrir de cochonneries à n'importe quelle heure du jour ou de la nuit, moi dont l'estomac était, je le pensais, indestructible, j'ai été mis à terre par un simple verre d'eau. Eh oui, après m'être brossé les dents le premier soir, j'ai eu la flemme de retourner dans la cuisine chercher une bouteille. Ou plutôt, disons que je n'avais pas envie de croiser Nitta. Elle avait l'air tellement déçue quand j'ai refusé de dîner dehors que j'ai préféré m'éclipser sitôt notre repas terminé. Par conséquent, j'ai bu directement au robinet. Erreur fatale, puisque tout voyageur qui se respecte sait qu'il ne faut jamais consommer directement l'eau issue des canalisations dans les pays qu'on ne connaît pas. Résultat pourtant prévisible : je me suis retrouvé avec une gastro hautement destructrice, une tourista impitoyable. Oui, j'ai frôlé la mort de près – j'exagère à peine – mais telle est la rude vie d'un journaliste.

Et comme un vrai journaliste, j'ai continué d'écrire malgré l'adversité. J'ai commencé par rédiger des notes concernant mon arrivée chaotique en Thaïlande ainsi que mes débuts pas franchement encourageants avec Nitta. J'ai parlé de son physique sans défauts. De mes impressions quand je l'ai vue. Je ne l'ai pas trouvée tout à fait conforme aux photos. Elle était plus réelle, plus vraie, et ça m'a plu. J'ai narré la manière abracadabrante dont on s'est réellement rencontrés, et qui était à des lieues de celle que je m'étais imaginée. Quand j'y pense, je me dis que c'était vraiment drôle, car inattendu. Mais j'ai également abordé son sourire de façade, ses réactions sans cesse artificiellement adaptées aux miennes. Conformément à mes prévisions, c'est comme si elle avait été programmée pour plaire à son fiancé, et les quelques fois où je l'ai croisée durant ma convalescence n'ont fait que corroborer cette impression. Ses propositions de massage alors que, clairement, le cœur n'y était pas. La façon un peu forcée dont elle m'a donné des médicaments. Ça se sent, qu'elle n'a pas envie de faire ça. Qu'elle n'a pas envie d'être là, tout simplement.

Elle ne le sait pas encore, mais je vais la démasquer. Je révélerai au monde comment elle et celles qui lui ressemblent procèdent pour faire croire aux hommes qu'elles sont réellement tombées sous leur charme alors qu'ils devraient savoir que tout ce qui les intéresse, c'est leur portefeuille et le billet d'entrée en Occident. Ils passent tout de même un marché avec elles. J'aimerais comprendre, puis expliquer dans mon article, comment certains en viennent à l'oublier.

Je suis en train de fermer les boutons de ma chemise quand mon téléphone bipe. C'est un message de Marc. Cet homme ne dort décidément jamais.

Je suis passé voir ta mère.
Elle va bien.

Si par « bien », il veut dire réduite à l'état de légume branché à une machine…

C'est juste une suggestion
mais peut-être pourrais-tu lui
envoyer une carte postale. Ça lui ferait
super plaisir, j'en suis convaincu.

Plaisir ? Alors qu'elle est inconsciente ? Le seul papier qui puisse faire plaisir à ma mère, c'est celui que l'on utilise pour fabriquer les chèques et les billets de banque. Je réponds quand même à Marc, parce que je sais qu'il cherche à bien faire.

Merci, mais pour l'instant,
la seule chose que j'aie visitée,
ce sont les toilettes de l'hôtel.
Je n'ai donc pas de carte postale.
De toute façon, ce n'est pas comme
si elle était en mesure de la lire…

C'est d'un pas déterminé que je quitte la chambre pour me rendre dans le salon. Je ne sais pas à quoi je m'attendais, mais sûrement pas à ça. Je trouve Nitta affalée sur le canapé, un paquet de petits gâteaux secs sur le ventre, des miettes plein le tee-shirt extralarge qui descend jusqu'au tiers de ses cuisses. Sur l'écran du téléviseur, ce n'est pas une émission de téléréalité abrutissante qui défile, mais un documentaire de vulgarisation sur la conquête spatiale, si j'en crois les images, parce que je ne comprends rien au thaï.

– Alors, quand est-ce qu'on va sur Mars ?

Elle sursaute brusquement, envoyant le paquet de gâteaux ouvert au plafond. Le contenu de celui-ci s'éparpille en une centaine de miettes – comme quoi, il peut neiger en Thaïlande – tandis que Nitta se redresse d'un bond.

– Je suis désolé, je ne voulais pas te faire peur.

Elle secoue la tête pour me faire comprendre qu'il n'y a pas de problème. Alors que mon regard cherche à descendre sur ses jambes, elle se décale pour les dissimuler derrière une chaise.

– Ce n'est rien ! C'est juste que… je ne m'attendais pas à te voir hors de ta chambre.

Elle laisse planer un bref sourire sur son visage.

– Tu as faim ? Tu veux qu'on aille prendre le petit déjeuner au restaurant de l'hôtel ?

Son sourire s'élargit jusqu'à dévoiler deux fossettes charmeuses, mais il ne devient pas communicatif pour autant.

Tout en elle est mesuré pour me plaire.

– Avec plaisir ! Ça fait trois jours que je me nourris de ce genre de salo… de ce genre de gâteaux secs.

– Tu n'es pas allée manger seule au restaurant ?

J'avoue que j'étais tellement focalisé sur mon étroite relation avec les toilettes de ma chambre que je n'ai même pas cherché à savoir ce qu'elle devenait.

Elle secoue la tête.

– Non. Je voulais le tester avec toi.

C'est ça. Elle ne pouvait pas me donner une meilleure image de la fiancée dévouée qui n'ose pas faire un pas sans son homme. C'est tellement conforme à ce que j'attendais que c'en est décevant.

– Mais je suis quand même sortie un peu pour m'aérer l'esprit. Alors, on y va ?

– Tu comptes y aller comme ça ?

– Oh, pardon. Je me change et j'arrive. J'en ai pour cinq minutes. Tiens, regarde ça.

Elle me jette à la figure la notice d'utilisation de la télé. Qu'est-ce qu'elle veut que je fiche avec ça ? Le temps que je réagisse, elle m'a abandonné dans le salon. Aurait-elle honte de son corps ? Pourtant, elle est bandante et dans moins de trois mois, elle est censée devenir ma femme. Alors, pourquoi est-elle aussi mal à l'aise et prude avec moi ?

Elle revient vers moi, vêtue d'une robe d'été légère en coton bleu ciel. Elle dévoile son décolleté sans en faire trop, cintre joliment à la taille et s'évase en un beau trapèze à la base.

– Tu aimes ?

La tête penchée sur le côté, elle m'observe avec une pointe d'appréhension. Je décide de la tester pour voir comment elle réagit.

– Dommage que tu aies mis ces collants opaques. Ça gâche un peu le côté festif de ta robe. Je les déteste.

Alors que je m'attends à ce qu'elle s'en débarrasse pour me faire plaisir, elle se contente de garder la tête haute sans montrer de réaction. Une émotion que je ne saurais identifier passe dans son regard et pendant un bref instant, j'éprouve une once de culpabilité à l'idée de l'avoir blessée.

Elle est peut-être plus difficile à cerner que je ne l'avais pensé.

– Allons-y, sinon il n'y aura plus que les restes, fait-elle en se dirigeant vers la porte sans m'attendre.

Je l'ai vexée, elle s'est fermée. À moi de réparer les dégâts. Je la suis à l'extérieur, où la chaleur étouffante m'assaille sans crier gare. Il est à peine huit heures du matin et le mercure atteint déjà une trentaine de degrés. Il me faut presque courir pour parvenir à la rattraper. Arrivé à sa hauteur, je la devance pour me planter devant elle et l'attrape par le poignet. Une fois encore, je suis étonné par la douceur de sa peau.

– Pardon, Nitta. Il m'arrive d'être un peu brusque, parfois.

Son visage est toujours fermé et elle évite de me regarder.

– C'est que… je n'ai pas l'habitude avec les femmes.

Et quelque part, ce n'est pas tout à fait un mensonge. Les filles, je les baise. Je ne discute pas avec elles. J'ai beau être journaliste, je m'aperçois que je ne sais pas forcément manier les mots comme je le voudrais. Avec elle, en tout cas.

Elle plante ses iris dans les miens. Pour la première fois, je remarque les petites paillettes d'or qui brillent dans le noir de ses prunelles comme autant d'étoiles.

– C'est pour ça que tu as cherché à en épouser une sur catalogue ? Parce que c'est plus facile ?

J'ai capté comment elle fonctionne. Elle cherche à me déstabiliser puis elle m'interroge, l'air de rien. Par chance, je n'ai pas l'occasion de lui répondre car Tukata arrive vers nous à la vitesse de l'éclair. Pour une mamie, je la trouve super en forme.

– Eh bien, ça va mieux ? Vous avez réussi à vous décrocher des toilettes !

Nitta se détourne en se mordant les lèvres pour ne pas éclater de rire tandis que moi, je suis sonné. Puis je comprends que l'entremetteuse ne blague pas. Il faut croire que certains sujets ne sont pas tabous en Thaïlande.

– Euh, oui.

– Dans ce cas, je serai ravie de vous accueillir au restaurant de l'hôtel. Le petit déjeuner est servi jusqu'à neuf heures. Je vous laisse, j'ai encore plein de choses à préparer.

Elle nous abandonne, criant des ordres à un employé de manière toujours aussi énergique. Lorsque je me tourne vers Nitta, je découvre un sourire sur ses lèvres. Mais celui-ci est différent, parce qu'il est vrai. Elle est nettement mieux comme ça.

– Ne lui en veux pas. Nous n'avons pas les mêmes tabous qu'en Occident.

Je hoche la tête en me remettant en marche avec elle.

– Tu connais bien l'Occident ?

Une petite lueur d'hésitation passe dans son regard, mais elle se reprend très vite.

– Un peu. Je me suis renseignée pour t'accueillir au mieux. Et puis, ça sera plus pratique si on vient à se marier.

– Oui, c'est probable.

Ma réponse laconique semble la déranger. Sans doute a-t-elle peur que le gros poisson qu'elle essaie de pêcher lui échappe. Ou alors, elle s'attache réellement à moi, même si c'est peu crédible. Par moments, je la trouve quasi transparente et l'instant d'après, elle me surprend. Comme s'il y avait deux personnes en elle. Ça ne rendra mon article que plus intéressant.

Le restaurant est digne de celui d'un hôtel européen de catégorie moyenne à élevée. Je n'ai donc rien à redire sur l'hygiène. Une serveuse vient à notre rencontre. Avec ses cheveux arc-en-ciel, l'exubérance de sa gestuelle et la joie naturelle qui semble émaner de sa personne, elle détonne dans ces lieux feutrés.

– Bonjour ! Nous allons bientôt être de la même famille ! Je suis Boon-Bee, la cousine de Nitta, et accessoirement, serveuse et cuisinière du restaurant.

Je serre la main qu'elle me tend, un peu décontenancé.

– Secouez-vous, on dirait que vous avez un balai planté dans le derrière, tous les deux. Vous êtes amoureux ou pas ?

Nitta et moi échangeons un coup d'œil gêné. Par chance, la cousine ne nous laisse pas le temps de répondre puisqu'elle enchaîne tout de suite.

– L'abonnement vous donne accès au buffet à volonté à tout moment. Vous pouvez également commander à la carte, mais cela vous sera facturé. Dans tous les cas, nos plats sont excellents puisque c'est moi qui les cuisine.

Elle nous offre un sourire enthousiaste avant de nous attraper chacun par une épaule pour nous coller l'un à l'autre.

– Quel beau couple vous formez ! Bon, allez vite vous mettre à table. Et comme on dit, l'amour vient en mangeant !

– Euh, c'est l'appétit… la corrige Nitta.

L'étrange personnage nous pousse vers une table avant de nous abandonner pour retourner en cuisine.

– Je suis désolée, j'aurais dû te prévenir, s'excuse Nitta. Ma cousine est un peu…

– Exubérante, complété-je.

– C'est ça.

– Ça ne fait rien. J'aime bien les personnes excentriques.

Elle semble analyser mes paroles. Je suis sûr qu'elle va adapter son comportement en conséquence.

Nous nous levons pour aller chercher notre petit déjeuner. Le buffet propose tout ce qu'il faut pour satisfaire n'importe quel touriste occidental. Conformément à ce que j'imaginais, Nitta remplit son assiette de fruits frais, et rien d'autre. Bien sûr, il ne faudrait pas qu'elle prenne un gramme ! Elle me fait penser à ma mère, dont le corps sculptural était le principal – voire le seul – atout. Elle s'en est servie pour attirer mon père dans ses filets et n'a pas hésité une seconde à lui briser le cœur lorsqu'elle a jugé qu'elle l'avait suffisamment exploité.

– Tout va bien ?

Son petit déjeuner dans les mains, Nitta s'est postée devant moi sans même que je m'en rende compte et m'observe avec inquiétude.

– Oui, allons nous asseoir.

Attablé devant elle dans un silence dérangeant, je l'observe découper ses tranches d'ananas avec une précision chirurgicale assez flippante. Je me sens obligé de parler.

– C'est ça que vous mangez le matin, en Thaïlande ?

Elle lève subitement la tête, aussi surprise que moi par mon intervention.

– Euh…

Pourquoi est-ce que j'ai l'impression qu'elle est obligée de chercher la réponse dans ses souvenirs lointains ?

– Le vrai petit déjeuner thaïlandais ne ressemble à aucun autre, en fait. D'abord, on boit du thé, glacé de préférence. Puis, nous mangeons une sorte de soupe de riz qui pourrait passer pour du porridge.

Son nez se plisse dans une grimace spontanée qui me fait sourire.

– Raconté comme ça, ça n'a pas l'air spécialement bon. Mais je t'assure que c'est un délice.

Son enthousiasme me pousse à l'interroger davantage au sujet de ses vraies coutumes, mais je me rends compte qu'elle ne m'écoute même plus. Toute son attention semble focalisée sur un point derrière moi. Je me retourne, mais je ne vois qu'un couple mixte, comme nous, en train de s'installer.

Lorsque je reviens à Nitta, elle s'est saisie de la carte du restaurant qu'elle tient devant elle en masquant son visage. Pourtant, elle n'a pas vidé son assiette.

– Tu as encore faim ?

Petit silence.

– Oui, répond-elle en maintenant le menu entre nous. T'avoir parlé de petit déjeuner m'a donné envie d'en prendre un autre.

J'acquiesce et pioche dans mes céréales. Cinq minutes s'écoulent sans qu'elle bouge d'un pouce. Elle reste là à scruter la carte. Enfin, je pense puisque je ne vois pas son visage.

– Nitta ?

CHAPITRE 9

NITTA

Cachée derrière la carte, j'essaie de faire signe à ma cousine, venue garnir le buffet, de me tirer de là. Mais cette gourde de Boon-Bee me rend mon salut sans s'apercevoir que je suis dans la panade.

Et pour cause ! Installés à la table juste derrière Ben se trouvent un *farang* et sa future femme. Future femme qui n'est autre que Maï, une copine de classe. Elle était ma meilleure amie de l'école jusqu'à ce qu'on se sépare quand elle a disparu au cours de la terminale. Intelligente, gentille, mais aussi jolie, elle était le souffre-douleur de ma jumelle, peut-être parce qu'elle était l'une des rares personnes qui m'appréciaient. Elles se détestaient. Kanitta lui rendait la vie impossible. Il n'est pas question qu'elle me reconnaisse. Elle pourrait compromettre ma couverture.

Juste au moment où Ben s'intéressait enfin à moi avec cette histoire de petit déjeuner, il a fallu qu'elle se pointe et qu'elle fasse tout capoter. Si je reste suffisamment discrète, elle ne me verra pas, j'en suis certaine.

– Nitta ?

Loupé !

La voix de mon ancienne camarade ne me laisse aucun doute. Elle m'a repérée ! Mon cœur frissonne, parce que j'étais réellement attachée à cette fille. En dehors de mon père, elle était mon univers. Je plaque un sourire de façade sur mon visage, parce que si intérieurement, je suis ravie de revoir ma copine, ce n'est clairement pas le bon moment !

– Maï ! Quelle belle surprise ! m'exclamé-je en me levant. Le monde est petit, je ne m'attendais vraiment pas à te trouver ici !

La jolie brune me serre contre elle. Son odeur est identique à la mienne. À croire que la direction du Chan Rak a acheté par lot les parfums placés dans nos chambres.

– Moi aussi, je suis étonnée de te voir ici ! Je te croyais en Amérique.

Eh merde !

Je jette un coup d'œil vers Ben, qui ne perd rien de notre conversation puisqu'elle se déroule en anglais. J'essaie de répondre d'une voix assurée.

– En Amérique ? Quelle idée saugrenue !

– C'est pourtant ce que ta mère raconte à qui veut l'entendre. Que tu vis désormais à New York, seule avec ton chat.

Je la tue tout de suite ou j'attends cinq minutes ?

Je réfute sa théorie d'un geste vague de la main.

– Elle prend mes rêves pour des réalités. D'ailleurs, je ne vis pas avec un félin, mais avec… lui. Mon fiancé.

Je désigne Ben, qui se met debout pour saluer Maï. Son visage affiche une expression un peu perdue.

– Je suis Ben, le fiancé de Nitta.

– Kanitta, me hâté-je de préciser pour éviter que Maï fasse l'erreur de m'appeler par mon prénom.

– Tu as de la chance, Ben. Tu as tiré la plus jolie, la plus intelligente et la plus gentille des jumelles. N'est-ce pas, *Kanitta* ?

Au ton qu'elle a utilisé, je devine qu'elle a des doutes sur ma sincérité. Après tout, nous avons été meilleures amies pendant des années, on n'efface pas une relation comme ça du jour au lendemain. J'écarquille les yeux en fixant Maï, qui ne comprend pas mon appel au secours.

– Bien sûr, Maï.

Elle me détaille encore quelques instants. Je lui souris avec bienveillance pour ne pas éveiller les soupçons de Ben. Intérieurement, je suis en train de me demander combien de temps il me faudrait pour creuser un trou dans le sol avec ma fourchette et m'y enterrer à tout jamais.

– Ça m'a fait plaisir de te voir, Maï.

Si avec ça, elle ne comprend pas qu'il faut qu'elle s'en aille !

Après m'avoir jeté un dernier regard intrigué dans lequel perçait un fond de colère, elle tourne les talons et commence à partir. Elle n'a pas fait trois pas que la voix tonitruante de Tukata se fait entendre dans le restaurant.

– Chers amis, on organise une visite de Baan Talae. Qui est partant ?

Visiter le village où je suis née ? Et puis quoi encore ? Mais si ça peut me tirer de ce mauvais pas, alors je dis oui, et plutôt deux fois qu'une.

– Je suis volontaire ! crié-je avec l'enthousiasme d'une Katniss Everdeen sous acide.

Je jette un coup d'œil à Ben, qui se contente d'acquiescer d'un air médusé.

– Moi aussi, je le suis, renchérit Maï en rejoignant sa place.

Quelque chose me dit que l'ancienne ennemie de ma sœur ne va pas me laisser m'en sortir aussi facilement.

CHAPITRE 10

BEN

– Alors comme ça, tu as une jumelle.

Debout dans le couloir tandis qu'elle se prépare dans sa chambre pour la sortie à Baan Talae, j'attends des explications sur son comportement suspect.

– Oui ! vocifère-t-elle à travers le battant fermé.

– Pourquoi est-ce que tu ne m'avais rien dit ? Ce n'est pas courant, d'avoir un double génétique.

Lorsqu'elle ouvre la porte, elle paraît gênée. Elle m'offre encore ce sourire discret, teinté cette fois d'un voile de tristesse. Elle hausse les épaules avec une désinvolture toute feinte en évitant de croiser mon regard.

– Quand on a une frangine parfaite et qu'on est l'extrême opposé, on n'a pas envie de le crier sur tous les toits.

Quelque chose dans la manière dont elle a prononcé ces quelques mots me déstabilise. Je franchis les trois pas qui nous séparent et capture son menton dans ma main afin de la forcer à me faire face.

– C'est vraiment ce que tu penses ? Que ta sœur est parfaite, et toi pas ?

– Pourquoi ? Tu veux procéder à un échange, comme dans un magasin ? Tu as payé, alors pourquoi pas ?

Sa voix reste douce malgré la tension qui l'habite. Nitta cherche à maîtriser ses émotions sans parvenir à les cacher entièrement.

– Peu importe ce que moi, je pense, Ben. D'autres personnes qui comptent pour moi, comme ma mère, la voient comme une personne parfaite. Alors que moi…

Ses paroles, comme la peine qui semble l'animer, sont sincères. C'est un point qui m'intéresse, parce qu'il pourrait apporter une profondeur inespérée à mon article.

– Nous allons nous marier dans quelques semaines et pourtant, nous ne savons pas grand-chose l'un de l'autre, n'est-ce pas ?

Je perçois une nouvelle émotion dans ses yeux. A-t-elle peur que je mette fin à notre projet de mariage ?

– C'est vrai.

– Prends ça comme un point positif.

Elle arque un sourcil, ce qui lui donne un petit air joueur plutôt sympa.

– À mes yeux, tu es Nitta, une jeune Thaïlandaise très, très jolie, qui sait faire rêver un homme juste en parlant de petit déjeuner.

Elle éclate d'un rire bref mais spontané.

– Le reste de la page est blanc, Nitta. À toi de l'écrire comme bon te semble. Qu'est-ce que tu en dis ?

Ma proposition a l'air de lui plaire, si j'en crois le sourire qui dessine deux fossettes sur ses joues.

– Une nouvelle chance.

– C'est exactement ça.

L'instant est parfait pour se laisser aller à un premier geste tendre.

Juste pour l'article, bien entendu.

Du bout des doigts, je caresse sa tempe. C'est l'instant que choisit la chanteuse Adele pour faire irruption dans la pièce. Les yeux de Nitta s'ouvrent en grand sous l'effet de la surprise. Le charme est totalement rompu.

– Désolé, j'ai collé cette sonnerie à mon meilleur pote. Il est tout aussi... romantique et mélodramatique que les chansons de l'artiste britannique.

– Eh bien, j'ai hâte de le rencontrer, réplique-t-elle en se dégageant avec douceur. Tu devrais répondre avant qu'elle n'entame le refrain.

Je me demande si elle regrette cette interruption. Il m'est toujours aussi difficile de savoir ce qu'elle pense. Je prends mon smartphone sur la table basse sans cesser de l'observer. Je n'ai pas besoin de m'éloigner pour m'occuper de ce coup de fil. Son anglais est excellent mais elle ne parle pas un mot de français, c'est un point qu'elle m'avait précisé par message.

– Allô Marc ? Putain mec, tu m'interromps à un moment crucial. J'étais sur le point de l'embrasser ! T'as tout fichu en l'air.

Un sourire en coin se forme sur la bouche de Nitta. À quoi pense-t-elle ?

– Oups, pardon. J'ai le chic pour tomber au mauvais moment.

– Je ne te le fais pas dire. Mais bon, tu as déjà fait pire. Notamment quand on était colocataires. Tu te souviens de la fois où tu es entré dans ma chambre alors que j'étais en pleine action ?

Nitta se mord la lèvre inférieure. Sait-elle à quel point ça la rend sexy ? Elle est vraiment habile : elle parvient à me faire de l'effet alors que je ne suis ici que pour des raisons professionnelles. Manque de chance pour moi, elle se tourne vers la fenêtre, me privant de cette vue charmante.

– Non. Ce n'est jamais arrivé. J'ai efficacement effacé cette vision d'horreur de mon esprit, réplique Marc en riant. Plus sérieusement, je t'appelle pour ta mère.

La simple mention de cette femme suffit à me crisper.

– Rien de grave, je te rassure, enchaîne Marc. Je me suis juste emmêlé les pinceaux avec le compte bancaire qui sert à régler les dépassements de l'hôpital. Tu peux me redonner le RIB ?

Je me détends. Les soucis financiers, je sais régler. Pendant un bref instant, j'ai eu peur qu'il m'annonce qu'elle était morte. Ou qu'elle s'était réveillée. J'ignore laquelle de ces perspectives m'effraie le plus.

Après ce coup de fil, je peine à cacher ma mauvaise humeur. Nous retrouvons les autres participants devant le restaurant. Prétendre que ces hommes et ces femmes sont bien assortis serait un pur mensonge. Elles sont toutes jolies, souriantes, alors que leurs partenaires masculins le sont beaucoup moins. Sur les cinq hommes, trois ont l'âge d'être à la retraite et sont manifestement venus en Thaïlande chercher une épouse de moins de trente ans pour se donner une seconde jeunesse.

Seul le partenaire de Maï, dont le seul défaut est de porter un tee-shirt sur lequel il est écrit « yogaman », semble avoir mon âge. D'ailleurs, il m'adresse un sourire de connivence en me voyant. Sa fiancée, en revanche, scrute la mienne avec une insistance qui me paraît bizarre. La pauvre Nitta essaie de se cacher derrière moi. Ce serait presque drôle si j'étais d'humeur à rire.

– Pourquoi est-ce que Maï te fixe comme ça ?

Elle me fait de grands yeux, faisant semblant de ne pas comprendre où je veux en venir. D'un mouvement de tête, je lui désigne sa « copine », qui remarque mon geste et se détourne. Je suis sûr qu'elle va recommencer à la dévisager dès que j'aurai le dos tourné.

– Tu m'expliques ?

Elle se mord les lèvres, hésitante. Je suis convaincu qu'elle cherche une parade.

– Je lui ai volé son petit copain, quand on était au lycée. Elle m'en a beaucoup voulu et je crois que ça l'a un peu secouée.

Mon radar me dit qu'elle me raconte des salades.

– Ah ouais ?

Elle n'a pas le temps de répondre. Maï le fait à sa place. On a dû parler trop fort.

– Non, tu n'as pas fait ça. C'est ta sœur qui l'a fait.

Nitta me jette un regard qui signifie « tu vois qu'elle est dérangée ».

– Tu m'excuses, Ben ? Il faut que je lui parle en privé.

Le fiancé de Maï m'adresse un regard pour dire que tout ceci le dépasse. Je hoche la tête, feignant la complicité. Nitta passe son bras sous celui de Maï pour l'entraîner à l'écart, mais n'a pas le temps de l'emmener.

– Prêts pour le voyage ?

– Oui ! chantonnent à l'unisson les couples qui ne sont pas impliqués dans la lutte « Nitta *vs* Maï ».

Seigneur, sauvez-moi ! On dirait une colonie de vacances pour adultes !

Dix minutes plus tard, nous sommes installés à bord d'un minibus, ce qui renforce mon impression d'être en colo. Si quelqu'un se met à chanter *Kumbaya*, je jure que je lui arrache les cordes vocales.

À côté de moi, Nitta fouille dans son sac. Elle en retire du gel désinfectant, un spray censé repousser les moustiques ainsi qu'un masque jetable.

– Tiens ! J'ai préparé tout ça pour toi.

– Nitta… on va visiter un village de pêcheurs. On n'embarque pas en direction de Wuhan pour capturer des pangolins.

Elle me jette un long regard avant de ranger ses outils.

– D'accord. Mais ne viens pas te plaindre, après.

Je me retiens de rire de son air offusqué. Au vu de sa réaction, je me demande vraiment où on nous emmène. J'ai vécu en France toute ma vie. Je ne suis pas habitué à la pauvreté extrême. Je ne suis jamais allé dans un bidonville, en Europe ni ailleurs. Peut-être serais-je choqué. Ou peut-être pas. Dans tous les cas, j'ai hâte de voir le vrai visage de la Thaïlande, puisque pour le moment, je ne suis pas sorti de mon hôtel pour touristes.

Le bus nous dépose une demi-heure plus tard au milieu de maisons en bois de toutes les couleurs. Les rues pavées sont plus propres qu'à Paris ou à Strasbourg, ce qui n'est pas très difficile non plus. Je me penche pour murmurer dans l'oreille de Nitta :

– Eh bien, je ne vois pas pourquoi tu avais si peur. Certains quartiers d'Europe sont moins bien lotis que ce village.

Elle lève sur moi de grands yeux étonnés. Elle arbore cette expression depuis que le minibus s'est arrêté dans ce coin.

– Euh… si on veut.

– En route ! piaille Tukata.

Je remarque que les autres couples se tiennent la main. Peut-être devrions-nous faire pareil. J'approche doucement ma main de celle de Nitta et frôle son auriculaire avec la douceur de l'aile d'un papillon.

– Fichus insectes ! râle-t-elle en tapant dans sa main.

OK. Peut-être un peu trop léger comme approche.

Derrière nous, Maï se marre. Je décide de prendre directement la main de ma fausse fiancée et d'entrelacer mes doigts aux siens.

Cette fois, elle ne pourra pas me prendre pour un maudit moustique. Agréablement surprise, Nitta se tourne vers moi, un sourire reconnaissant aux lèvres. Même si je sais que c'est pour de faux, j'apprécie ce rapprochement.

– Nitta, Ben, attention à l'araignée !

Une araignée ? Mais quelle horreur ! Je lâche Nitta et sursaute comme si le diable en personne s'était posé sur moi tandis que Maï tapote sur mon avant-bras. Je devrais essayer de ne pas montrer ma peur, mais c'est plus fort que moi. Déjà en France, les arachnides me terrorisaient, alors, dans un pays tropical…

– Est-ce qu'elle est partie ?

J'ai réussi à faire en sorte que ma voix ne se brise pas. C'est plutôt pas mal.

– Oui, répond Maï. Tout va bien maintenant.

À côté de moi, Nitta est restée de marbre. Je lui en veux un peu de ne pas avoir volé à mon secours, mais c'est moins humiliant pour moi qu'elle ne soit pas intervenue. En tout cas, la petite étincelle de magie qu'il y a eue entre nous me semble bel et bien éteinte. Elle échange quelques mots en thaï avec Maï. J'aimerais comprendre ce qu'elles se disent. Vu leurs expressions à toutes les deux, je doute que ce soient des compliments. John, le fiancé de Maï, en profite pour se rapprocher de moi.

– J'aimerais piger ce qui les rend aussi chiantes.

Il n'a pas l'air bien méchant, mais comme moi, il a sûrement l'impression de ne pas posséder toutes les pièces du puzzle.

– À qui le dis-tu. Elles doivent avoir leurs raisons.

– Tu as une idée de ce qui les oppose ? Depuis que je la connais, Maï est gentille avec tout le monde, sauf avec ta future femme. Je t'avoue que ça me laisse perplexe.

– Elles viennent toutes les deux de Keaa Ling. C'est une petite île. Elles ont dû avoir des différends, comme tout le monde.

John sourit, songeur.

– Ça fait bizarre d'épouser une femme qu'on connaît à peine, tu ne penses pas ?

J'essaie de me mettre dans la peau de mon personnage, c'est-à-dire dans celle d'un type prêt à se marier avec une quasi-inconnue.

– C’est vrai que la question se pose, vue sous cet angle. D’un autre côté, ça a du bon d’entretenir une part de mystère, pas vrai ?

John acquiesce.

Je me focalise sur le bel endroit que nous visitons. Le village est petit, mais franchement beau. Ce que je préfère, ce sont les hauts palmiers qui protègent les rues de leur ombre rafraîchissante. En plus, tout le monde sourit. Au bout du hameau se trouve un temple que nous visitons également. Alors que le bonze nous bénit, des enfants viennent nous apporter des fleurs. On se croirait dans un film tellement tout est réussi.

Nitta observe la scène d’un œil médusé.

– Franchement, je ne vois pas pourquoi tu m’as mis en garde concernant la visite de Baan Talae. Je peux t’assurer qu’il y a des coins en France qui craignent nettement plus que celui-ci.

Elle jette un coup d’œil circulaire autour d’elle, comme si elle redoutait que d’autres entendent sa réponse, puis elle se contente de sourire.

– J’ai sans doute voulu te surprotéger. C’est signe que je tiens à toi.

Je suis sûr que même dans ses oreilles, ça sonne faux. Maï, qui semble épier Nitta sans cesse, se marre, me prouvant que mon impression est partagée.

Nous déjeunons dans un petit restaurant local qui ne propose que des tables pour deux. Les serviettes ont été pliées en forme de cœur. Les tableaux accrochés aux murs représentent des couples qui s'embrassent aux quatre coins du monde. C'est tellement mièvre que j'ai envie de m'enfuir à toutes jambes. Alors que les autres semblent apprécier le décor, à en croire leurs sourires, Nitta arbore une expression similaire à la mienne. Elle a l'air tellement mal à l'aise que je me sens obligé de la faire rire par n'importe quel moyen, ne serait-ce que pour ne plus voir ce pli soucieux qui s'est formé entre ses yeux.

– C'est tellement romantique que je me demande si on nous laissera partir d'ici sans avoir nos prénoms respectifs tatoués sur la fesse, lâché-je sans réfléchir.

Elle m'adresse un sourire sincère.

– J'ai eu le malheur d'aller aux toilettes dès mon entrée dans ce resto.

– Et ? Elles étaient sales ?

– Non. Mais je préfère te prévenir : la cuvette est en forme de cœur et il y a des espèces de traces de baisers imprimées sur le papier hygiénique.

– Quelle horreur ! Ça sonne tellement faux ! Est-ce que tous les Thaïlandais sont aussi romantiques ?

– Pas vraiment, non. C'est pourquoi j'ai préféré construire une histoire d'amour avec un étranger.

Elle ment, j'en suis convaincu.

Le serveur se poste à notre table pour prendre notre commande.

– Qu'est-ce qui te ferait plaisir ? s'enquiert-elle avec un sourire trop poli pour être sincère.

Que tu me dises la vérité. Que tu te montres telle que tu es.

– Tu connais mes goûts, je te les ai envoyés par e-mail au début de notre rencontre virtuelle. Est-ce que tu pourrais commander pour moi ?

Elle bat des cils, décontenancée. Pendant un instant, un vent de panique semble la secouer. Ça ne dure que quelques secondes. Très vite, elle se ressaisit et murmure quelques mots au serveur.

Lorsque mes raviolis de crevette à la vapeur arrivent, j'avoue être déçu. Ça manque de saveur. Je pensais qu'elle avait compris que j'aime les mets relevés. Les épices. Or, ce qui se trouve dans mon assiette est aussi fade qu'une raclette sans fromage et sans charcuterie. Nous déjeunons en silence. L'éphémère complicité que nous avions trouvée à notre arrivée au restaurant a disparu.

De retour dans la rue, Tukata tape dans ses mains pour attirer notre attention.

– Maintenant que nous avons bien mangé, je vous propose une dernière visite. On va aller nourrir les singes. Suivez-moi !

Le regard que Maï coule à Nitta ne m'échappe pas. Je me souviens que dans un e-mail, ma fiancée m'avait assuré détester les animaux. J'imagine que cette activité ne doit pas lui plaire. Néanmoins, elle se force à sourire.

Les singes vivent à l'extérieur du village, dans une sorte d'enclos qui donne sur la jungle. Plus nous approchons, plus Nitta se tend. Est-ce que c'est de la peur ? Du dégoût ? Même si je suis avant tout intéressé par mon article, je ne peux pas m'empêcher de compatir avec elle. Moi, je n'apprécierais pas que l'on m'emmène voir des araignées. Par chance, à moins de tomber dans un Marvel, c'est clairement le genre de truc qui n'arrive jamais.

On nous distribue à chacun un régime de bananes minuscules pour que nous les donnions aux animaux. Tukata est la première à montrer l'exemple en jetant un fruit dans l'enclos. Aussitôt, une trentaine de petits primates accourent pour s'en emparer. Chacun de nous leur donne de quoi manger. Ces mammifères sont tellement mignons ! Le seul point noir, c'est Nitta, qui reste en retrait. Je ne lis pas de peur dans son regard. Je crois distinguer une tristesse infinie.

– Ça va ?

Elle opine sans un mot.

– Viens, approche. Je t'assure que je ne les laisserai pas te faire du mal.

Et je suis sincère. Je suis pris d'une étrange envie de la protéger. Ma main se pose naturellement au creux de ses reins et je l'aide à avancer. Elle ne résiste pas et ne sursaute pas non plus lorsqu'un singe se pose sur la rambarde et tend les mains pour mendier une banane. Quant à Maï, elle semble étudier chaque réaction de ma fiancée, comme si elle cherchait une faille.

Comme moi.

Un des primates boitille, et il a une plaie à la tête. Je dis la première chose qui me traverse l'esprit.

– Oh, tiens, il y en a un qui a l'air blessé.

Contrairement à ce que j'avais imaginé, Nitta se colle à la barrière en bois pour voir ce que je lui indique. Et c'est là que tout part en vrille. Soudain, elle essaie d'escalader la rambarde qui doit mesurer un mètre quarante.

– Nitta ? Tout va bien ?

– Hey ! Tu ne peux pas faire ça ! la gronde Tukata en anglais.

En un clin d'œil, elle se retrouve à l'intérieur de l'enclos. Je m'agrippe au rebord, prêt à sauter dans ce cercle de terre rouge dans lequel les animaux se sont figés. J'ai peur qu'ils l'attaquent et je ne comprends pas ce qu'elle fiche. Comme eux, elle s'arrête. Le plus grand des primates s'approche d'elle, l'air agressif.

– Ne t'inquiète pas, Ben. Je pense qu'elle sait ce qu'elle fait, m'assure Maï avec un étrange sourire.

– Tu en es sûre ?

– Quasiment certaine.

Nitta produit un bruit étrange avec ses lèvres, ce qui semble calmer les animaux. L'instant d'après, elle se penche sur le singe blessé avec une douceur troublante. Elle lui tend le bras. La bête de vingt centimètres à tout casser hésite quelques instants avant de s'y enrouler. Nitta l'examine brièvement, puis la cale dans ses bras. Quelques secondes plus tard, elle est de notre côté de la barrière avec la boule de poils. Lorsqu'elle s'adresse à Tukata, je suis impressionné par l'assurance qui émane d'elle.

– Il vient avec nous.

L'entremetteuse semble vouloir protester, mais l'expression déterminée de ma fiancée la réduit au silence avec une efficacité redoutable. On est loin du cliché de la femme douce et soumise que véhicule ce genre de site, et je mentirais si je n'admettais pas que j'aime bien la lueur rebelle qui brille dans ses yeux lorsqu'elle les pose sur moi.

– Il reste chez nous le temps que je le soigne. J'espère que ça ne te dérange pas.

– Tant qu'il ne me mord pas…

Dans le minibus qui nous ramène au Chan Rak, Nitta ne prononce pas le moindre mot. Son attention tout entière est focalisée sur l'animal qui repose sur ses genoux et qui, paniqué, se blottit au creux de ses bras. Pour la première fois depuis que je la connais, elle semble à l'aise. En paix. Et totalement vraie.

Certains des e-mails que nous échangions portaient sur un sujet en particulier afin de mieux nous connaître. Je me souviens très bien de celui qui contenait une liste des cinq choses que nous détestions le plus. Je ne l'ai pas oublié parce que ça avait été un calvaire de choisir cinq éléments qui colleraient à mon personnage. Et je sais que Nitta avait certifié détester les animaux plus que toute autre chose. Alors, la voir maintenant avec cette bestiole sur les genoux comme si c'était l'être le plus merveilleux du monde, ça me laisse perplexe.

J'attends d'être rentré à la maison pour lui en toucher un mot, mais à peine a-t-elle franchi le seuil qu'elle fonce en direction de la salle de bains, le singe toujours niché dans ses bras.

Je ne suis pas jaloux de cette boule de poils à la noix. Je ne le peux pas, puisque je n'éprouve strictement rien envers Nitta. Mais je déteste qu'on me mente, ce qui, je l'admets, peut paraître un peu paradoxal quand on sait que je travaille sous couverture et que mon personnage est un tissu de mensonges. Je prends le temps de boire un verre d'eau avant de suivre Nitta dans la salle de bains commune.

J'ouvre si lentement la porte qu'elle ne m'entend pas arriver. D'une main, elle porte le singe et de l'autre, elle est en train de se débarrasser de son haut. Je ne peux pas m'empêcher d'admirer son ventre plat, la forme curieuse de son nombril et la singulière beauté des courbes de sa poitrine.

C'est à cet instant que nos yeux se croisent dans le miroir. Elle hoquette de surprise et ses joues se recouvrent d'une teinte rose.

– Ben ! On ne vous apprend pas à frapper aux portes, en Europe ?

Dans d'autres circonstances, je l'aurais embrassée. Je résiste rarement au corps d'une femme aussi belle lorsqu'elle est d'accord. Mais son regard de feu me dissuade de tenter quoi que ce soit. Pour le coup, je me sens un peu bête.

– Euh, pardon. J'ai pensé que tu utiliserais ta propre salle de bains.

Elle opine sans rien ajouter. Je m'attends à ce qu'elle se rhabille, mais il n'en est rien. De sa main libre, elle roule son tee-shirt en boule, formant un petit nid au fond duquel elle place le singe. Ensuite, elle me pose le tout dans les bras et moi, je suis trop déstabilisé pour refuser.

Je la vois ouvrir l'armoire à pharmacie pour en sortir quelques flacons ainsi que des gazes et un bandage. Ses gestes sont lents et précis.

– Qu'est-ce que tu fiches ?

Elle ne se départit pas de son calme malgré ma froideur.

– Il a besoin de soins, alors on va le soigner. Comme il a perdu du sang en raison de sa plaie à la tête, il a froid. Donc, tu vas le tenir contre toi pour le réchauffer pendant que je nettoie ses blessures.

– Tu me donnes des ordres ?

Où est passée la nana soumise ?

Une lueur d'hésitation passe dans ses iris, si brève que je doute de l'avoir perçue.

– Si cette petite boule de poils te file la frousse, je peux très bien m'en occuper toute seule.

Armée d'un flacon de liquide désinfectant et d'un coton-tige, elle lève un regard pétillant de malice sur moi.

– Ce n'est pas moi qui ai peur des animaux. C'est toi. Enfin, c'est ce que tu m'as dit.

Bim, j'ai marqué un point. Je l'ai même réduite au silence. Elle commence les soins, l'air absent. Surpris, l'animal sursaute. Elle le rassure de quelques mots doux avant de s'adresser à moi.

– C'est vrai. Je t'ai dit que je les détestais. Mais tout le monde change, pas vrai ?

– En l'espace de quelques mois ? Je ne crois pas.

Nitta se fige quelques instants avant de se retourner pour se saisir d'un bandage.

– Tu peux essayer de coucher le singe dans tes bras ? J'ai besoin qu'il soit dans cette position pour bander sa jambe.

Un peu à contrecœur, je m'exécute. Il se dégage d'elle une sorte d'autorité à laquelle je ne peux pas résister. Elle s'approche un peu plus et se penche jusqu'à ce que sa poitrine uniquement couverte de dentelle frôle mon avant-bras. J'aime autant sa chaleur que son odeur sucrée.

Rester de marbre nécessite de faire appel à toute ma capacité de concentration.

– C'est vrai. Je t'ai menti. Mais j'avais peur que tu prennes la fuite en pensant que si tu m'épousais, j'allais transformer ta maison en arche de Noé.

Autant ses mensonges m'énervent, autant j'admire le fait qu'elle les admette.

– Nitta, le mariage est une affaire sérieuse.

Ses soins finis, elle jette les compresses et le coton-tige sales dans la poubelle et se redresse de toute sa hauteur, sa sublime poitrine masquée derrière ses bras croisés.

– Je suis très sérieuse, Ben.

– Sur combien de points m'as-tu menti, Nitta ?

Elle se mord les lèvres.

– Et toi, Ben ? As-tu toujours été sincère avec moi ?

Merde. Je sais bien que ce n'est pas possible, mais on dirait qu'elle voit clair dans mon jeu. Je m'attendais à ce qu'elle reste dans son rôle de future épouse soumise, au lieu de quoi elle me tient tête et cherche la confrontation. Nitta n'est pas du tout comme je l'avais imaginée. Elle n'a rien à voir avec la femme intéressée avec laquelle j'échangeais sur Internet. Celle qui me fait face est une femme complexe et contradictoire. Sans même le savoir, elle met à mal tous mes *a priori* et complique l'écriture de mon article, puisque rien ne se passe comme prévu.

Je réagis de la seule manière dont je suis capable : par la fuite. Il faut croire que c'est une habitude…

– Tiens, débrouille-toi avec ton singe vu que tu n'as pas peur de lui, contrairement à ce que tu prétendais, balancé-je en lui refourguant la boule de poils dans les bras. Je vais à la piscine, tu n'as qu'à venir si tu veux. Tu m'as dit que tu adorais nager. À moins que tu m'aies menti aussi sur ce point.

Je tourne les talons, trop agacé pour rester auprès d'elle. Je n'aurais pas dû me lancer dans cette aventure. Pour être journaliste, il faut avoir les épaules solides. Savoir gérer les imprévus. Et Nitta est un imprévu de la taille de l'océan Indien.

Après m'être changé, j'attends qu'elle me rejoigne devant la porte pendant une ou deux minutes. En vain. Il faut la comprendre : je me suis montré tellement désagréable avec elle qu'il faudrait qu'elle ait l'estime d'une serpillière pour avoir envie de passer plus de temps avec moi. Elle vaut mieux que ça, et elle le sait.

Je quitte les lieux en colère, à la fois contre elle et contre moi et fonce droit vers la piscine, qui par chance est déserte. Après avoir négligemment jeté mes affaires sur une chaise longue, je plonge pour faire une bonne série de longueurs. La nage, comme le sexe, a le don de me vider le corps et l'esprit avec plus d'efficacité qu'un long discours.

Alors que je relève la tête pour respirer, j'aperçois une divine créature qui me reluque sans la moindre pudeur. Vêtue d'un tee-shirt en V moulant et d'un short minuscule, elle est à tomber. Son visage harmonieux complète le tableau. Son prénom ne me revient pas, mais je n'ai pas oublié son physique incroyable lorsque Tukata nous a présenté l'équipe du Chan Rak. Je crois me souvenir que cette bombasse travaille en tant que coach sportif et anime des cours aussi variés que le tennis, la Zumba ou encore le Quidditch adapté aux moldus.

Oui, parfois les clients ont des lubies étranges.

Poings plantés sur les hanches, elle se penche vers moi, m'offrant une vue idéale sur son décolleté.

– Besoin d'un cours particulier ?

Un cours de natation hors de la piscine ? Elle, au moins, elle va droit au but. Juste comme j'aime. Je réprime un rire alors qu'elle tourne les talons pour se diriger vers une petite cabane toute proche. Je sors de l'eau pour la suivre sans prendre le temps de me sécher avec une serviette. D'un coup d'œil rapide, je vérifie néanmoins que personne ne nous a vus. Enfin, surtout pas ma fiancée.

Quelques secondes plus tard, je suis seul dans la cabane avec une fille aussi nue que parfaite. Pourtant, la vue de son corps ne me fait pas le moindre effet. Je l'attire à moi, espérant que le contact avec sa peau éveillera mes sens, mais non. Je passe mes doigts sur la peau douce de son dos, remonte le long de sa nuque et les glisse dans ses cheveux quand je l'embrasse. Elle est plus directe que moi et s'attaque directement à mon membre, ce qui me fait l'effet d'un électrochoc. Je la repousse doucement pour ne pas la heurter.

– Désolé, ça ne va pas le faire. Ce n'est pas vous. C'est…

C'est quoi, au juste ? Elle m'observe d'un drôle d'air avant de hocher la tête. Elle doit se demander pourquoi je l'ai suivie. Moi-même, je n'en sais rien. Par habitude ?

– C'est à cause de votre fiancée ?

Je ne réponds pas, simplement parce que je n'en ai pas la moindre idée.

– Eh bien, elle a de la chance quand même. C'est la première fois qu'un client me rembarre, affirme-t-elle en se redressant.

Je ne sais pas si Nitta a de la chance ou non. Je ne sais même pas si c'est à cause d'elle que je n'ai pas pu coucher avec cette sublime jeune femme. Dans tous les cas, ça m'énerve parce que je n'avais pas prévu de faire une cure d'abstinence en arrivant en Thaïlande.

– Vous savez où me trouver, si vous changez d'avis.

CHAPITRE 11

NITTA

– Je ne sais pas pourquoi ça t'étonne. J'ai déjà foiré toutes sortes de choses. Rappelle-toi mes horreurs en cuisine.

De l'autre côté du bar, ma cousine me couve d'un œil amusé tout en essuyant des verres qu'elle pose ensuite au-dessus de nos têtes.

– C'est vrai. Mais entre planter un gâteau de riz gluant et un mariage, il y a une différence notable.

– Une différence de quoi ?

Je sursaute en entendant le timbre énergique de Tukata derrière nous. Elle tire un tabouret et s'assied dessus. Même comme ça, elle atteint à peine le comptoir tellement elle est petite. Pourtant, elle impose le respect. À elle seule, elle a plus d'autorité qu'un chef d'État.

– Une différence de table ? tente ma cousine d'une toute petite voix.

Elle pense vraiment que Tukata va la croire ?

Je me tasse sur mon tabouret quand l'entremetteuse pose son regard aiguisé sur moi. Au fond de ses iris, je lis une certaine fatigue. Ses yeux ont vu tant de couples se former, avorter, mourir ou s'envoler. Quelque part, elle suscite mon admiration, et je ne peux pas faire autrement que de lui dire la vérité. D'autant plus que si je veux obtenir son aide, le mieux est encore d'être sincère.

– Ben pense que je lui mens. En fait, il le *sait*.

– Ah. Flûte. Que s'est-il passé ?

– Ma sœur lui a dit qu'elle détestait les animaux. J'aurais dû le savoir. D'ailleurs, je m'en doutais. C'est pour ça que j'essayais de rester neutre à la ferme aux singes.

– Sauf que ma cousine ne peut pas résister aux animaux, surtout quand ils sont en détresse. Il faut que tu les sauves, quoi qu'il arrive.

Tukata se saisit d'un verre que Boon remplit d'un liquide coloré. Elle boit une gorgée avant de se tourner vers moi.

– Donc, il sait que tu mens sur certains points. Comment as-tu réagi quand il t'a mise devant le fait accompli ?

Je me mords les lèvres, hésitante. Je pourrais lui raconter des histoires, mais à part m'épargner une bonne engueulade, ça ne me servirait à rien.

– Je lui ai tenu tête.

Tout en buvant une gorgée de sa boisson bizarre, Tukata attrape un verre et le pose devant moi. Boon-Bee se hâte de le remplir. Je goûte le breuvage. Il sent le litchi. Pas mal. Un laps de temps se passe avant que Tukata me livre le fond de sa pensée.

– Tu ne corresponds pas au profil de celles qui font appel à moi pour trouver un mari. Tu es forte et libre comme l'air. Mais aussi forte sois-tu, Nitta, tu as besoin des autres pour obtenir ce que tu veux.

– Oui, je le sais. J'ai besoin de vous pour m'aider à le séduire…

L'entremetteuse secoue la tête.

– Pas vraiment, non. Je n'ai pas l'habitude des cas comme le tien, alors je ne te suis pas d'une grande utilité. Mais tu oublies que l'essentiel, c'est lui. C'est à lui que tu dois plaire afin que ta sœur puisse l'épouser, et qu'elle te donne enfin ce que tu veux. Parce que j'imagine que tu ne fais pas ça par bonté d'âme. Toi et moi, nous nous ressemblons sur pas mal de points, en fait.

Une pointe étrange s'est logée dans ma poitrine. Parce que ma sœur va l'épouser. Pas moi. Je resterai la même que celle que j'étais en arrivant en Thaïlande, à ceci près que Khwam m'appartiendra. Ben ne sera plus qu'un lointain souvenir, et lui n'aura même pas conscience que j'ai existé.

Ça a un côté déprimant, n'empêche.

– Tu n'es pas comme les autres, mais lui non plus, ne ressemble en rien aux prétendants habituels. Il est beau, jeune et brillant. Je suis certaine qu'il cache quelque chose, mais là encore, ce n'est pas mon affaire. L'un comme l'autre, vous n'êtes pas issus de nos schémas classiques. Alors, profite de vos différences. Sers-toi de ça comme d'un atout.

Je joue avec mon verre, songeuse, traçant des cercles sur le rebord. Elle n'a peut-être pas entièrement tort.

Là-dessus, un mouvement dans mon champ de vision périphérique attire mon attention. Maï et son fiancé font leur entrée dans le restaurant. Doigts entrelacés, regards amarrés, on dirait un vrai petit couple. Et, connaissant mon amie d'enfance, je peux certifier qu'elle est sincère. Ils sont tellement obnubilés l'un par l'autre qu'ils ne remarquent même pas notre présence lorsqu'ils s'installent à quelques mètres de nous.

Je la déteste !

Tukata me fait sursauter en m'assénant une pichenette sur la nuque.

– Hey ! Vous êtes dingue ?

– Prends exemple sur Maï. Rapproche-toi de Ben, Nitta ! On dirait que tu as un balai planté dans le derrière, me harponne-t-elle. Tu es aussi jolie que Maï et même plus que ta sœur, puisque tu es naturelle. Alors, utilise ta beauté pour le charmer ! Je suis sûre que tu lui fais déjà de l'effet.

Je me sens rougir. Lorsque je me suis retrouvée devant lui en soutien-gorge, j'ai eu comme une bouffée de chaleur. Je n'avais jamais éprouvé ça avant. Me retrouver à moitié nue devant lui ne m'a pas laissé indifférente. Lui en revanche n'a pas semblé déstabilisé du tout. Je le laisse de marbre.

Et encore, il n'a pas vu mes jambes. Lorsque cela arrivera, il prendra la fuite, c'est certain.

– Je vais préparer une activité qui vous rapprochera. Pour demain. Fais-moi confiance.

– Je ne sais pas si je devrais me sentir effrayée ou reconnaissante, mais dans le doute, je vous remercie.

Après avoir vidé mon verre, je quitte le bar sous les yeux inquisiteurs de Maï, qui m'a enfin remarquée. Je commence à croire qu'elle m'a démasquée. Reste à savoir comment elle va réagir.

Dehors, mes yeux se posent sur la piscine, et donc sur Ben. J'aurais aimé le suivre, ne serait-ce que pour ne pas le laisser partir fâché. Mon regard l'accompagne sur quelques longueurs. J'aime la manière harmonieuse dont il bouge dans l'eau. Et je le comprends. Petite, j'adorais nager. Jusqu'à ce que mes jambes se déforment à jamais à cause du travail que j'exerçais à la sortie de l'école. Quand je suis parvenue à l'adolescence, les premières moqueries de mes pairs – conduites par ma jumelle – me sont tombées dessus avec une violence inouïe. Depuis, j'enferme mes jambes sous des jeans ou sous d'épais collants. Et quand je couche avec un homme, je me débrouille pour que cette partie-là de mon anatomie reste cachée d'une manière ou d'une autre. Bien sûr, je n'ai plus jamais nagé ou laissé quiconque me toucher à cet endroit.

Je me fraie un chemin au milieu des cocotiers qui bordent le bassin. Je n'ai pas la moindre idée de ce qu'il faut que je lui dise, mais je dois le séduire d'une manière ou d'une autre. Ça ne doit pas être sorcier, puisque tout le monde y arrive. Peut-être que lui demander pardon serait une entrée en matière efficace !

Je redresse mon buste et colle un sourire sur mon visage. Sourire qui se fane dès l'instant où j'aperçois une pétasse au bord de la piscine en train de le draguer. Elle se penche vers lui et lui dit quelque chose. Dissimulée derrière un palmier, je les observe. Je soupire de soulagement lorsqu'elle tourne les talons. Malheureusement, il sort de l'eau et la suit jusqu'à une cabane.

Et je crois que ce n'est pas pour un cours de natation.

Mon cœur se comprime dans ma poitrine. J'essaie de me convaincre que c'est la peur de voir Khwam m'échapper; mais je sais que ce n'est pas que ça. Ça fait un peu trop à encaisser. Parce que ça fait écho à tous ceux qui m'ont rejetée pour en choisir une autre. Pour choisir ma sœur.

Je grogne de rage en me remettant à marcher, mais je n'ai pas fait trois pas qu'il sort déjà.

S'il ne tient que deux minutes, alors je n'ai rien perdu.

CHAPITRE 12

NITTA

Je le vois vider sa tasse de café d'une traite. Je me demande s'il jouit de la même manière. D'après ce que j'ai vu hier, c'est le cas. Je devrais me réjouir que monsieur « éjaculation flash » soit sur le point de se marier avec ma frangine. Ça lui fera les pieds, à cette pintade, à défaut de pouvoir prendre le sien.

Je suis d'une humeur de chien, et physiquement, j'ai l'impression d'avoir comme une pointe au creux de mon ventre. Est-ce que c'est ça, la jalousie ? Non, je me fais des idées. Je ne tiens pas vraiment à lui, alors je ne peux pas être jalouse, si ? Pourtant, depuis hier, je lui fais la tête malgré moi. Je suis rentrée à l'hôtel avant lui et dès qu'il a pointé le bout de son nez, je me suis emmurée dans ma chambre, prétextant une migraine pour ne pas avoir à lui faire face.

– Tout va bien ?

Il me pose la question tranquillement, en mâchant une bouchée de ses œufs brouillés, comme on demanderait à sa chérie si elle a bien dormi ou si son thé est à son goût.

Comme s'il ne venait pas de me tromper.

– Et toi, ça a été, ta séance de natation ?

*La coach a eu le temps de se déshabiller avant que tu balances ta sauce, au moins ? On se croirait dans un mauvais remake d'*American Pie 1.

– Oui, très bien. C'est un excellent moyen de se détendre. J'espérais que tu me rejoindrais.

Navrée, mais les plans à trois, ce n'est pas mon truc.

J'inspire profondément pour essayer de me calmer et promène mes yeux autour de notre table en quête de quelque chose qui pourrait me changer les idées. Je tombe sur Maï, regarde ailleurs et m'arrête sur l'affreux tee-shirt d'un *farang*. Le vêtement représente un crâne de vache comme ceux que l'on voit dans les films de cow-boys. Avec de très, très grandes cornes. Comme les miennes, tiens !

Il faut que tout ceci s'arrête avant que ça ne vire à l'obsession. Je reporte mon attention sur Ben.

– Je reviens dans deux minutes. C'est un laps de temps plutôt court, jugé-je nécessaire de préciser.

Je me lève et saisis mon verre vide afin d'avoir une excuse pour me rendre à l'autre bout de la pièce. Je suis en train de me servir en jus d'orange quand je croise ma cousine, qui réapprovisionne les bacs du buffet.

– T'en fais une tête !

Je ne relève pas. Je ne sais même pas quoi répondre.

– Tu veux qu'on parle ?

– Ici ?

Elle me fait signe de la suivre en cuisine. Un autre employé est en train de couper des légumes. Il me salue de la main et se replonge dans sa tâche.

– C'est mort pour le séduire.

– Non. C'est difficile parce que tous les deux, vous êtes plus compliqués que la recette du poulet de l'empereur.

Je ne sais pas ce que ça veut dire.

– Non, Boon. C'est mort de chez mort. Il m'a trompée.

– Tu dis ça à cause de Ta ?

J'arque un sourcil pour marquer mon incompréhension.

– De ma quoi ?

– Pas le pronom possessif. Ta, la coach sportive. Celle qui a des jambes interminables, des cheveux longs et soyeux, un cul de rêve, une poitrine d'enfer et un visage de…

– C'est bon, la coupé-je. Pas la peine de retourner le couteau dans la plaie, Boon.

Je me mords la lèvre inférieure, mal à l'aise.

– Attends, comment tu sais ça ? Ça veut dire que tout l'hôtel est au courant que je suis cocue ?

Boon-Bee enfonce ses poings dans ses cuisses et fronce le nez. Mais rien ne saurait lui donner un air sévère.

– Il ne t'a pas trompée, Nitta.

– Non, pas exactement, je sais. Pour qu'il me trompe réellement, il faudrait que je sois sa véritable fiancée. Étant donné que je ne le suis pas, ça ne compte pas. Mais crois-moi, même si c'est pour de faux, ça fait mal quand même.

– Non, Nitta. Il ne t'a pas trompée parce qu'il n'a pas couché avec cette fille.

Je penche la tête sur le côté, un sourire sarcastique aux lèvres.

– Merci de vouloir me rassurer, cousine, mais même si ça n'a duré que deux minutes, préliminaires compris, il m'a bel et bien trompée.

Mon interlocutrice fronce les sourcils sans comprendre.

– Deux minutes ?

– Oui, c'est le temps que ça a duré avant que…

– Avant qu'il ne lui demande de remballer la marchandise. Elle a essayé de le chauffer, mais la sauce n'a pas pris, explique ma cousine. Il est resté de glace et lui a demandé de se rhabiller.

Je bats des cils, décontenancée. Je ne saurais expliquer d'où me vient la sensation que mon cœur se remet à battre.

– Comment tu le sais ?

Elle m'adresse un sourire amusé.

– Parce que Ta aime jouer de tous ses muscles, y compris de celui de la langue, qu'elle a particulièrement bien pendue. Et comme elle avait besoin d'être rassurée, elle nous a raconté dans le menu détail comment il l'a jetée après qu'elle lui a fait des avances. Crois-moi, ton mec, ou plutôt ton faux mec, ne t'a pas trompée.

Je lui saute au cou sans plus attendre, sous le regard indifférent de l'employé qui continue inlassablement de couper des légumes. Le soulagement que j'éprouve est tellement intense qu'il faut que je trouve un moyen ou un autre de l'exprimer.

– Dis donc, tu es vachement expansive pour quelqu'un qui croyait avoir été trompée pour de faux.

Elle marque un point. Voire deux.

Je me dépêche de changer d'attitude, bras croisés sur la poitrine et expression froide.

– Tu sais très bien que Khwam me tient à cœur. J'avais juste peur de l'avoir perdu avec cette histoire de cornes.

À en croire le sourire de ma cousine, elle n'a rien gobé de ce que je lui ai dit. Pourtant, c'est la stricte vérité.

– Bon, il faut que je file. Il doit avoir fini son petit déjeuner à l'heure qu'il est. Je vais y aller.

Je pivote sur mes pieds et commence à partir, mais je m'arrête au niveau de la porte et me tourne vers elle.

– Merci d'avoir clarifié les choses, Boon. Je te dois une fière chandelle.

– Méfie-toi, ça fait deux fois que tu dis merci en très peu de temps.

Je lâche un rire bref.

– Oui, à force de faire semblant d'être quelqu'un de bien…

Le sourire de ma cousine se fige.

– Tu ne fais pas semblant, Nitta. Tu es quelqu'un de bien, c'est juste que tu l'as oublié.

Je ne réponds pas, peut-être parce que je n'ai pas envie de contredire cette tête de mule aux cheveux multicolores. Ou peut-être parce qu'au fond, j'aimerais bien la croire.

Ben n'est plus au restaurant. Notre table est vide, à l'exception de nos assiettes inachevées.

Comme quoi, il est vraiment rapide dans tout ce qu'il entreprend.

Je fais taire mon imbécile de voix intérieure, avale ce qui reste de mon petit déjeuner et emprunte le chemin de retour. J'y croise Tukata, toujours aussi énergique. Comme elle est au téléphone, elle n'a pas le temps de discuter avec moi. Dommage, j'aurais bien aimé savoir ce qu'elle nous a concocté comme activité pour aujourd'hui.

Une fois sur le perron, j'éprouve un bref instant de panique. Quand je l'ai quitté, j'étais super énervée. Il a forcément dû le sentir. J'espère qu'il ne m'en veut pas trop.

J'ouvre la porte de la maison et avance avec l'impression de marcher sur des œufs, l'oreille tendue pour repérer l'endroit où il pourrait se trouver. Pas un son ne me parvient.

La porte de la salle de bains commune s'ouvre sur lui.

– Ben ! Tu m'as fait peur ! J'ai cru que…

Il me fait taire en apposant son index contre ses lèvres. Je remarque soudain à quel point sa bouche me semble appétissante. Punaise, je dois vraiment être en manque.

– Chut, Nitta. Le singe s'est endormi.

– Oh ! Je ne savais pas que tu tenais à lui.

Il se gratte le cuir chevelu, un peu mal à l'aise. J'aime bien le sourire en coin qui étire ses lèvres.

– C'est juste qu'il m'a empêché de pioncer cette nuit avec ses cris, alors je comptais me reposer maintenant pendant qu'il dort.

Mouais...

– Je peux le voir ?

Il acquiesce sans un mot.

Je le frôle en le dépassant pour me rendre dans la salle de bains. Un carton a été entreposé sur le carrelage, lequel contient un tee-shirt. Celui que je portais hier et que j'avais mis à laver. Je me tourne vivement vers Ben, dont les joues ont rougi au point que ça en devient comique.

– Je te jure que je ne fouille pas dans tes fringues, je ne suis pas un gros pervers dégueulasse. Mais le macaque avait l'air d'apprécier d'être roulé dedans alors…

Touchée, je lui décoche un sourire sincère. La sonnette qui retentit dans toute la maison ne me laisse pas l'occasion de le remercier.

– Je vais aller ouvrir.

Et j'ai bien fait, parce que c'est Maï qui se trouve sur mon perron.

– Qu'est-ce que tu veux ?

– Waouh. Tu es tellement désagréable qu'on dirait Kanitta. Relève un peu ton menton pour paraître plus hautaine et on y croira vraiment.

Je la rejoins dehors et referme la porte derrière moi après avoir vérifié que Ben ne nous a pas entendues. Je couve mon ancienne amie d'un regard torve.

– Je *suis* Kanitta.

Elle ne répond pas et se contente de m'observer d'un air amusé. Je devrais lui sortir une vacherie afin de passer pour ma sœur.

– Quel mauvais vent t'amène, Maï ?

Oh, ça, c'était vraiment méchant. Dans le coin des super-vilains, je me range à côté de Winnie l'Ourson.

Son sourire s'élargit, comme si elle avait lu dans mes pensées.

– Je suis ici de la part de Tukata, pour t'annoncer la sortie du jour.

– Où est-ce qu'on va ?

Ses yeux pétillent de malice. Elle commence à me filer la frousse.

– Oh, une activité qui devrait te plaire. Elle a prévu une virée en mer. Le départ est dans une heure. Enfile ton maillot de bain !

Elle me balance un petit clin d'œil en prime. Je me sens blêmir, mais je n'ai pas d'autre choix que d'essayer de dissimuler ma peur. Je me compose un visage impassible.

– OK, n'oublie pas la crème solaire pour ton *farang*, il est blanc comme un cachet d'aspirine, lui balancé-je.

Je n'attends pas sa réponse et m'enferme chez moi. La panique s'infiltre dans mes veines en même temps que toutes les insultes que j'ai reçues durant mon adolescence tournent dans mon esprit.

Mutante.

Jambes de passoire.

La fille de Frankenstein.

La trouée.

Dans ma tête, c'est Fukushima et Tchernobyl en même temps.

– Ça va ?

Non !

Je me force à analyser la situation sous un angle plus logique et moins passionnel. On va faire une virée en mer. Sur un bateau, sans doute. Est-ce que je vais être obligée de sauter dans l'eau ? Non. Est-ce que je vais être forcée d'exhiber mes jambes comme une bête de foire ? Non. Je peux très bien garder mon jean et juste le haut du bikini. Alors, qu'est-ce que je risque ?

Rien.

– Oui, tout va bien.

– Tu en es sûre ?

Pour le coup, il semble vraiment inquiet pour moi. Ça me touche autant que ça m'agace, parce que je n'ai pas envie qu'il insiste.

– Tukata a prévu une sortie en mer. Je vais préparer nos sacs.

Là-dessus, je l'abandonne pour éviter ses questions.

CHAPITRE 13

BEN

Une virée en mer ? Ça ne pourrait pas être pire.

Comme Nitta commence à partir en direction de la salle de bains, je la rattrape et enroule mes doigts autour de son fin poignet dont la peau est douce sous mes phalanges. Elle ouvre de grands yeux étonnés en me fixant.

– On part en bateau ?

Un rire bref mais naturel lui échappe. J'aime bien ce son.

– En Thaïlande, c'est le moyen privilégié pour se déplacer sur l'eau. Mais c'est peut-être différent en Europe, il paraît que l'un de vos ancêtres sait marcher sur les surfaces aquatiques.

Son sourire taquin me ferait de l'effet si je n'étais pas aussi stressé. Je suis toujours malade en bateau. C'est une horreur. Si je passe mon temps à vider mes tripes, je ne serai pas très en forme pour me concentrer sur mon article. Déjà que je n'avance pas aussi vite que je le voudrais ! J'ai beau me creuser la tête, je n'arrive pas à cerner Nitta. J'ai besoin d'un électrochoc, je le sens. C'est pourquoi j'ai prévu de passer à l'étape supérieure aujourd'hui. L'embrasser et voir comment elle réagit.

C'est uniquement professionnel, bien sûr.

– Quand est-ce qu'on part ?

– Dans une heure.

Ouf. Ça laisse le temps à mon médicament de faire effet.

Tout va bien se passer.

Tandis qu'elle s'affaire à préparer ses fringues, je me rends dans ma chambre pour prendre quelques comprimés. J'ai tout juste le temps d'en avaler un que Nitta toque à la porte et entre sans attendre ma réponse.

– Si tu veux, on peut tout réunir dans mon sac. Les bateaux thaïlandais sont parfois petits, alors autant prendre le moins de place possible.

– Ça se tient, déclaré-je en glissant les pilules restantes dans la poche de mon jean. Attends, je te donne ma serviette de plage.

– N'oublie pas la crème solaire, même si tu n'es pas aussi blanc que le fiancé de Maï.

Je ne sais pas si elle joue les femmes dévouées ou si elle se soucie réellement de moi. J'avoue que ça m'intrigue.

– Maï et toi, vous ne vous aimez pas trop.

Ce n'est pas une question, mais une affirmation. Elle secoue la tête, un voile de mélancolie dans ses iris d'obsidienne.

– Ça n'a pas toujours été comme ça, mais c'est vrai qu'aujourd'hui, elle me déteste.

J'ai l'impression que derrière cet aveu se cache une souffrance réelle. Je lève la main pour caresser son visage, mais j'interromps mon geste. Peut-être parce qu'il est trop sincère, ou trop tendre, et je n'en ai pas l'habitude. Elle me décoche un petit sourire.

– Ça changera peut-être, Nitta. Rien n'est figé dans le temps.

– On verra bien. On a rendez-vous au port. Repose-toi un peu, vu que le singe ne t'a pas laissé de répit. Tu me rejoins dans ma chambre quand tu seras prêt ?

Je hoche la tête avant que ma fiancée ne disparaisse dans le couloir. J'ai menti quand j'ai dit que je n'ai pas bien dormi, mais je ne me voyais pas me transformer en guimauve à cause de cette boule de poils puante.

J'étais énervé ce matin, en rentrant du restaurant. Déjà, j'étais frustré à cause de ma partie de jambes en l'air avortée avec la bombasse sportive. Et puis, ça m'a agacé de ne pas comprendre pourquoi Nitta semblait avoir une dent contre moi. Avant de venir en Thaïlande, j'ai écumé les sites internet dédiés aux hommes qui cherchent une épouse « sur commande ». Tous parlent de leur docilité, de leur caractère facile – voire de l'absence de celui-ci – et de leur extrême complaisance.

Nitta doit être l'exception qui confirme la règle !

Et c'est tant mieux. Sans le savoir, elle démonte tous les clichés sexistes et racistes qui pèsent sur les femmes, surtout ceux dont souffrent les Asiatiques. Une idée traverse mon esprit à la vitesse d'une étoile filante : je pourrais peut-être rédiger un article de fond sur la manière dont certains hommes occidentaux perçoivent les femmes d'Asie. Évoquer les préjugés, la monétisation de l'amour. Pourquoi pas ? C'est une idée à creuser.

L'arrivée d'un message de Marc interrompt le fil de mes pensées. Je n'aurais pas dû lui envoyer la photo du macaque.

Oh, comme il est chou !
Et toi, tu es mignon
de lui avoir construit ce lit.

Ce n'est pas moi, c'est Nitta
qui l'a fait. Figure-toi qu'elle
a prétendu détester les animaux,
alors qu'elle a complètement
craqué sur cette bestiole.
Elle ment comme elle respire.

Toi aussi. Je reconnais l'emballage
dont tu t'es servi pour construire le lit.
C'est celui des gâteaux secs
que tu avais mis dans ta valise.

Je ne réponds pas pour ne pas reconnaître ouvertement mes torts. Je sais qu'il apprécie de croire qu'il y a encore une part d'humanité en moi. Nous nous connaissons depuis l'adolescence. Il a été aux premières loges quand tout est parti en fumée dans ma vie. Il m'a vu plonger et ressortir couvert d'une armure faite de mépris et de sarcasme. J'ai changé sous ses yeux, et ce crétin optimiste refuse de l'admettre.

Tu fais quoi aujourd'hui ?
Moi, je nettoie le vomi de ma fille.
Il est trois heures du matin.

Voilà pourquoi je suis heureux
d'être célibataire.
On a prévu une sortie en mer.

Il tape une réponse, mais l'efface avant que j'aie pu la lire.

Je range mon téléphone dans ma sacoche et frappe à la porte de la chambre de ma fiancée. Nitta est vêtue d'un jean et d'un débardeur rose pâle sous lequel dépassent les bretelles de son bikini. Je sens que je vais adorer la voir en maillot de bain.

Nos yeux s'accrochent quelques instants. Je me demande à quoi elle pense. Un silence s'installe. Lorsqu'elle ouvre la bouche, je suis suspendu à ses lèvres. Les premières notes du générique d'*Indiana Jones* envahissent la maison.

– C'est quoi, ce truc ? Ils retournent *Le Temple maudit* en Thaïlande ?

Mon cœur rate un battement quand je vois les joues de Nitta se colorer de rose.

– Euh, non. C'est le klaxon de la voiture de ma cousine. Elle me fichait déjà la honte avec ça quand j'étais au lycée.

– C'est d'origine ?

– Non, même pas. C'est elle qui l'a installé.

– Oh, c'est encore pire.

Elle saisit notre sac. Je le lui prends des mains.

– Tu es allée au lycée ? Je croyais que…

Ses petites dents blanches s'enfoncent dans ses lèvres rouges. J'éprouve une irrépressible envie de l'embrasser, mais elle n'a pas l'air d'être dans le même état d'esprit que moi.

– Oui.

– Alors, pourquoi est-ce que tu as prétendu que tu avais arrêté après l'école ? C'est plutôt un bon point, d'avoir fait des études.

J'avoue ne pas la comprendre. D'habitude, les gens gonflent leur CV. Pas l'inverse.

Elle rit, mal à l'aise.

– C'est vrai. Mais j'aurais coûté trop cher si j'avais noté mes diplômes.

Je fronce les sourcils. C'est de moins en moins clair.

– La somme que vous versez à ThaïCupidoo est plus ou moins élevée en fonction de plusieurs critères, dont notre niveau d'éducation. J'avais envie de trouver un mari vite fait alors… j'ai un peu rogné sur mes diplômes.

Ce qu'elle dit m'intéresse pour mon article. J'aurais eu tendance à croire le contraire. Qu'ils n'hésitaient pas à en rajouter pour vendre les filles plus cher.

– Pourquoi ?

– Pourquoi quoi ?

Elle a très bien compris ce que je veux savoir. Elle essaie seulement de me mener en bateau pour ne pas avoir à me fournir trop d'explications.

– Pourquoi est-ce que tu avais besoin de trouver un mari rapidement ?

Le sourire qu'elle me décoche m'apprend que j'aurai beau la cuisiner, elle ne me révélera pas facilement tout ce que je veux savoir.

– Je ne suis pas enceinte d'un autre, si ça peut te rassurer.

Je hausse un sourcil pour l'inviter à se livrer davantage.

– J'avais simplement besoin de liquidités rapidement pour aider ma famille. Avoir un véritable coup de cœur pour toi tombait à point nommé.

Bien sûr ! Et moi, je suis la reine d'Angleterre.

Elle se hisse sur ses pieds comme si elle voulait m'embrasser, puis interrompt son geste à la dernière minute. Par timidité ? Pour me faire mariner ?

Je suis frustré. Frustré de ne pas en savoir davantage sur elle. Et peut-être aussi parce qu'elle n'a pas pu ou pas voulu m'embrasser. Je me promets de poursuivre mon interrogatoire plus tard.

La conduite de ladite cousine est aussi hasardeuse que sa couleur de cheveux mais finalement, nous arrivons au port en temps et en heure, et surtout, en un seul morceau.

Les autres couples sont déjà là. John et Maï sont ceux qui nous ressemblent le plus en termes d'âge comme de look. Il y a Porntitta et Otto, un homme d'affaires allemand qui, comme son embonpoint l'indique, a puisé sa fortune dans la commercialisation d'une mayonnaise parfumée au curry. Ernesto et Bendaya doivent avoir dans les trente-cinq ans d'écart, si ce n'est plus. Contrairement aux autres, qui sont des célibataires endurcis, Ernesto a abandonné sa famille pour refaire sa vie avec une femme plus jeune. Ça ne me dérangerait pas s'il n'avait pas monnayé les faveurs de Bendaya, tout juste majeure, qui ne connaîtra rien des amours de jeunesse. Quant au dernier couple, Sukanya et Ronald, ils sont un mélange des deux autres. Tout ce que je vois, ce sont des femmes sublimes qui se vendent à des hommes qui ne les méritent pas. Enfin, ça les regarde. Je n'ai pas à les juger.

– C'est ça, le bateau ?

Je désigne l'embarcation en bois dont la peinture, rouge et bleue à l'instar du drapeau national, s'écaille par endroits. Il cache une cabine dans la cale, mais elle est minuscule.

– Euh, oui. Tu vois un problème quelque part ?

– Oui. Ce que je ne vois pas, en revanche, ce sont les bouées et les radeaux de sauvetage. Puis, c'est quoi, le drap blanc suspendu au-dessus ? C'est pour que les pirates comprennent que nous venons en paix ?

Elle s'esclaffe, insensible à ma panique. D'accord, le bateau n'est pas très grand, si bien que la présence de canots n'est pas forcément indiquée. Mais quand même, il n'y a pas de quoi se marrer.

– Non, le drap est juste là pour nous faire un peu d'ombre. Ne t'en fais pas. Tu es en Thaïlande.

Ça veut dire quoi, ça ? C'est censé me rassurer ?

– Tukata a prévu une sortie en mer, mais il me semble qu'elle n'a pas pris l'option naufrage.

Ses yeux joueurs me défient et elle a le culot de battre des cils en attendant ma réponse. Sa manière d'osciller entre « l'épouse dévouée » et « la chieuse » me rend totalement dingue.

– Putain, ce que t'es chiante, murmuré-je dans ma langue maternelle.

Quand j'étais gosse, mon père avait un chat. Et je jure que parfois, à la manière dont ses pupilles s'agrandissaient, j'avais l'impression qu'il me comprenait. J'ai exactement le même sentiment à cet instant précis avec la jeune femme qui se tient devant moi.

– Tu as capté ce que j'ai dit, Nitta ? demandé-je en français pour en avoir le cœur net.

Elle plisse le nez pour exprimer son incompréhension.

– Hein ?

– Je me disais bien que je me faisais des idées, répliqué-je en anglais. J'ai cru que tu parlais ma langue.

Son rire se répercute à nouveau sur le port.

– Mets ta casquette, je crois que le soleil t'a tapé un peu trop fort sur la tête.

Disant cela, elle se hisse sur la pointe des pieds puis enroule ses doigts dans mes cheveux. Est-ce qu'elle joue la comédie ou elle a réellement eu envie de m'accorder ce geste affectueux ? Je n'en ai pas la moindre idée, mais ce qui est certain, c'est que j'apprécie.

Tukata tape dans ses mains pour attirer notre attention. Je suis sûr qu'on l'entend depuis la tour Eiffel.

– Hop ! Tout le monde à bord !

Otto et Porntitta sont les premiers à obéir. C'est fou ce que ça bouge ! Je masque mon appréhension comme je le peux et monte sur ce que je considère comme un rafiot. Voire un cercueil aquatique. Est-ce qu'il est seulement assez grand pour accueillir cinq couples qui montent à bord ? Le pire, c'est que tout le monde a l'air super content d'être là. En même temps, ceux qui ont embarqué à bord du *Titanic* l'étaient sûrement aussi. La planète entière a été témoin du fameux « je suis le roi du monde » de Jack Dawson, ce qui n'a pas empêché ce dernier de sombrer comme un imbécile dans les eaux glaciales de l'Atlantique Nord plutôt que de se faire une place sur une planche en bois. Parce que, je le maintiens, il y avait largement de quoi mettre deux personnes sur ce putain de bout de paquebot.

– À quoi est-ce que tu penses ? s'enquiert Nitta.

– Je me refaisais une leçon de géométrie.

Elle hausse un sourcil amusé.

– Tu es prof de maths ?

– Bien sûr que non, je suis jou…

Je m'arrête juste à temps. Je lui ai dit quoi déjà, pour mon métier ? Ah oui, ça me revient.

– Joueur de tennis. Pas professionnel, bien sûr. Juste amateur. Tu sais bien que je bosse comme commercial.

Elle opine, le regard pas totalement convaincu. Il va falloir que je fasse plus attention si je ne veux pas me faire pincer et ruiner mon article. Cette fille est plus perspicace que je ne l'avais estimé au début.

Autour de nous, les couples commencent à s'installer. Je cherche la place la plus sûre. Il n'y en a aucune, en cas de naufrage on coulera tous comme des pierres. Je prends la plus proche. Je suis la direction du regard de Nitta, qui se porte sur Tukata. Puis il bifurque sur Maï et son amoureux. Celle-ci s'est assise sur les genoux de son homme et ils s'embrassent comme un couple d'adolescents en rut. C'est contraire aux coutumes locales, mais au moins, ils ont l'air de bien s'amuser. Je me demande ce que ma fiancée pense de tout ça, car elle ne semble pas du genre tactile.

La réponse à cette question me parvient dès l'instant où Nitta pose ses jolies fesses rebondies sur mes genoux. Je retiens un hoquet de surprise et mes muscles deviennent aussi tendus que si j'avais couru un marathon. Avoir cette fille installée sur moi est loin d'être désagréable, mais je suis tellement pris de court que j'en deviens maladroit.

Elle arbore un sourire crispé. Il doit être identique au mien. J'avais pourtant prévu de me montrer plus « affectueux » avec elle pour tester ses réactions. Je passe un bras amorphe autour de sa taille fine. Le dos raide comme un piquet, elle se colle un peu plus à moi.

Juste ciel, on dirait deux robots qui se font la cour !

Elle se tourne vers Maï, puis vers moi. Et on reste comme deux cons. Même en quatrième, j'étais plus dégourdi que ça. Je me dis qu'elle va m'embrasser, mais non. J'essaie de me la jouer sensuel et glisse ma main dans ses cheveux que la brise marine fait danser. C'est ce qu'on fait dans les films. Sauf que dans la réalité, mes doigts se retrouvent coincés dans un nœud et je manque de lui arracher la tête en essayant de me dégager. Ses iris remplis de désespoir s'ancrent aux miens. J'essaie de lui sourire. Elle se penche vers moi. Alors que je retiens mon souffle, elle scelle ses lèvres aux miennes. Puis plus rien. Elle ne bouge pas. Rien du tout. *Nada.*

Est-ce qu'elle est morte ?

Non, ses yeux sont grands ouverts. Est-ce que j'ai mauvaise haleine ? Pour le coup, je ne sais pas quoi faire. Elle finit par arrêter le supplice en se redressant. Ses yeux mortifiés se tournent vers la surface bleue de l'océan. J'éprouve quelque chose qui ressemble à de la compassion pour cette femme particulièrement gauche qui fait de son mieux pour séduire un homme. Pour la première fois, je me demande humainement quelles raisons peuvent pousser une personne à passer un contrat de mariage, un pacte qui quelque part, revient à vendre son corps, son cœur et son âme, au plus offrant.

Mus d'une volonté qui leur est propre, mes doigts s'entrelacent aux siens. C'est un peu maladroit, mais c'est surtout un geste sincère. Elle tourne son visage étonné vers moi et m'adresse un petit sourire.

Soudain, le bateau tangue. La secousse nous déséquilibre, surtout Nitta, qui pousse un cri effrayé en se redressant maladroitement. Elle tangue à gauche puis à droite. Je parviens à la rattraper tout en restant assis. Déstabilisée, elle chute en avant et donc vers moi. Ses fesses atterrissent à nouveau sur mes genoux et ses lèvres, sur les miennes. Mais contrairement à la fois précédente, la soudaineté de la situation change la donne. Je perçois le goût sucré et la douceur des lèvres chaudes de Nitta. Elle m'embrasse et mon cœur s'arrête. Ce n'est pas un baiser fougueux. C'est une découverte de son partenaire, et de soi. Une initiation à l'art de la lenteur qui, loin de m'exaspérer, m'excite. Tandis que d'une main, je la retiens contre moi, je laisse l'autre se promener le long de son dos. La texture de sa peau si délicate me rend dingue, sans parler de la saveur de sa bouche. J'ignore comment elle s'y prend, mais d'un seul baiser, elle parvient à me faire bander comme un fou.

Un gémissement s'échappe de ses lèvres et vient mourir dans ma bouche. Je pourrais l'embrasser encore et encore rien que pour l'entendre à nouveau, mais le bateau s'arrête soudainement, et la magie avec lui.

– Arrivés ! s'écrie quelqu'un à côté de nous.

Déjà ? Cette étreinte m'a tellement chamboulé que je n'ai plus songé ni au temps qui passe ni à mon mal-être en mer. Comment le décrire, ce baiser ? Le journaliste en moi le qualifierait d'expert. Mais l'homme que je suis est trop abasourdi pour penser correctement, d'autant plus que la majeure partie de mon sang a quitté mon cerveau pour affluer plus au sud.

Elle me sourit. C'est un sourire gêné, maladroit, mais parfaitement craquant. Je lui souris en retour. Parce que je joue un rôle ou parce que je suis réellement secoué, je n'arrive pas à le déterminer. Peut-être un peu les deux.

– Chouette ! s'exclame Maï à côté de nous en tapant dans ses mains. On va pouvoir nager dans ces eaux turquoise !

L'expression de Nitta change brutalement.

CHAPITRE 14

NITTA

Nager ? Et puis quoi encore ?

L'information donnée par mon ancienne meilleure amie reconvertie en oiseau de mauvais augure me fait l'effet d'une douche froide. Pourtant, il y a quelques secondes à peine, j'étais aux anges. Je me perds dans les yeux ciel et chocolat de Ben. Pour un type dont les chromosomes n'ont pas été fichus de choisir une couleur d'yeux, il embrasse drôlement bien. Plus que ça, même. Bon sang de bonsoir, c'était carrément le meilleur baiser que j'aie reçu de toute ma vie ! Pourtant, c'était loin d'être gagné. Quand je me suis assise sur lui, il avait l'air tellement mal à l'aise que j'ai eu peur de lui avoir écrasé un testicule, ce qui était impossible d'un point de vue anatomique. Peu importe, chacun a le droit d'avoir ses parties intimes dans le sens qu'il veut. Toujours est-il que nous étions tous les deux si gauches qu'on aurait dit deux adolescents prépubères qui se seraient échappés d'un camp Amish pour se peloter derrière le gymnase d'un collège. Puis il y a eu cette vague. J'ai atterri sur lui par hasard. Nous nous sommes embrassés et, sans que je comprenne comment, je me suis retrouvée dans les bras d'un dieu. Moi qui ai toujours été d'un naturel frileux avec les hommes, je suis devenue, l'espace de quelques minutes, un véritable brasier. Déboussolée comme jamais, j'ai goûté à la saveur incroyable de ses lèvres, à leur texture si douce. Autour de nous, l'air s'est mis à vibrer et ma peau tout entière s'est chargée d'électricité.

L'alchimie a surgi à une vitesse incroyable. Malheureusement, elle s'est éteinte tout aussi rapidement. La main de Ben ne me retient plus par la taille et tout le monde s'est mis debout. Je n'ai plus aucune raison valable de rester sur ses genoux. Je suis déçue, sans savoir exactement pourquoi.

Je me lève de manière un peu gauche. Ben me semble tendu. Est-ce que lui aussi a été transporté par ce baiser ?

Les autres hommes aident leurs fiancées à sortir du bateau. Ben, lui, garde ses mains dans ses poches.

Connard !

Je ne pense pas qu'il va les sortir pour m'assister. Tant pis pour lui. Je décide que je suis une grande fille et grimpe sur la passerelle flottante. Il me suit, mais son pas trop lourd fait tanguer le petit ponton. Je me rattrape brutalement aux cordes qui bordent ce pont de malheur. Derrière moi, un genre de « plouf » résonne, suivi d'un juron en français. C'est dingue comme le mot « putain » est expressif.

Je me retourne vivement, prête à plonger pour secourir celui qui a décidé – ou pas – de faire trempette avant les autres. L'eau lui arrivant au niveau des épaules, je conclus qu'il n'a pas besoin que je saute à mon tour. Je lui tends la main pour l'aider à remonter sur le ponton, mais il refuse sans m'accorder un regard et choisit de se diriger vers la plage toute proche. L'hilarité règne autour de nous, ce qui doit amplifier la mauvaise humeur de Ben. Ernesto pousse le bouchon plus loin en sortant une plaisanterie graveleuse. Les seuls qui ne rient pas, ce sont Maï et son mec. Elle n'a jamais été du genre à se moquer des gens. C'est pour ça que je l'ai toujours appréciée. Alors que je rejoins la rive, elle vient à ma rencontre.

– Kanitta l'aurait filmé et se serait fait du blé en diffusant la vidéo sur YouTube, me souffle-t-elle en thaï.

– Sauf que je me fais plus de blé en épousant cet homme qu'en balançant une vidéo débile. Et *je suis* Kanitta.

Je la quitte pour aller auprès de Ben.

– Tu as pris de quoi te changer ? Tu veux que je retourne sur le bateau pour te chercher quelque chose ?

Sa mauvaise humeur semble s'être légèrement dissipée lorsqu'il lève son regard sur moi.

– Non, je n'ai rien. Je n'avais pas prévu de faire une chute dans l'eau tout habillé. Mais j'ai songé à prendre mon maillot de bain. J'espère que toi aussi.

Je lui sers un sourire crispé. Je l'ai effectivement pris, mais il est hors de question que je lui montre le bas.

– Les amoureux ! crie Tukata. Que diriez-vous d'une partie de beach-volley ? Ensuite, on ira se balader à l'ombre des cocotiers, on mangera un morceau, puis on pourra se baigner avant de repartir.

En dehors de la natation, je ne suis pas spécialement fan de sport, encore moins quand il fait près de trente degrés à l'ombre, mais je veux bien me prêter au jeu si ça peut me permettre de me rapprocher de Ben. Je m'attendais à ce qu'il jubile vu que manifestement, c'est un amateur de sport. Non seulement il me l'a dit mais en plus, j'ai bien senti ses muscles en tombant sur lui. Je ravale un soupir d'aise au souvenir du contact de son corps contre le mien.

– Tu dois être content.

Je me tourne dans sa direction et mets un certain temps à lever les yeux sur lui.

En fait, ses sourcils se froncent quand il regarde les mecs qui déroulent un vieux filet pour l'accrocher entre deux cocotiers. Mais vu que j'ai commencé, autant continuer sur ma lancée.

– Ça ressemble à du tennis, les raquettes en moins. Euh, il y a aussi un filet. Et une balle.

Un peu plus grosse, quoi. Mais bon. Je crois que je vais me taire.

Ses yeux s'illuminent et il se mord les lèvres, probablement pour s'empêcher de rire. Maintenant, j'ai envie de l'embrasser. Pour de vrai. Fichues hormones. Ça doit être l'air marin.

– T'es marrante quand tu racontes n'importe quoi. Tu as l'air… vraie.

Aïe.

– Mais je *suis* vraie.

– Aussi vraie que la seconde paire de seins de Pamela Anderson, lance Maï qui n'a rien perdu de notre échange.

Ne trouvant rien de suffisamment cassant à répliquer, je soupire de manière éloquente en levant les yeux au ciel. J'imagine que c'est ce que ma jumelle aurait fait, ou du moins je l'espère. Mon ancienne meilleure amie ouvre la bouche pour ajouter quelque chose. Je la reconnais bien là, personne n'était aussi têtu qu'elle dans la cour de récré. Mais Tukata, qui a du nez pour flairer les situations délicates, tape dans ses mains.

– Bon, qui est partant pour un petit match ?

Le match terminé, nous passons au repas, qui consiste en un pique-nique à base de sandwichs de pain de mie, vite engloutis. Le temps de discuter un peu une fois le déjeuner terminé, et il est déjà l'heure tant redoutée. Inconsciente de mes complexes, Tukata nous propose un bain. Je ne peux pas lui en vouloir, c'est une sortie romantique. La plage est pratiquement déserte et les eaux turquoise appellent à la rêverie. Mais c'est au-dessus de mes forces. Alors que tout le monde enlève ses habits pour se mettre en maillot de bain, moi, je conserve mon jean.

– Ben alors, tu ne te baignes pas, Nitta ?

Maï, toujours prête à m'enfoncer. Comment a-t-elle pu être un jour ma meilleure amie ?

Tous les regards convergent sur moi, ce qui me met extrêmement mal à l'aise. Celui de Ben est curieux tandis que celui de Maï est scrutateur, comme si elle guettait mes failles.

– Non, je…

Je quoi ?

Je ne peux pas lui dire que j'ai mes règles. De nos jours, les femmes peuvent compter sur une ribambelle de solutions, allant du tampon à la cup. Cette excuse n'est pas crédible, il m'en faut une autre. Je balance donc la première chose qui me traverse l'esprit.

– Je ne me suis pas épilé les jambes. J'ai… j'ai oublié.

Pas très flatteur, mais rudement efficace. Vaincue, Maï fait un pas en arrière tandis que Tukata, mortifiée, met la main devant ses yeux.

Et alors que j'entends déjà les premiers clapotis des baigneurs, deux pieds blancs apparaissent dans mon champ de vision. Je présume que ce sont ceux de Ben.

– Tu devrais mettre de la crème sur tes pieds, sinon tu vas attraper un coup de soleil. Crois-moi, ça fait vachement mal. Ça m'est arrivé une fois. Après, mettre des baskets devient une véritable torture, avisé-je.

J'ai tendance à parler à tort et à travers quand je suis mal à l'aise. Je lève la tête et tombe sur le regard de Ben. Dans ses iris à la couleur indéfinissable, je lis de l'amusement mêlé à quelque chose que je ne saurais identifier.

– Et toi, tu ne devrais pas laisser un truc aussi insignifiant que ton apparence gâcher ton après-midi.

Je ris pour masquer mon trouble.

– Tu te fiches de moi ? Personne ne veut une fiancée avec des poils ! À part les ours, bien sûr.

Même si dans mon cas, c'est encore pire. Les poils s'enlèvent, mais les cicatrices demeurent à jamais.

– Je me fiche d'avoir une fiancée toute lisse. Ce que je veux, en revanche, c'est une fiancée heureuse.

Il prend quelques instants pour m'adresser un sourire qui me cloue le bec. Parfois, il peut franchement être éblouissant.

– Alors si tu préfères rester sur la rive, restes-y. Mais si tu as envie de sauter dans l'eau, je plongerai avec toi.

Je ne fais rien pour calmer les battements de mon cœur qui s'accélèrent seconde après seconde. Après tout ce temps, c'est si bon de se sentir vivante !

Même si c'est temporaire. Même si c'est pour de faux !

– Tu l'auras voulu !

Lentement, je me débarrasse de mon haut. Je ne veux plus lutter contre mes envies, mais je ne suis pas prête pour autant à montrer mes jambes à qui que ce soit. Mon jean reste où il est, quoi qu'il arrive.

Le monstre de Keaa Ling ! La bête de cirque.

Je croise le regard de Ben, dans lequel brille une pointe de désir. Lui, il semble me trouver belle. Et moi aussi, je le trouve hyper sexy, au point que j'ai le plus grand mal à ne pas me jeter sur lui comme la femme morte de faim que je suis.

– Viens, Nitta.

Je me déchausse et accepte la main qu'il me tend. J'aime bien la manière dont nos doigts s'entrelacent alors qu'habituellement, je ne supporte pas que l'on me tienne la main. Il me donne l'impression que je peux rompre le contact à tout moment et j'apprécie la liberté qu'il m'accorde.

Le sable est brûlant sous mes pieds. Puis c'est au tour de l'eau de lécher mes orteils, mes mollets, mes cuisses. Tout en avançant, ma main dans celle de Ben, je m'imprègne de ces sensations. Le balancement régulier des vagues m'avait manqué. L'odeur particulière des embruns aussi. En Thaïlande, leur arôme est unique.

Pourquoi me suis-je enfermée dans ce carcan de complexes, au juste ? Et pourquoi suis-je allée me perdre aussi loin ?

– Nitta ?

J'ouvre les yeux et souris à Ben pour cacher le trouble que m'inspire la manière dont il m'observe. Comme s'il ne voulait pas perdre une seule miette du spectacle que je lui offre, alors que je suis ridicule avec mon jean et mon haut de bikini.

Sans crier gare, je me prends une volée d'eau en plein visage. Cet abruti vient de m'éclabousser et vu comme il se marre, il l'a fait exprès.

– Ah ouais ? Moi aussi, je peux jouer à ça !

Je mets mes mains en coupe et les plonge dans la mer pour envoyer une bonne giclée d'eau dans la figure de Ben, qui m'imite avant de battre en retraite.

– Poule mouillée ! crié-je en riant.

Je me mets à nager pour le rattraper et un sourire extatique se dessine aussitôt sur mon visage. Tout ce temps perdu à me priver d'une des activités que j'aimais le plus, à savoir la nage ! À côté de combien de choses suis-je passée à trop essayer de me protéger ?

Je me retrouve soudain submergée. Surprise, j'ouvre la bouche et bois la tasse. En sortant la tête de l'eau, les cheveux collés au visage et une algue malheureuse au sommet de mon crâne, je ressemble à tout sauf à la Petite Sirène. Mais dans le regard pétillant de Ben, je ne me sens pas laide.

– Toi, tu vas prendre cher ! le menacé-je en m'esclaffant avec lui.

Je lui grimpe littéralement dessus afin de le couler. Du moins, c'est ce que je me dis quand mes bras s'enroulent autour de son cou et mes jambes autour de sa taille. Ses mains se sont glissées sous mes fesses pour me maintenir contre lui. Mon rire se fige dans ma gorge quand je prends conscience de la position dans laquelle nous sommes. Nos corps sont entièrement collés et nos visages sont si proches que je peux sentir la chaleur de son souffle. Il suffirait d'une étincelle pour que tout s'enflamme, pour que tout…

Le flot de mes pensées se tarit lorsque nos lèvres se rencontrent, et le pire, c'est que c'est moi qui suis à l'origine de ce baiser. Ou peut-être les deux, je l'ignore, en fait. Tout ce que je sais, c'est que c'est trop bon, et je ne veux pas que ça s'arrête tout de suite. Ça me tue de l'admettre, mais quand je l'embrasse, je ne joue pas la comédie. Je ne suis pas Kanitta. Je ne suis pas non plus la grognasse glaciale que j'étais devenue à New York. Je suis… moi.

Lorsque le baiser s'achève, nous restons quelques instants à nous regarder dans les yeux sans trop savoir comment réagir. Je mentirais si je prétendais que je ne ressens rien, là. C'est évident. Pourtant, c'est ma sœur qu'il va épouser. Quoi qu'il se passe entre nous, ce n'est qu'une brève parenthèse en attendant que ma jumelle reprenne la place qui lui revient. Il faut que je mette un terme à cette étreinte de manière intelligente, sinon, je vais commencer à ronronner d'un instant à l'autre. Et je suis une tigresse sauvage et asociale, pas un chaton en manque de caresses !

– Un requin ! crié-je.

Pour ce qui est de la manière « intelligente », on repassera.

Trois minutes plus tard, une douzaine d'humains terrifiés scrutent la mer, les mains en visière, la bouche ouverte en cul de poule.

– Tu es sûre d'avoir vu un requin, Nitta ? s'enquiert Tukata.

– Euh, je…

– C'est vrai que ça fait si longtemps que tu n'as pas nagé dans les eaux thaïlandaises qu'on est en droit de se poser la question, renchérit Maï.

– Oui, c'était un requin, contré-je en lui coulant un regard mauvais. J'ai très clairement aperçu l'aileron. Quoique, maintenant que tu le dis, c'étaient peut-être tes cheveux. Avec ta coupe qui part en vrille, on est en droit de se poser la question.

Elle fulmine en silence. Je sais combien elle tient à ses tifs. Déjà au collège, elle passait un temps fou à se coiffer. C'est John qui met fin au conflit en exprimant ses réticences.

– Quoi qu'il en soit, je n'ai plus envie de me baigner, moi.

– Moi non plus, abonde Ben.

D'un commun accord, nous décidons que le temps de la baignade est révolu. Alors que certains restent sur la plage pour faire bronzette, je choisis cet instant pour retourner dans le bateau et me changer sans que personne me suive. Une chance que j'aie pensé à prendre un deuxième pantalon.

– Je reviens tout de suite.

Une fois sur le bateau, je descends dans la cabine exiguë qui contient nos sacs. Je trouve facilement le mien, extrais mon pantalon sec et commence à me débarrasser de mon bas. Dans la vie, il y a des choses difficiles. Disposer une couette dans sa housse ou enlever un jean mouillé trop serré font partie de ce genre d'instants dont je me serais bien passée. Après avoir arrêté de respirer pendant plus de quarante secondes et m'être contorsionnée dans tous les sens, je parviens enfin à me défaire du tissu trempé.

– Victoire !

Je viens d'enfiler une culotte sèche quand j'entends des pas derrière moi. Mon sang ne fait qu'un tour et je me retourne vivement, consciente que je ne peux plus me cacher. Ce n'est pas Ben qui me fait face. C'est Maï, et je pense que c'est encore pire. Son regard descend sur mes jambes nues, qu'elle examine longuement, avant de retourner à mon visage.

– Je le savais.

Je garde le silence, mortifiée, le temps de trouver une solution. La tuer pour qu'elle ne dévoile pas mon secret n'est pas une option envisageable. Quoique…

Elle ne prononce pas un mot de plus. Ceux que je voudrais lui dire restent bloqués dans ma gorge.

– Nittaya…

C'est la première fois qu'elle me parle avec douceur depuis que nous nous sommes retrouvées.

– Maï, s'il te plaît…

– Pourquoi est-ce que tu te fais passer pour ta jumelle, Nitta ? J'aurais compris le contraire, mais toi ? Tu es une femme indépendante, intelligente et tu as réussi dans la vie. Alors pourquoi…

Aussi bien dans sa voix que dans la bienveillance de son sourire, je retrouve ma meilleure amie. Alors, je libère ma parole. Je ne joue plus.

– Pour Khwam, Maï. Pour Khwam. Elle me l'a promis. Et puis, peut-être que je n'ai pas tant réussi ma vie que ça.

Je ne donne pas plus de détails et serre les dents en attendant la pluie de jugements qui ne manquera pas de me tomber dessus. Mais ma meilleure amie me surprend comme elle avait l'habitude de le faire quand nous n'étions que des enfants.

– Je comprends.

Ces deux mots sont si faciles à prononcer et si bons à entendre ! Je franchis les deux mètres qui nous séparent pour la serrer dans mes bras. Et tant pis si mes jambes sont laides. Elle est la seule personne qui ne s'est jamais moquée de moi. La seule à m'avoir défendue bec et ongles, quitte à s'attirer les foudres de mon idiote de frangine.

– Je suis désolée, Nitta. Dès le départ, je me suis doutée que c'était toi, mais je ne comprenais pas que tu te fasses passer pour quelqu'un d'aussi odieux que ta jumelle. Alors je me suis demandé si tu n'étais pas devenue un peu comme elle, quelque part. Je suis désolée d'avoir douté de toi.

Je m'écarte pour observer son visage. Jusqu'ici, je ne m'étais pas permis de la regarder dans les yeux. J'avais trop peur qu'elle lise la vérité dans les miens. Elle est aussi belle que dans mes souvenirs.

– Je sais, Maï, ça ne fait rien. Et toi, pourquoi tu veux te marier avec un *farang* ?

Elle hausse les épaules avec une désinvolture toute fausse.

– C'est une longue histoire. Tu sais, j'ai quitté Keaa Ling pour Pattaya bien avant que tu t'envoles pour les États-Unis. Je me suis retrouvée dans une galère pas croyable, c'est tout ce que tu as besoin de savoir pour le moment.

Dans son regard, je lis qu'elle ne souhaite pas que je l'interroge plus longuement.

– Épouser un étranger pour me sortir de la misère dans laquelle je pataugeais m'a semblé une bonne solution et quand j'ai rencontré John, j'avoue que je suis tombée sous le charme. Je n'ai pas besoin de me forcer. Il me plaît.

Je lui souris, sincèrement heureuse pour elle.

– Et toi, alors, tu vas te marier avec Ben ?

Je secoue vivement la tête.

– Non ! Ma sœur s'est fait coffrer.

– Pourquoi est-ce que ça ne m'étonne pas ?

Je lui rends son sourire satisfait. Moi aussi, je suis heureuse que cette garce qui partage mon ADN se retrouve un peu à l'ombre.

– Alors, je la remplace jusqu'à ce qu'elle sorte. Dans un peu plus d'un mois, j'épouse Ben sous son prénom à elle, et en échange, elle me cède Khwam. C'est elle qui épousera Ben. Pas moi.

Ma gorge se serre. Ça doit être à cause de la soif. Je me penche sur mon sac pour sortir ma bouteille d'eau. Mauvaise idée, elle est trop chaude et me laisse une sensation désagréable dans la bouche.

– Ça ne te fait rien ?

– Euh, je ne suis pas fan de l'eau tiédasse, mais je devrais m'en remettre.

Elle pouffe comme quand on était enfants et son rire communicatif se répercute dans la cabine.

– Je ne parle pas de ton eau dégueu, mais de Ben et toi. Le courant a l'air de bien passer entre vous.

Je repense à ce que j'ai ressenti lorsqu'il m'a embrassée et réprime un frisson.

– J'ai toujours été bonne actrice.

– Tu parles, chaque fois que tu racontais des craques, tu te faisais coincer à l'école.

– N'importe quoi.

Elle se marre avant de retrouver son sérieux.

– Fais attention à toi, Nitta. Ta cuirasse de dragon cracheur de feu cache un cœur tendre.

Je ris pour la forme.

– Un cœur ? C'est quoi, ça ?

Elle me rend mon sourire amusé.

– Je vais remonter. Sinon, ils vont finir par rappliquer pour voir si on ne s'est pas entre-tuées.

– Tu as raison !

– Et arrête de complexer sur tes jambes. Je suis certaine qu'il les trouvera à son goût, augure-t-elle en tournant les talons.

Il serait bien le premier à qui ça arrive. Je me souviens très bien de la réaction du premier homme avec qui j'ai couché à mon arrivée à New York. Je pensais qu'aux États-Unis, les mentalités seraient différentes de celles de mon pays natal. Alors, j'ai fait l'amour sans éteindre la lumière. Après avoir pris son pied avec moi, il a jeté un coup d'œil à mes jambes et a déguerpi en me balançant que j'aurais dû le prévenir que j'avais une maladie contagieuse. Ce soir-là, j'ai compris que s'il y avait une chose qui traversait les frontières, c'était bien la connerie. Elle est internationale.

Par simple prudence, je tire le rideau du seul hublot de la cabine pour la plonger dans le noir. J'entends alors un gros fracas, comme si un meuble venait de se renverser. Une étagère, peut-être.

– Aïe !

Comme nous ne sommes pas dans un Disney et que par conséquent, le mobilier ne parle pas, j'en conclus que mes complexes ont encore fait une victime collatérale.

Dans la pénombre, je distingue une masse au sol. J'imagine que c'est Maï. Ni une ni deux, je vole à son secours. Je touche quelque chose de dur qui ne ressemble en rien à ma meilleure amie.

– Maï ?

– Si mes pectoraux ressemblent aux seins de Maï, alors il faut que je fasse plus de sport ou que je prenne un traitement à base de testostérone.

– Merde, Ben !

Je l'entends se marrer. Pour la grâce et la douceur verbale, on repassera. Parfois, j'ai le vocabulaire d'un routier.

Après avoir trouvé ses mains, je l'aide à se relever. C'est lorsque nous nous retrouvons debout, collés l'un à l'autre, que je prends conscience que je suis en sous-vêtements devant lui, dans le noir. Ses mains se posent sur mes épaules. Je ne bouge pas d'un pouce. J'entends sa respiration agitée, égale à la mienne. Ses doigts descendent le long de mes bras et trouvent leur place autour de ma taille pour m'attirer davantage à lui.

C'est moi ou il fait de plus en plus chaud dans cette cabine ?

Je devrais faire demi-tour et aller me rhabiller fissa. Maï a raison, ses baisers me font tourner la tête. J'esquisse un pas en arrière et heurte un mur. Je pourrais prendre la tangente en l'esquivant sur les côtés, mais je reste là, le souffle soudain court.

Fuir ou l'embrasser, fuir ou l'embrasser ? L'embrasser et fuir !

Je choisis les deux. Je me hisse sur la pointe des pieds pour coller mes lèvres aux siennes, corps contre corps. Il ne faut que quelques secondes à ma peau pour s'électriser. Quelques instants à tout mon être pour brûler. Et ses mains qui courent sur ma peau nue n'arrangent rien à l'affaire. Il faut que ça s'arrête. Il faut que…

Je capture son visage entre mes mains et l'embrasse de plus belle. Il me plaque contre le mur, et j'adore ça. Être à sa merci. Son érection qui s'éveille contre mon bas-ventre m'envoie le déclic nécessaire pour mettre fin à cette étreinte.

Je plaque mes mains contre son torse brûlant et le repousse à contrecœur.

– Les autres vont finir par se poser des questions si on ne remonte pas tout de suite.

Il pourrait m'opposer que nous allons bientôt nous marier et qu'il est totalement normal qu'un couple, fiancé ou non, s'accorde du bon temps. Il n'en fait rien.

CHAPITRE 15

BEN

Si ThaïCupidoo me propose un questionnaire de satisfaction, je leur suggérerai d'ajouter une notice pour comprendre les femmes, parce que je ne capte rien à celle qui deviendra la mienne dans un peu plus d'un mois.

Enfin, quand je dis la mienne, j'exagère un peu puisque je vais la quitter sitôt le mariage prononcé. Je suis tellement pris dans mon rôle que j'ai parfois tendance à l'oublier. En même temps, il est si agréable de l'embrasser qu'il m'arrive de perdre un peu la tête lorsque ça arrive.

J'entends ses pas qui remontent l'escalier en bois. D'ailleurs, qu'est-ce qu'elle fichait dans le noir toute seule ? Elle invoquait le diable pour mieux m'envoûter ? Je la suis en haut sans demander mon reste. J'arrive assez tôt pour la voir échanger un regard avec Maï. Pour la première fois, elles ne sont pas sur le point de s'entre-tuer. C'est d'ailleurs la raison pour laquelle je suis descendu. Je m'inquiétais pour elle. Manifestement, elle se fiche de moi puisqu'elle part à l'autre bout du bateau dès qu'elle m'aperçoit.

Je suis de plus en plus perplexe.

Il y a quelques minutes à peine, je l'embrassais. Elle s'abandonnait contre moi, et c'était parfait. Et quelques instants plus tard, elle m'a jeté comme une vieille chaussette. Elle l'a fait deux fois. Mon ego en a pris un coup, mais pas que. J'essaie d'analyser ses réactions d'un point de vue journalistique, mais c'est encore pire. Une femme qui cherche à se marier pour améliorer sa situation économique devrait tout faire pour séduire son éventuel fiancé. Tout entreprendre pour qu'il lui succombe. Eh bien, pas Nitta. Alors que je fondais littéralement contre elle, parce qu'il faut dire qu'elle embrasse comme une reine et qu'elle a un corps de déesse, elle m'a repoussé sans ménagement. Moi qui ne me suis jamais pris un râteau, je suis resté comme un con.

Je ne comprends pas sa démarche. Je ne lui plais pas ? Elle souffle le chaud et le froid en pensant attiser mon désir ? Ou alors, elle est juste… elle-même. Je n'arrive pas à la cerner et ça me rend dingue.

– Elles sont compliquées, hein ?

Je me tourne vers John, qui me tend une bouteille d'eau.

– Tu l'as dit.

Je dévisse le bouchon et bois une gorgée. Elle est tiédasse, c'est horrible. Du coin de l'œil, je vérifie que c'est bien de l'eau. Avec tous les tordus qu'il y a, mieux vaut se méfier, surtout que celui-là pratique assidûment le yoga ayurvédique.

– Ça a l'air de faire des étincelles entre vous.

Mes yeux dévient tout seuls sur Nitta, dont le regard se perd sur la mer turquoise. Elle est belle à tomber, et je suis sûr qu'elle sait que je la fixe et qu'elle fait exprès de m'ignorer.

– Elle m'agace autant qu'elle m'attire.

John pose une main affectueuse sur mon épaule.

– C'est une bonne chose. Il n'y a rien de pire que l'indifférence.

Je souris. Il a raison. Enfin, je pense. Je n'ai jamais ressenti quoi que ce soit pour une femme, en dehors du désir s'entend. Si Nitta m'intrigue tant, c'est parce que je dois pondre un article sur elle et que je n'arrive pas à la cerner. Elle démonte tous mes schémas. Et ça me met en rogne autant que ça me remplit d'excitation.

– Eh bien, il est temps de partir, je crois.

Tukata tapote dans ses mains et le pêcheur largue les amarres. Comprenant que je suis au pied du mur, j'enfouis la main dans la poche de mon jean encore un peu humide après ma chute du ponton. Les cachets que j'avais glissés dedans ont été réduits en bouillie. Impossible de les avaler. Je m'assieds sur la banquette la plus proche et soupire longuement de dépit.

Transformation en loque à vomi dans une, deux, trois secondes.

Les symptômes ne mettent que quelques minutes à apparaître. C'est d'abord une vague sensation de mal-être. Puis très vite, ce sont mes oreilles qui bourdonnent, mes doigts qui s'engourdissent, ma tête qui tourne et mon estomac qui joue les contorsionnistes professionnels. J'ouvre la bouche en grand pour respirer de l'air à grandes goulées, mais j'ai l'impression que l'atmosphère s'est vidée de toute molécule d'oxygène.

Je me lève tant bien que mal et commence à tituber en direction de la barrière la plus proche, mais mon oreille interne joue les artistes abstraits et je peine à me repérer dans ce monde sans queue ni tête.

Qu'on me donne le nom de celui ou de celle qui a décidé d'inverser le haut et le bas !

Mes mains se referment sur ce que je pense être le rebord de l'embarcation. Je me hisse sur la pointe des pieds et laisse mon estomac se vider sur la mer, même si je ne suis pas tout à fait certain de l'avoir atteinte.

Ma vision s'obscurcit. Je vais m'évanouir, j'en ai bien l'impression. C'est à peine si mes jambes cotonneuses me portent.

– Hey ! Viens par là, toi.

Des doigts se referment sur mon bras et m'entraînent quelque part à l'écart. Je distingue vaguement la silhouette de Nitta. Même si ma situation ne s'améliore pas franchement, je me détends un peu.

Et là, tout bascule. J'éprouve une violente douleur à la jambe. Ma vision s'éclaircit progressivement. Ma fausse-future-épouse est pliée en deux et m'enfonce le poing sous la rotule.

– Ho ! Mais t'es complètement folle ?

Je n'en rajoute pas, parce que le fait de parler accentue mon envie de vomir.

– Arrête, la supplié-je quand même, le cœur au bord des lèvres.

Elle me libère, mais en fait, ce n'est que pour mieux m'agresser. Dans une prise de karaté digne de Jackie Chan, elle capture mon poignet et tire dessus pour tendre mon bras. Je manque de me casser la figure, alors elle me retient comme elle le peut. Elle attrape ensuite ma main libre, pose mes trois doigts sur mon poignet opposé. Ensuite, son index s'enfonce entre mes tendons.

– Aïe ! Ce n'est pas comme ça qu'on prend le pouls.

– Je sais. Tais-toi et savoure.

Savourer quoi ? Ma mort ?

J'ignore où est passée la fiancée douce et dévouée. Peut-être n'a-t-elle simplement jamais existé. Toujours est-il que moins de deux minutes plus tard, mes jambes retrouvent leur fonction motrice, le coton imaginaire disparaît de mes oreilles, les nausées s'envolent et mon estomac reprend sa place initiale.

Je suis sur un bateau. Et je ne suis plus malade.

– Tu es une sorcière, ma parole !

Un sourire envoûtant naît sur son visage et ses yeux pétillent de malice.

– Comment tu as fait ça ? Je combats le mal de mer depuis l'enfance. J'ai même essayé l'hypnose. Mais à part les médicaments, rien ne fonctionne.

– Une magicienne ne dévoile jamais ses secrets.

Je fais mine d'être déçu.

– D'accord, je vais partager l'info avec toi, mais juste parce qu'on sera bientôt mariés, OK ?

Quelque chose fait *bim* dans ma poitrine. Sans doute un reste de mes nausées.

– C'est simplement de la médecine chinoise. J'ai compressé le point numéro six du méridien du Maître Cœur. Ça marche presque à tous les coups.

Je ne cache pas l'admiration sincère qu'elle m'inspire. Elle doit la lire dans mon regard, car elle détourne le sien alors que ses joues rosissent.

– Bon, allez, on va se chercher une place sur les banquettes.

Non, Nitta n'est pas la fiancée dévouée qui vous tapotera inutilement le dos en vous murmurant des mots doux tandis que vous vous videz de l'intérieur. Elle est tellement mieux que ça !

CHAPITRE 16

BEN

Je ne suis pas étonné de trouver le singe confortablement installé dans les bras de Nitta. Comme elle ne m'a pas vu arriver, je prends quelques instants pour la regarder. Le soleil matinal qui entre par la baie vitrée lui donne un joli éclat doré, mais ce n'est pas ce qui attire mon attention. Ce qui me fait sourire à mon tour, c'est le sourire sincère et bienveillant qu'elle dédie à la boule de poils. J'ai volontairement pris le temps de l'observer ces quelques jours. Depuis notre sortie en mer, elle est sans cesse sur le qui-vive. Plusieurs fois, elle s'est abandonnée dans mes bras. Et ça se termine toujours de la même manière. Dès que les choses deviennent franchement intéressantes, elle trouve un prétexte bidon pour s'éclipser puis devient aussi distante qu'une reine des glaces pendant des heures, et rebelote. Elle m'intrigue et m'exaspère. Elle me rend dingue !

Dans tous les cas, elle ne semble jamais pleinement heureuse. Sauf à cet instant précis. Peut-être parce qu'elle me croit toujours en train de dormir et qu'elle se pense seule. Ou parce qu'elle voue un genre de culte aux bêtes. Peu m'importe. Je profite encore un peu du spectacle avant de partir en cuisine pour nous faire couler deux cafés. De retour dans le salon, j'en pose un devant ma fausse fiancée et porte l'autre à ma bouche en m'asseyant à côté d'elle.

– C'est qu'il boit enfin correctement, le gros bébé.

Je fais la grimace. Est-ce une manière normale de s'adresser à son futur mari ?

Du coin de l'œil, elle doit remarquer mon trouble parce qu'elle tourne son visage hilare vers moi. Je ne devrais pas trouver son sourire aussi irrésistible. Je suis un journaliste qui travaille, bon sang ! Pas un vrai *farang* en quête d'une épouse !

– Je ne parlais pas de toi, mais de lui.

Du menton, elle désigne l'animal.

– J'ai eu du mal à lui trouver un biberon et encore plus à l'habituer au lait de vache, mais c'est réussi.

Je ne peux pas m'empêcher de lui sourire en retour. J'ai beau ne pas être particulièrement fan des bêtes, lorsque je la vois s'occuper de celle-ci, je ne peux pas m'empêcher de fondre comme un marshmallow sur un barbecue.

– Tu préfères les animaux aux humains.

– C'est parce qu'ils ne parlent pas.

Si elle croit parvenir à me faire taire, elle se goure de mec. La seule manière de me réduire au silence est de me donner à manger. Ou de m'embrasser. Manifestement, ni l'un ni l'autre ne l'emballe.

– Tu lui as déjà donné un nom ?

– Non.

– Tu devrais.

– Et pourquoi devrais-je faire ça ?

Chaque syllabe crisse dans sa bouche. Pourquoi est-elle aussi fâchée ?

– C'est ce qu'on fait quand on s'attache à un animal de compagnie. Donner un nom, c'est une manière de retenir l'être aimé.

Dans ses iris, la mélancolie a remplacé la colère.

– Mais cet animal n'est pas un animal de compagnie, encore moins une peluche. Il ne m'appartient pas à moi, mais à la jungle et c'est là qu'il retournera dès qu'il sera en pleine forme. Je ne suis pas en droit de le retenir. Je ne suis pas en droit de l'aimer.

Ses mots me touchent de plein fouet.

– L'amour n'est pas un droit que l'on peut restreindre, Nitta. Ni une obligation, d'ailleurs. On ne choisit pas sur qui il tombe ni quand ni comment. Il vous prend, c'est tout.

C'est sorti tout seul, mais la vérité, c'est que je ne sais pas de quoi je parle. Je n'ai aimé que deux personnes dans ce monde. Mon meilleur pote et mon père, et sa perte m'a détruit.

Et ta mère, sans quoi tu ne paierais plus ses factures d'hôpital.

– Tu as déjà aimé ?

Sa question me prend de court. Que répondre à ça sans passer pour le sombre connard que je suis réellement ?

– J'imagine que m'aimer moi-mêmc, ça ne compte pas.

Son sourire s'élargit.

– Au contraire. Ça compte plus que tout. Aimer, ça commence toujours par s'aimer soi-même.

Dans le mille !

Je change de sujet mais reste troublé par ses mots. Femme à vendre, médecin chinois et psychologue à tes heures perdues. Qui es-tu réellement, Nitta ?

En plein après-midi, nous sommes assis sur un banc devant l'école du village, à l'ombre des palmiers, hors de l'enceinte de l'hôtel. J'avais envie de m'imprégner un peu mieux de la « vraie » Thaïlande. Pour mon article, bien sûr, mais aussi parce que cet endroit et ses habitants m'intriguent autant que la femme qui m'accompagne. À la fin des cours, les cris joyeux des écoliers chassent le silence. Du coin de l'œil, j'espionne les réactions de Nitta. Pour coller à son rôle d'épouse idéale, je l'imagine arborer un sourire faussement attendri qui me laisserait croire qu'elle a hâte de devenir mère.

Ce n'est pas ce qu'elle fait. Elle semble tout simplement indifférente. Plutôt que d'essayer de la cerner, je décide de prendre le taureau par les cornes et de lui poser directement la question qui me brûle les lèvres.

– Tu veux des enfants, plus tard ?

– Peut-être pour le dessert, mais je préfère le chocolat.

J'aime bien la sincérité qui brille dans son regard lorsqu'elle se tourne vers moi.

– Je ne pense pas que je ferais une bonne mère, tu sais ? Je n'ai pas eu le meilleur des exemples.

À qui le dis-tu…

– Et toi ?

– Moi aussi, je préfère le chocolat.

Elle me sourit. C'est un vrai sourire. Complice. Celui qu'on espère voir sur le visage de notre partenaire. Est-ce que c'est ça, aimer quelqu'un ? Je n'en ai pas la moindre idée.

Je me détourne, mal à l'aise. Puis découvre une petite fille qui sort seule de l'école. Aucun adulte ne l'attend à l'extérieur.

Elle doit avoir cinq ans, pas plus. Elle surprend mon regard sur elle et vient saluer Nitta avant de filer.

– Tu la connais ?

– Non. Je l'ai juste croisée une fois dans le quartier de ma mère. Elle vit avec sa grand-mère, d'après ce qu'on m'a raconté. Ça se voit qu'elle se sent seule.

Je fronce les sourcils, dubitatif.

– Ces choses-là se sentent, Ben. La solitude a une odeur particulière que seuls les gens qui en ont souffert peuvent sentir.

Elle n'ajoute rien. Elle n'en a pas besoin. Quelque chose d'amer circule dans mon torse, tout près de mon muscle cardiaque. Nitta ne s'étend jamais sur son passé, mais il est évident que celui-ci n'est pas reluisant. Elle a été brisée et il est fort probable qu'elle le soit encore.

En prétendant vouloir me marier avec elle pour la planter juste après avoir échangé nos vœux afin d'écrire mon article, j'ajoute une nouvelle blessure à son âme.

Pour la première fois de ma vie, je découvre le goût âpre de la culpabilité. Mais moi aussi, je connais le visage de la solitude. Je me suis perdu dans ses affres et j'ai pleinement dégusté son amertume. Aujourd'hui, j'ai arrêté de la combattre. Elle est devenue mon aliment. Ma meilleure alliée.

Et ce n'est pas cette jolie brune qui va y changer quoi que ce soit.

CHAPITRE 17

BEN

J'ai beaucoup écrit ces derniers jours, mais on ne peut pas dire que j'aie été très productif. Mon article part dans tous les sens. Tantôt j'accable Nitta et les femmes comme elle, tantôt je prends leur défense.

Je n'ai jamais eu à souffrir du syndrome de la page blanche, mais les remplir d'inepties est encore pire. Le mieux pour arrêter de perdre mon temps serait que je parvienne à cerner Nitta, mais vu comme je l'ai évitée ces jours-ci, ça m'a l'air mal parti. J'avais besoin d'être seul et j'ai suivi mon envie. Dans cet endroit réduit qu'est le Chan Rak, j'avais une solution imparable : la piscine. J'ai remarqué que Nitta ne veut jamais se baigner. D'ailleurs, je ne la vois jamais porter de short ni de robe sans collants. Pourtant, je pense qu'elle a dû s'épiler depuis le temps. Je pencherais plutôt pour un gros complexe, ce qui est totalement idiot parce que… eh bien, elle est parfaite. Je mentirais si je prétendais qu'elle me laisse de marbre. Non qu'elle se la joue sensuelle, puisqu'elle aussi maintient une certaine distance. Mais il suffit parfois d'un sourire, d'un rire ou d'une certaine attitude pour que tout mon corps s'emballe.

Elle m'a jeté un sort et j'aimerais bien comprendre comment elle s'y est prise. Ça faciliterait grandement l'écriture de mon article.

Rien qu'en y songeant, mon corps tout entier se met à réagir. Des coups à la porte me tirent de ma rêverie. Comme Nitta n'attend pas ma réponse pour ouvrir, j'ai tout juste le temps de fermer mon traitement de texte.

Non mais, on n'entre pas dans ma chambre comme dans un moulin !

– On ne t'a jamais appris à frapper aux portes ?

Elle hausse les épaules.

– Chez moi, on était trop pauvres pour avoir des portes.

Je rougis, sincèrement mal à l'aise. Parfois, j'oublie d'où elle vient. Puis elle se marre. Elle blaguait. Je l'observe du coin de l'œil. Elle a enfilé un legging hyper serré et un débardeur qui met ses jolis seins en valeur. Elle est franchement bandante. Je me force à remonter mon regard vers son visage pour ne pas passer pour l'obsédé de service. Ses yeux se posent sur mon fond d'écran puis s'écarquillent sans que j'en comprenne la raison.

– Merde, Ben ! Je t'ai interrompu pendant que tu regardais un porno ?

Jusqu'à maintenant, j'ignorais le sens de l'expression « mourir de honte ».

– Non, ce n'est pas ce que tu crois, nié-je en changeant de position pour masquer mon érection.

Un petit sourire en coin étire ses lèvres. Super, elle ne me croit pas. Maintenant, je passe pour un gros pervers. Ce qui ne m'a jamais gêné en temps normal. J'aime le sexe et je ne m'en cache pas, mais là, c'est différent.

Pourquoi ?

– Nous sommes attendus au restaurant.

– Mais on a pris le petit déjeuner il y a une heure à peine. Et puis, qui nous attend ? Il y a un événement officiel ou quelque chose comme ça ?

Si je me lève, elle va remarquer ma trique. Mon air un brin paniqué la fait marrer. Elle n'a même pas une once de compassion pour moi, et j'adore ça.

Je suis peut-être un peu maso sur les bords.

– Qui t'a dit qu'il s'agissait de manger ? Nous avons rendez-vous avec Tukata pour une nouvelle activité.

Je soupire. J'avais envie de traîner dans ma chambre toute la journée, histoire d'avancer dans mon article. Je lui demande de m'accorder quelques secondes, proposition qu'elle accepte sans cacher son amusement.

Quinze minutes plus tard, nous sommes tous les deux postés devant la salle du restaurant, qui est aussi déserte qu'une bibliothèque universitaire un samedi soir.

– Tu es sûre que le rendez-vous était bien pour dix heures trente ?

– Oui.

– Dix heures trente d'aujourd'hui ?

Elle me fusille du regard. Je l'ai un peu cherché. La cuisine s'ouvre sur Boon-Bee qui, armée d'un couteau, parcourt quelques mètres pour ramasser une boîte qu'un livreur a dû déposer plus tôt. La jeune femme disparaît après nous avoir fait coucou.

– Pourvu que je ne sois pas au menu de ce midi…

– Qu'est-ce qui te fait croire que tu es appétissant ?

Son ton est un peu cassant, mais je surprends un sourire joueur au coin de ses lèvres. Quelque chose me dit qu'elle non plus, ne sait pas sur quel pied danser.

Tukata finit enfin par faire son apparition, énergique et revêche comme à son habitude.

– Vous êtes prêts ?

Nitta et moi échangeons un regard étonné.

– On n'attend pas les autres ?

– Les autres ?

La vieille dame n'a pas l'air de saisir de qui je parle. Si ça se trouve, elle est sénile et elle a oublié en quoi consiste son rôle au sein du Chan Rak.

– Oui, vous savez, les autres participants…

– Ah. Non. Je ne les ai pas invités, eux.

Ça sent le coupe-gorge.

– Pourquoi ?

Le sourire enchanteur de l'entremetteuse devrait nous servir d'avertissement. On dirait qu'elle a des cœurs dans les yeux.

– Mais, c'est une activité exclusivement réservée aux couples, mes petits pigeons.

Tourtereaux. On dit tourtereaux. Quoique, pigeon me correspond tout aussi bien.

– Il s'agit de stimuler cet amour naissant entre vous. Faites-moi confiance, je suis une experte.

L'amour ? Quel amour ? J'échange un regard mi-amusé mi-apeuré avec Nitta. Pas le temps d'épiloguer, Tukata tourne les talons et file droit devant à grandes enjambées. Pas question de me laisser distancer par une petite vieille, il me reste un peu de dignité !

Je suis soulagé quand je la vois pénétrer dans l'espace spa du complexe hôtelier. Je redoutais une sortie en bateau ou quelque chose de plus sportif, mais je n'ai absolument rien contre un petit massage ou un peu de repos dans un bain à remous.

À côté de moi, Nitta semble plus tendue. Tension qui s'accentue lorsque Tukata ouvre la porte pour nous inviter dans une salle à l'ambiance cosy. De nombreuses orchidées décorent les fenêtres, mélangeant leur arôme sucré à celui, moins subtil, de l'encens. Les murs oscillent entre le rose et le violet et les meubles sont en bois exotique. Par-ci par-là, des tableaux représentant des hommes et des femmes en train de méditer décorent les murs et chacun des quatre coins de la pièce est orné d'une tête de Bouddha. Au centre, je distingue un lit, de ceux que l'on trouve chez les médecins. De la musique douce flotte dans les airs et vient compléter le tableau de ce lieu étrange.

On est où ? Chez l'esthéticienne de Madonna ?

– Qu'est-ce qu'on fait ici ?

Tukata n'a pas le temps de répondre qu'une femme vêtue d'un uniforme du même rose que les murs fait son entrée dans la salle.

– *Sawat dii khaa*, nous salue-t-elle d'une voix douce en inclinant son buste, mains jointes sous son menton.

Nous l'imitons.

– Je m'appelle Jade et je vous souhaite la bienvenue dans l'espace bien-être du Chan Rak. J'espère que vous êtes prêts pour votre premier cours de massage thaï en duo.

Zut. En bon fainéant, j'espérais pouvoir me faire masser.

La porte se referme derrière nous. Tukata a disparu. Ça fait un peu film d'horreur. Anxieuse, Nitta fait un pas vers moi. J'apprécie le fait qu'elle me perçoive comme quelqu'un sur qui elle peut compter.

Pour mieux lui briser le cœur lorsque tu rentreras en France, une fois la mission finie ?

Jade a le don de couper court à mes pensées d'une manière pour le moins déconcertante.

– Veuillez vous déshabiller, jeune homme.

La surprise me fait plisser les yeux. J'ai peur que Tukata se soit plantée de prestation.

– Moi ?

Un petit rire s'échappe de la gorge de Nitta.

Traîtresse !

– Bien sûr. Voyez-vous d'autres hommes, ici ?

– Non, non. Mais j'enlève quoi, au juste ? Tout ?

– Pardon, je me suis mal exprimée, mon anglais n'est pas encore au point. Vous devez enlever vos chaussettes, votre tee-shirt et… oh, votre pantalon. Gardez votre slip, nous ne sommes pas dans un salon douteux. Comme ça, Nitta pourra vous masser sans la moindre gêne.

Je manque de m'étrangler de rire en voyant Nitta rougir comme une tomate.

C'est fou comme elle est rafraîchissante.

– Je suis là pour vous apprendre l'art du massage thaïlandais.

Nitta retrouve son sérieux pour qui ne la connaît pas. Mais moi, je commence à savoir déchiffrer certaines de ses expressions. Notamment cette petite étincelle de malice qui brille dans ses pupilles lorsqu'elle me regarde.

– Alors, tu les enlèves, tes fringues, chéri ?

OK. Elle se venge. Si elle veut jouer, je vais lui rendre la monnaie de sa pièce. Je vrille mon regard au sien et, très lentement, je me déshabille pour ne garder que mon boxer. Lorsque j'ai fini, je la gratifie d'un clin d'œil et vais me coucher sur la table de massage. Sur le ventre, afin de dissimuler l'érection qui commence à se former.

– On peut mettre la clim ? fait Nitta d'une voix hésitante.

Je souris. Je ne suis pas le seul à avoir chaud, finalement… Quelques secondes plus tard, une brise fraîche balaie la pièce. La professionnelle fait signe à Nitta d'approcher. Celle-ci obtempère, sur ses gardes.

– Comme son nom ne l'indique pas, le massage traditionnel thaïlandais est né en Inde il y a plus de deux mille cinq cents ans. Il a été créé par le docteur Jivaka Kumar Bhaccha, ami de Bouddha. Mais nous ne sommes pas là pour un cours théorique, nous sommes ici pour pratiquer. Pour vous apprendre à appréhender le corps de l'autre.

Elle gratifie ma fiancée d'un clin d'œil appuyé. La pauvre ne sait plus où se mettre. Cette prof est impayable !

– Le massage thaï se base sur la digitopuncture, une pratique tibétaine. Des points d'acupuncture sont pressés avec le bout des doigts. Le but est de retrouver son *qi*, autrement dit son énergie vitale.

– Le QI ? Je n'en ai jamais eu, plaisanté-je pour détendre Nitta.

Ça fonctionne, parce qu'elle se marre.

– Pas le quotient intellectuel, abruti. Le *qi* est l'énergie de base de la médecine chinoise. Le truc que j'ai pressé pour que tu t'arrêtes de vomir sur le bateau.

L'avantage de tout ce blabla, c'est que mon érection a disparu. J'aurai l'air moins bête si l'on me demande de me coucher sur le dos.

– Donc, nous allons appuyer sur les points stratégiques du corps, nous allons étirer les membres, et nous allons également les masser pour le plaisir. Pour commencer, veuillez vous enduire les mains d'huile de coco.

Ce qu'elle fait en les plongeant dans un grand pot blanc.

– Nous allons nous concentrer d'abord sur les pieds. Voilà comment on fait.

La masseuse s'attaque à mes orteils, à ma voûte plantaire, à mon talon. C'est agréable.

– À votre tour.

Je retiens mon souffle. Les doigts légers de Nitta me chatouillent.

– À présent, je vais vous montrer comment on étire les mollets.

Jade s'exécute, Nitta répète ce qu'elle a vu. Comme Jade, elle me croise les pieds au niveau des chevilles. Puis elle tire très fort vers le haut, provoquant une vive douleur qui irradie dans la totalité de mes jambes.

– Arrête ! Espèce de brute ! Tu vas m'arracher les guibolles !

– Mais je n'ai rien fait ! Je n'y peux rien, si t'as la souplesse d'un saucisson aux noisettes.

Je ne savais pas que la France en exportait en Thaïlande. Nous nous chamaillons tous les deux, chacun rejetant la faute sur l'autre, sous l'œil amusé de Jade. Elle finit par intervenir.

– On va faire autrement, sinon, vous allez vous étriper et ça ferait tache sur mon dossier. J'ai l'impression que votre couple fonctionne sur la liberté, la spontanéité. Plus on vous demande de jouer un rôle et plus vous vous embrouillez. Les consignes, ce n'est pas votre came.

Nitta détourne le regard.

– Le massage thaï est fait pour vous, parce qu'il comprend une importante part de liberté pour le masseur. On peut aussi bien masser avec ses mains qu'avec son coude ou ses pieds, peu importe. L'essentiel, c'est de le faire avec passion. De le faire avec le cœur. Venez, Nitta.

Elle s'exécute, sur ses gardes. Elle s'approche de mon lit, les yeux baissés pour ne pas croiser les miens. Jade s'éclipse pour changer de musique. Je reconnais les premières notes de *Karma Police*, de Radiohead. Ce n'est pas super zen, mais ça nous correspond très bien.

– Maintenant, massez votre amoureux de la manière que vous dictera votre cœur. Il est votre seul maître.

Votre amoureux. Ce qualificatif me laisse songeur. Dans d'autres circonstances, aurais-je réellement pu tomber amoureux de cette femme ? Si je ne l'avais pas rencontrée dans le cadre d'une enquête ? Si son cœur n'avait pas été à vendre ? Si, moi, j'avais su aimer ? Je me serais peut-être laissé séduire par son regard pétillant. Par son goût du sarcasme. Par ce doux chaos qui semble régner à tout moment autour d'elle.

Oui, elle aurait pu me plaire si j'avais eu un cœur. Mais avec des si, on mettrait Bangkok en bouteille.

Je perds le fil de mes pensées lorsque les doigts de Nitta commencent à exercer des pressions sur mon mollet. Je desserre les dents pour râler puis je m'aperçois qu'au final, elle ne fait qu'appuyer là où ça fait mal pour mieux me détendre.

Personne n'a dit que les murs s'effondraient sans douleur.

Lorsque les tensions se dissipent, c'est le plaisir qui apparaît. J'ignore comment elle s'y prend, mais elle est partout. Sur mes jambes, sur mon dos, mes épaules, mes bras, mes fesses. Parfois, je reconnais ses doigts. D'autres fois, j'imagine qu'il s'agit d'un talon ou d'un genou. Si elle était maladroite lorsqu'elle suivait les directives de Jade, la liberté la rend plus forte. Son toucher éveille ma peau, ma chair et mon être tout entier d'une manière que je ne saurais expliquer. La sensualité qui se dégage de l'instant en fait le moment le plus érotique que j'aie jamais vécu.

Je voudrais que ça ne s'arrête jamais.

– C'est bon, ça ira pour cette fois, nous interrompt Jade.

Elle ne pouvait pas se taire, cette gourde ? J'ouvre les yeux. Je ne m'étais même pas rendu compte que je les avais fermés. Nitta, qui semble aussi décontenancée que moi, est à quatre pattes sur la table de massage. De ce que je vois dans ma position, elle a une main posée sur mon épaule, un coude planté entre mes côtes et un genou qui s'enfonce dans ma fesse droite.

C'était la meilleure partie de Twister de ma vie !

Lorsqu'elle descend, j'éprouve une sensation de froid. Fichue climatisation qui souffle trop fort. Je me lève gauchement, un peu sonné.

Sans un mot, je m'en vais cacher mon érection derrière la table, penaud comme jamais. Je me fais l'effet d'un adolescent qui se fait choper par sa daronne avec sa première copine.

– Maintenant, c'est vous qui allez bosser. Nitta, à table, et pas pour manger votre homme tout cru.

Elle pose un genou sur la table pour grimper dessus.

– Pas comme ça ! la coupe Jade. Vous devez enlever votre pantalon.

Une lueur de gêne passe dans le regard de Nitta.

– C'est un legging. Ben peut très bien me masser à travers le tissu fin.

Contrariée, la masseuse secoue la tête.

– Non. Les mains doivent pouvoir circuler librement et pour ça, il faut qu'elles soient enduites d'huile, sinon elles accrochent.

– Je ne me déshabillerai pas.

Les deux femmes s'observent en chiens de faïence. Qu'est-ce qu'il lui prend, à Nitta ? On ne lui demande pas de se foutre entièrement à poil ! D'un autre côté, son corps lui appartient, et il n'est pas question que quiconque lui demande de se dénuder pour mon petit plaisir.

– Écoutez, Jade, si elle ne veut pas, on peut très bien essayer autrement.

Un éclair de gratitude passe dans le regard que Nitta m'adresse. Sans un mot, la masseuse se dirige vers une table sur laquelle sont déposées quelques bougies, qu'elle s'empresse d'allumer. Après avoir adressé une rapide prière à l'un des Bouddhas, elle tourne vers moi son visage paisible.

– Je vais vous laisser tous les deux, maintenant. Essayez de ne pas vous entre-tuer.

Moi qui n'ai absolument jamais eu peur des filles depuis que j'ai perdu ma virginité à l'âge de quinze ans, je me retrouve avec une boule d'appréhension dans le ventre.

Nitta, qui baisse la tête, est à peu près dans le même état. Pourquoi ? J'imagine qu'une femme comme elle a tout de même dû connaître quelques hommes. Lorsque j'ai rempli la fiche d'inscription, il m'a été proposé d'épouser une vierge moyennant un supplément. J'ai évidemment refusé, simplement parce que j'ai du mal avec l'idée qu'une personne puisse vendre sa virginité, quelles qu'en soient ses raisons. C'est pour moi une chose qui ne se monnaie pas.

Mon regard croise celui, indéchiffrable, de Nitta. Et moi, je suis comme un con à l'idée de la toucher.

Secoue-toi, mec ! Tu dois juste la masser, pas lui faire un strip-tease digne des meilleurs gogo-danseurs.

La lumière s'éteint et la porte claque doucement. Je ne m'étais même pas rendu compte que Jade avait bougé, et la voilà partie. Le temps que je m'habitue à la pénombre, j'entends le lit qui craque dans le silence le plus complet. Nitta a dû se coucher et attend ma prestation. En silence, je me dirige vers la table pour enduire mes paumes d'huile de noix de coco. Cette odeur douceâtre couplée aux bougies qui scintillent devant moi me donne l'impression que quelqu'un a ouvert un emballage de Bounty dans une église. Pour ce qui est de la sensualité et de la zénitude, on repassera.

Devant le lit, je suis plus mal à l'aise que jamais. Je me racle la gorge pour m'éclaircir la voix.

– OK, je n'ai jamais fait ça auparavant, alors si tu as mal n'hésite pas à me le dire et j'arrêterai tout, d'accord ?

La lueur vacillante des bougies ne me permet pas de bien voir ses traits, mais j'imagine parfaitement un sourire gêné qui se dessine sur ses lèvres. Puis, j'entends son rire.

– Tu vas me masser, Ben. Pas me déflorer. Je t'assure que tout ira bien.

Sa voix tremblante contredit l'ironie de ses paroles. Puisque c'est surtout la partie basse de son corps qui semble la mettre mal à l'aise, je commence par le haut. Mes mains huileuses se posent sur ses épaules, que je commence à pétrir. C'est dingue ce que sa peau est douce sous mes mains.

– Ça va ?

Son sourire, que je parviens à percevoir, est mon unique repère pour savoir que ça ne se passe pas trop mal pour elle. Et si j'en crois le soupir d'aise qui franchit ses lèvres lorsque je la masse un brin plus fort, je ne m'y prends pas trop mal. Je décide d'abandonner le peu que j'ai appris avec Jade et laisse libre cours à ma fantaisie. Mes doigts se promènent d'abord sur ses bras, puis sur ses côtes et son ventre. Je me laisse griser par la douceur de sa peau, par son arôme entêtant qui se mélange à celui de la noix de coco. À un moment donné, il n'y a plus qu'elle et moi. Sa peur, la mienne, et notre désir à tous les deux, qui se fraie un chemin au milieu de l'inconnu.

Lorsque j'ai fini d'explorer le haut de son corps, la partie basse m'appelle comme un aimant. Je me déplace en guettant son autorisation dans son regard brillant. Enfin, elle décide de retirer son legging. Tendu comme un arc, je commence à masser ses pieds. Je sais que cet endroit est comme un miroir pour le reste du corps, alors je prends réellement le temps de m'en occuper. Je ne la quitte pas des yeux. Elle se mord la lèvre, aussi tendue que moi. Je me sens autorisé à monter plus haut. Elle se fige lorsque mes doigts se ferment sur ses chevilles.

– Non.

Je ne bouge plus, suspendu à son bon vouloir. Je croyais que, comme elle avait enlevé son legging, j'étais autorisé à monter plus haut.

– Mes jambes sont horribles, Ben. Tu… tu mérites mieux que ça.

La douleur qui perce dans sa voix, sincère et intense, me bouleverse. Elle réveille quelque chose en moi enfoui depuis des années : la compassion.

– Je me fiche de ce que je mérite, Nitta. Je ne veux que toi. À mes yeux, tu es belle comme le jour. Est-ce que tu as une idée de ce que tu m'inspires ?

Elle secoue la tête.

– Alors, autorise-moi à te le montrer. Laisse mes mains te témoigner toutes ces choses que tu éveilles en moi. Je voudrais que tu puisses te percevoir telle que je te vois. Et si tu veux tout arrêter, il te suffira de prononcer un mot, un seul, et j'arrêterai. Est-ce que tu me fais confiance ? Est-ce que…

À peine mes doigts se posent sur ses mollets que je suis envahi d'une douce chaleur irradiant de son corps. Je commence à bouger, à me promener sur ses jambes. Elle se fige lorsque la pulpe de mes doigts rencontre un obstacle rugueux. Une cicatrice, peut-être. Il fait trop sombre pour que je puisse bien voir avec mes yeux, alors je laisse mon cœur parler.

– C'est ce que je disais. Tu es belle, Nitta.

Pas de réponse verbale, mais son souffle s'accélère. Je trouve une autre marque, puis une autre et j'arrête de les compter. Sa peau si douce est criblée de meurtrissures. Comme une carte qui cacherait de multiples trésors, et moi, je veux tous les découvrir.

– Là aussi, tu es belle.

Pour preuve, j'y dépose un baiser qui la fait frémir. Puis un autre. Des pieds jusqu'à l'aine, sa peau raconte une histoire. Une histoire qui me parle, et que je ne demande qu'à écouter.

Aussi bien mes mains que mes lèvres lui répètent combien elle est belle. Combien elle me plaît, à moi, Benjamin. Pas à Ben, le journaliste. À moi, l'homme qui pourrait tomber à ses pieds pour peu qu'elle me le demande.

Je ne la vois pas venir, mais Nitta me surprend en se redressant pour me faire face, les yeux brillants dans la pénombre. Ses jambes, parfaites et surtout uniques au monde, s'enroulent autour de ma taille et elle se colle à moi. Alors je l'embrasse en glissant mes mains dans ses cheveux de jais, et je peine à lutter contre le désir qui me submerge. Elle s'écarte à peine, se tortille pour dégrafer son soutien-gorge, puis revient plaquer sa poitrine nue contre mon torse brûlant.

Je devrais tout arrêter. Je mène une enquête sur elle et il ne serait pas correct que je couche avec elle. Pas alors qu'elle me fait confiance. Pas quand elle s'abandonne à moi en murmurant mon nom à mon oreille, sa peau vibrant avec la mienne. Mais son arôme, sa douceur, la pétillante folie avec laquelle elle m'embrasse, tout cela me fait lâcher prise.

Je l'embrasse de plus belle. Et plus je goûte à ses lèvres, plus je joue avec sa langue taquine, et plus je succombe. Plus je m'éloigne de mon personnage.

Le froid qui m'envahit lorsqu'elle s'écarte de moi devrait me mettre la puce à l'oreille. J'ai besoin d'elle, moi qui me suis juré de ne jamais m'attacher à aucune femme. Mais je perds toute retenue lorsque je la vois allongée sur la table de massage, totalement abandonnée à moi. Je me penche sur elle pour capturer ses lèvres, pour promener les miennes sur sa clavicule, puis pour m'échouer sur les pointes de ses seins.

Après m'être assuré qu'elle est d'accord, je glisse ma main sous l'élastique de sa culotte. Si je croyais connaître la douceur en caressant ses jambes, ce n'est rien en comparaison de son intimité. Cette fille n'est pas juste belle. Elle est parfaite. Et elle est à ma merci. Le regard amarré à ses yeux en amande, je lui donne tout le plaisir qu'elle mérite, ne pensant qu'à elle.

Juste quand elle se resserre autour de mon doigt, une de ses mains se crispe sur mon poignet. Je dois faire un effort surhumain pour m'arrêter.

– Pas comme ça. Pas maintenant.

Si telle est sa volonté, alors qu'il en soit ainsi. Tant pis pour ma trique douloureuse.

Dure, dure, la vie d'un mec bien !

Mes yeux s'écarquillent lorsque ses doigts s'enroulent autour de ma verge.

– Je te veux en moi, Ben.

Quand je l'embrasse, j'ai l'impression d'y mettre toute mon âme. Je me sépare d'elle le temps de récupérer un préservatif dans mon sac.

– Tu m'as manqué, murmure-t-elle lorsque je reviens auprès d'elle

– Je ne suis jamais réellement parti.

Je suis tellement chamboulé que je ne dis que des conneries, mais ça m'est égal.

Mon sexe contre le sien, je me retiens comme je le peux en attendant son accord. Je l'obtiens lorsqu'elle enroule ses jambes autour de ma taille et qu'elle utilise ses talons pour me coller à elle. Alors, je la pénètre d'un mouvement lent mais si puissant que j'en ai le souffle coupé. L'intensité de ce que je ressens me fait paniquer l'espace d'un instant. Je m'immobilise, pétrifié.

– Dévoile-moi telle que je suis, Ben. Montre-moi ce que tu perçois.

La force fragile qui perce dans sa voix a raison de mes dernières réticences. Tout mon corps prend vie lorsque je bouge en elle, me délectant des sensations totalement démentes qu'elle me procure. Quand son intimité se resserre autour de ma verge et que mon nom se répercute dans l'air chargé d'électricité, je lâche prise et me déverse en elle dans un torrent de sensations totalement inédit pour moi.

– Putain, tu vas me rendre fou, ma parole, murmuré-je en français.

– Toi aussi, réplique-t-elle dans ma langue.

Est-ce que j'ai bien entendu ? Ses yeux qui s'écarquillent de terreur ne sont pas pour me rassurer.

CHAPITRE 18

NITTA

Je ne suis pas une vierge effarouchée. Ni une débutante. Pour autant, rien ne m'avait préparée à l'intensité de ce que j'allais ressentir.

Tout a commencé lorsque Ben a voulu masser mes jambes. Je déteste cette partie de mon corps. Pas seulement parce qu'elle est laide à souhait, mais parce qu'elle me rappelle ma candeur, ma gentillesse, mon dévouement à ma famille. Tous ces traits de caractère que j'espérais enfouis à jamais. Et si l'on m'avait donné une chance de faire disparaître ces marques, je l'aurais saisie sans réfléchir.

Mais aujourd'hui, la donne a changé. Pour la première fois, j'ai accepté de montrer mes jambes à un homme. Pas n'importe quel homme, celui que je suis en train d'arnaquer. Celui qui, je l'avoue, me déstabilise au point de démolir tous mes schémas. Cet homme-là a aimé mes jambes. Sincèrement. Au point que je crois pouvoir dire sans me tromper qu'il leur a fait l'amour. Il *m'a* fait l'amour. Et si j'ai déjà couché plusieurs fois, pour moi faire l'amour, c'était une première.

Rien ne m'avait préparée à m'abandonner ainsi à lui. À mettre de côté mes peurs et mes réticences pour le laisser m'envahir de cette manière. Il y a eu ce plaisir d'une intensité inédite, oui. Mais il y a aussi eu ce *truc* à côté. Cette chose que je ne saurais décrire et qui m'a totalement chamboulée.

Bordel, ce mec va me faire perdre la tête. Et en plus, il me sourit. D'un de ces sourires à faire fondre les cœurs de glace.

Non, non, non !

– Putain, tu vas me rendre fou, ma parole.

On est deux. Lui au moins, il l'admet.

– Toi aussi.

Quelque chose se fige dans ses yeux bicolores. Qu'est-ce que j'ai encore dit de travers ?

Mes yeux s'écarquillent de terreur lorsque je me rends compte qu'il a parlé en français, et que je lui ai répondu dans sa langue.

Comme une conne !

Nous restons tous les deux immobiles. Je la ferme parce que, dans un délire idiot, je me dis que si je me tais suffisamment longtemps, il croira à une hallucination.

Que nenni !

– Tu parles français ?

Nier ne servirait plus à rien.

– Oui.

Toute trace de bienveillance a quitté ses yeux. Sans la nudité, rien ne me prouverait qu'on vient de faire l'amour. Il arque un sourcil. J'imagine que le mot « oui » n'est qu'une entrée en matière et qu'il attend des explications plus longues en guise de plat de résistance.

– Hum… je ne suis pas une débutante.

– Ça, je l'avais compris. Développe.

Attends, je suis en panne d'inspiration.

– J'ai déjà séjourné au Chan Rak. Avec euh… avec un Français que j'avais rencontré *via* ThaïCupidoo quelques mois plus tôt.

Ses yeux s'étrécissent comme deux meurtrières. L'angoisse me noue la gorge.

– J'ai eu le temps d'apprendre sa langue. Mais ça n'a pas marché entre nous.

– Alors, tu retentes le coup avec moi.

La douleur qui perce dans sa voix me coupe la parole. Plus aucun mot ne parvient à franchir mes lèvres. Je me borne à hocher la tête, mortifiée.

– Et tu n'aurais pas pu me le dire avant ? Jouer la sincérité ? La transparence ?

– La sincérité ? La transparence ? Ben, tu es prêt à épouser une femme sur catalogue. Une femme que tu connais seulement à travers un site web censé te vendre du rêve. À quoi t'attendais-tu ? À du papier cadeau en prime ?

D'accord, je joue un rôle, mais lui aussi. Sinon, qu'on m'explique pourquoi un type comme lui, un mec aussi bien, aussi attentionné, aussi incroyablement beau et drôle, en est réduit à épouser une femme moyennant finances. Ça ne colle pas !

Il a fallu que le seul mec capable de me faire oublier mes complexes, capable de me faire ressentir des choses inédites, soit faux. J'ai baissé ma garde. J'ai été blessée et j'ai blessé à mon tour. C'est tellement moi…

Le temps que je reprenne mes esprits, je suis seule dans la pièce, nue comme un ver. Quand j'allume, seuls mes habits gisent au sol. Ceux de Ben ont disparu avec leur propriétaire.

Je viens à peine de finir de m'habiller quand la porte s'ouvre sur Jade.

– Alors, tout s'est bien passé ? Vous avez…

Ses mots meurent sur ses lèvres lorsqu'elle aperçoit mon visage défait.

– Vous n'y êtes pour rien, la rassuré-je. C'est moi qui ai tout planté.

Comme d'habitude.

La tête basse, je retourne à la maison. Il n'y est pas. Il a dû partir se balader. Ou nager. J'ai remarqué que c'est ce qu'il a tendance à faire quand il est agacé. Et vu la boulette que j'ai commise, je pense qu'il a de quoi être sur les nerfs.

Plus les minutes passent et plus ma colère envers lui diminue. Seule celle que je nourris à mon égard demeure. Je me sens comme une ordure d'avoir couché avec le fiancé de ma sœur. Mais si l'occasion se représentait, aurais-je la force de résister ? Rien n'est moins sûr, je le crains. Parce que cette plénitude qui m'a envahie lorsque j'étais dans ses bras, c'est tellement addictif que je serais incapable de lutter contre.

Quoi qu'il en soit, il faut que je sois ferme. Pas seulement par respect pour ma sœur. Par respect envers moi-même. Je vaux mieux que les miettes d'un homme qui ne sera jamais à moi.

Je vais lui demander pardon, puis jouer les reines de glace. Ça va le faire !

La sonnette retentit dans toute la maison. Je n'aime pas du tout le sprint que se tape mon cœur à l'idée de revoir Ben.

– Alors comme ça, tu as oublié les clés ? lancé-je en ouvrant la porte, un sourire niais plaqué sur mon visage pour l'inciter à me pardonner.

Les coins de ma bouche retombent aussitôt vers le bas.

– Vous n'êtes pas Ben.

Et non seulement Tukata n'est pas mon fiancé, mais en plus elle a l'air drôlement contrariée si j'en crois les plis sur son front et son regard courroucé.

– J'ai une bonne nouvelle ! clamé-je pour la calmer. J'ai couché avec lui. Ça me fait un lien de plus avec cet homme et, donc, une chance de plus pour que notre contrat se concrétise.

Son regard acéré me balaie de la tête aux pieds.

– C'est pour ça qu'il s'est barré ?

Je m'étrangle avec ma propre salive, produisant sensiblement le même bruit qu'une autruche.

– Pardon ? Comment savez-vous qu'il est parti ?

Mon esprit tordu me plonge aussitôt dans un film de science-fiction à la sauce thaïlandaise. Aurait-elle planqué des micros dans les orchidées ? Une caméra dans un Bouddha ?

– On vient de m'informer qu'il est au port. Il attend le ferry. Une chance pour toi que celui-ci soit encore en panne.

L'air quitte mes poumons. Je savais qu'il était fâché, mais pas au point de vouloir rentrer en France en envoyant notre éventuel mariage au diable.

– Va le rejoindre. Tu pourras passer par le ruisseau en empruntant une de nos barques. De là, tu arriveras au port. Ça ira plus vite qu'en voiture.

Je connais ce ruisseau pour y avoir navigué des heures dans mon enfance. Mon ventre se noue à la seule idée d'y retourner.

– Pourquoi tant d'empressement ?

– Parce que si le ferry est en panne, ça ne l'empêche pas de partir avec un pêcheur. Ne le laisse pas filer, Nitta.

Pourquoi est-ce que j'ai l'impression qu'elle ne parle pas seulement de ce contrat qui nous lie ?

Pas le temps d'épiloguer. Moins de dix minutes plus tard, assise sur une barque qui sert généralement à faire du snorkeling si j'en crois les masques qui traînent encore dans un coin, je flotte sur ce ruisseau que je déteste tant. Mes mains sont crispées autour de la rame et je mentirais si je prétendais que je suis à l'aise. Demander pardon n'est pas ma tasse de thé. Encore moins lorsque mes regrets sont sincères.

Je respire un peu mieux quand j'abandonne le ruisseau au profit de la mer. C'est dingue comme un endroit peut être porteur de mauvais souvenirs. Le port n'est vraiment pas loin. Mon cœur cogne comme un fou dans ma poitrine. Et s'il était déjà parti ? Ce qui me pèse le plus à l'idée qu'il s'en aille, ce n'est pas Khwam. Je ne veux pas qu'il file parce que je passe du bon temps avec lui. Je suis en train de m'attacher. Vraiment. Et ça, ça craint pour moi.

Mon idiot de palpitant rate un ou deux battements quand je reconnais sa silhouette qui se détache sur le minuscule port de pêcheurs. Partagée entre la peur et le soulagement, je rame de plus belle pour me planter juste devant lui. Le premier regard qu'il me jette est un mélange de surprise et de colère.

– Grimpe.

Dans ma tête, j'avais préparé un long discours d'excuses, mais j'ai tout oublié dès l'instant où je l'ai aperçu. Bien entendu, il ne m'obéit pas. Pire. Tel un adolescent vexé, il se détourne, l'air très intéressé par les pêcheurs qui, un peu plus loin, discutent le prix du poisson en criant.

Ça ne va pas être de la tarte.

– Grimpe. S'il te plaît.

Peut-être que l'ajout de la formule magique… non, en fait, ça ne change rien.

– Bon, maintenant tu grimpes. Ensuite, on discute.

Pour le coup, j'ai obtenu son attention. Ses iris à la couleur capricieuse me détaillent sans un semblant de sympathie. Je soutiens son regard, la tête haute. S'il croit que je vais le supplier, il se met le doigt dans l'œil.

J'ignore si c'est parce qu'il en a assez de rester sous un soleil de plomb comme un imbécile, ou si c'est mon discours qui finit par le convaincre, mais il accepte de monter à bord en ronchonnant. Je lui cache à quel point je suis soulagée. Pour éviter qu'il chope la grosse tête, mais aussi parce que ça m'effraie.

– Pourquoi ne pas me laisser partir ? C'est parce que tu n'as pas envie d'essayer de mettre le grappin sur un autre mec ? D'ailleurs, c'est quoi le prochain ? Un Américain, pour faire dans le cliché ? Un Italien ? Tiens, je te conseille un Allemand. Il paraît qu'avec eux, c'est fait pour durer.

Ses mots cinglants me blessent. Je ne me laisse pas démonter et attrape sa main pour trouver le point qui soulagera son mal de mer.

– Non, ça, c'est Bosch, pas les Allemands. En plus, ce n'est même pas drôle.

Je plante mes yeux dans les siens en appuyant à l'endroit stratégique qui prévient les nausées.

– Essaie de maintenir la pression ici. Ça t'empêchera de vomir partout durant le trajet.

– Où est-ce que tu m'emmènes ?

Je réfléchis à toute vitesse. Je n'ai pas envie qu'il s'en aille, mais d'après ce que j'ai compris, Ben et moi sommes faits de la même étoffe. On ne nous retient pas contre notre gré.

– Où tu veux, Ben. Je peux te ramener chez nous ou te conduire à Koh Pha Ngan. La balle est dans ton camp.

Pour la première fois, la colère vacille dans son regard, remplacée par autre chose. Le doute ? L'appréhension ?

– Je suis ton combientième *farang*, au juste ?

Je soupire, vaincue.

– T'es pire qu'un gosse, tu sais ?

Son nez se plisse de contrariété. Les coins de sa bouche commencent à se relever dans un sourire qu'il réprime aussitôt. Est-ce que ça serait mal si je lui disais combien je le trouve attrayant à cet instant ?

– Et tu crois me donner envie de rester comme ça ? En me disant…

– En te disant la vérité, Ben. J'ai décidé d'arrêter de te mentir.

Premier mensonge !

– Si on veut bâtir une relation ensemble, on se doit d'être honnêtes l'un avec l'autre. Et ça passe par dire les choses telles qu'on les pense.

– Je t'en veux. Parfois, t'es vraiment chiante.

Seulement parfois ?

– C'est bon, Nitta, ramène-moi à la maison.

Sans un mot, je commence à pagayer en direction du Chan Rak. La barque est plus lourde et mes mouvements ne sont pas aisés. Il s'en rend compte, mais ne bouge pas le petit doigt pour m'aider. La preuve qu'il m'en veut encore. Je voudrais lui dire le fond de ma pensée. Lui faire comprendre que même si nous sommes supposés nous marier, je ne lui appartiens pas pour autant. Enfin, mon passé ne lui appartient pas. Nous voguons déjà sur le ruisseau quand je me permets de l'ouvrir.

– Tu es chiant à réagir de manière aussi vive. Oui, j'ai déjà été en couple. Oui, j'aurais peut-être dû te le dire. Mais je ne pige pas pourquoi ça t'a fâché à ce point. J'aimerais que tu me l'expliques.

J'arrête de ramer pour qu'il comprenne que le moment est sérieux. Nous nous jaugeons longuement. J'aime la manière dont le soleil darde ses rayons sur ses cheveux. Le cadre est idéal. Le vert vif des rizières, enfermées dans l'émeraude brillant de la jungle, et de l'autre côté, l'océan turquoise.

Ben se penche en avant, beau comme un dieu dans cette lumière dorée.

– Tu veux savoir pourquoi je me suis emporté ?

Je hoche la tête, le cœur fou.

– Parce qu'une fille qui a déjà vécu avec un autre homme a moins de valeur. Si j'avais su, j'aurais pu économiser plusieurs centaines de dollars.

Je prends sur moi pour lui offrir un sourire détaché.

– Tu peux peut-être demander un rabais à Tukata.

Nos regards restent scellés. Je donnerais cher pour savoir exactement à quoi il pense.

– Ouais, ça peut se faire. Et toi ? J'imagine que tu n'as pas de frais supplémentaires si tu changes de mec. Pourquoi est-ce que tu tiens tant à ce que ce soit moi, ton mari ?

Parce que j'ai cru, l'espace d'un moment, que tu me voyais telle que je suis.

– Tu ne laisses pas de poils sous la douche.

Ses yeux pétillent soudain de malice. Puis sans crier gare, il éclate d'un rire sonore. Et moi, je tombe un peu plus sous son charme, alors je m'esclaffe avec lui pour me donner une contenance.

– Quoi ? Je ne laisse pas de poils ? C'est important, ça ?

– Euh, oui. T'as pas idée à quel point c'est pénible d'entrer dans la douche et de trouver les poils de quelqu'un d'autre. C'est comme s'essuyer les mains sur une serviette déjà mouillée ou cohabiter avec un homme qui confond sa brosse à dents avec la tienne. C'est hyper nul ! Ça peut te gâcher la vie, je t'assure !

Il rit de plus belle et moi, je finis par être naturellement contaminée par son hilarité. L'ambiance vient de changer du tout au tout et j'apprécie de retrouver cette complicité qui nous lie.

Soudain, Ben pousse un cri strident. Je me tourne vivement pour vérifier qu'il n'est pas tombé par-dessus bord. Blanc comme un linge, il désigne le centre de notre petite barque, là où la tête d'un jeune crocodile dépasse de sous un seau vide. On a dû le réveiller en bavardant.

Ma première réaction est de changer de place pour calmer Ben.

– Chut ! Tu lui fais peur !

– Moi, je lui fais peur ? C'est lui qui a des dents plus longues que celles d'un politicien, et tu dis que moi, je lui file les jetons ?

Je ris. Cet homme si viril paraît soudain tellement fragile que c'en est touchant.

– C'est juste un bébé.

– Un bébé ? Il est presque aussi grand que Tukata.

Honnêtement, Tukata me fait plus flipper que le reptile.

– Il cherche seulement un peu de chaleur et de nourriture.

Ses pupilles se dilatent sous l'effet de l'adrénaline. Je me mords les lèvres pour ne pas m'esclaffer.

– De la nourriture ? Et c'est censé m'aider à me détendre, ça ?

– Oui. Puisque ce n'est qu'un tout-petit, il ne se nourrit que de poissons. Tu es bien trop grand, trop musclé et trop fort pour entrer dans sa chaîne alimentaire.

Ma petite blague ne parvient pas à le faire sourire.

– Écoute, je vais m'en occuper. Il suffit de…

Il m'attrape par le bras pour m'empêcher de bouger.

– Non ! J'ai… j'ai mon téléphone. On peut appeler les pompiers ou la police et…

Je lui souris, attendrie. Il se soucie réellement de moi, même s'il ne l'admettra pas, et ça me touche.

– Nous sommes sur une petite île de Thaïlande, Ben, pas en plein Paris. Les secours les plus proches sont à deux heures de bateau. Ça ne vaut pas la peine de les déranger pour ça. Je t'assure que je peux m'en charger…

– Je vais le faire. Reste où tu es.

Il me relâche. Ses mains tremblent et lorsqu'il essaie de se mettre debout, il manque de nous faire chavirer. J'entrelace nos doigts et tire dessus pour le contraindre à s'asseoir.

– Ben, tu n'as pas à me prouver ta virilité, je…

– Je ne fais pas ça pour te prouver que je suis un homme, Nitta. Après ce qu'on a fait dans la salle de massage, je ne pense pas en avoir besoin.

Mes pommettes rosissent.

– C'est juste que je n'ai pas envie que tu te fasses bouffer.

– Parce que ThaïCupidoo ne te rembourserait pas la marchandise ?

Un faible sourire vient étirer ses lèvres.

– Exactement.

Cette fois, je ne le crois pas. Mais je n'ai pas le temps d'épiloguer. J'ai un crocodile à déloger.

– Je comprends que tu flippes, mais crois-moi, j'ai fait ça toute ma vie.

Je ne lui laisse pas l'occasion de protester et lui tourne le dos pour me débarrasser de mon haut.

– Tu as l'intention de l'éblouir avec tes seins ?

Je me tords le cou pour lui adresser un regard amusé.

– C’est un peu le but, oui.

Puis je lance le vêtement sur la tête du petit crocodile pour éviter qu’il panique. Sans plus attendre, je me penche pour placer une main sur son cou et l’autre à la base de sa queue. L’instant d’après, je le soulève et le lance doucement dans l’eau, là où il pourra réellement se sentir chez lui. Soulagée, je me tourne vers Ben, qui me couve d’un regard brûlant.

– Mon haut… Il est dans le ruisseau, merde.

– Oui. Je pourrais te prêter mon tee-shirt mais… je préfère égoïstement profiter du spectacle.

Je lui souris et retourne m’asseoir près de lui.

– Il faut qu’on rentre.

Je veux attraper les rames, mais il est plus rapide que moi.

– C’est moi qui rame, cette fois. Je ne peux pas te laisser faire tout le boulot.

– J’apprécie ton geste, Ben. Mais je voudrais rentrer avant qu’il fasse nuit.

Il accepte de me donner une rame. Trouver un rythme qui nous convienne à tous les deux n’est pas aisé, mais j’avoue que je passe un excellent moment de rigolade.

– Je peux te poser une question ?

– Du moment que je ne suis pas obligée d’y répondre…

Je lui tire la langue pour montrer que je plaisante. Il me vole un baiser qui me déstabilise.

– Tu dis que tu as l'habitude de manipuler les crocodiles. Ce n'est pas commun comme aptitude. Tu as travaillé au cirque ?

– Pas du tout, non ! Je n'aurais jamais bossé pour une prison pour animaux !

Je pourrais mentir. Inventer n'importe quelle histoire pour ne pas avoir à revenir sur mon passé. Mais d'un autre côté, je lui dois bien ça.

– Figure-toi que j'ai travaillé ici.

– Ici ?

Son air ébahi me montre qu'il ne voit pas où je veux en venir.

– Je suis née au sein d'une famille modeste de Keaa Ling. J'ai eu la chance d'aller à l'école, mais une fois les cours terminés, je devais mettre la main à la pâte pour faire bouillir la marmite familiale.

Contrairement à Kanitta qui se la coulait douce.

– Tous les jours, je venais là, dans ce ruisseau. Le corps à moitié immergé dans l'eau, j'inspectais le fond en quête d'un coquillage qui ne vit qu'ici. Lorsque j'en avais ramassé suffisamment, je les donnais à ma mère qui les vendait ensuite au marché. Il paraît qu'en Chine, ça vaut une fortune. Nous, on nous donnait des miettes, mais ça aidait à remplir nos assiettes.

Le regard de Ben se fait compatissant. Je déteste ça. Je me mets sur la défensive malgré moi.

– Au moins, tu travaillais dans un environnement sympa.

D'un geste de sa main libre, il englobe les rizières, la jungle et le ciel. Vu comme ça, c'est sûr qu'il y a pire. Mais il n'a pas connu mon passé.

– On échange ton enfance contre la mienne quand tu veux, lancé-je. Je parie que tu n'as pas eu à bosser pour survivre.

Il se mord les lèvres, contrit. Je me radoucis. Il ne voulait pas mal faire.

– C'est vrai que le cadre est sympa. Il est beau, ce ruisseau. Mais quand tu restes des heures sous un soleil de plomb pour ramasser des coquillages dans un pays où la blancheur de peau est considérée comme un grand signe de beauté, c'est tout de suite moins sympa. Et puis, ce que tu ignores, c'est que sous ces eaux se cache un petit prédateur. Un poisson qui te mord jusqu'au sang et qui te laisse des marques indélébiles.

Pas besoin d'expliciter. Dans ses yeux, je vois qu'il a compris.

– C'est donc ça, tes cicatrices ?

– Oui. Des années de moqueries parce que j'étais laide. Parce que je suis laide.

– Toi, laide ?

– Oui. C'est comme ça que les autres me voyaient quand j'étais enfant. Quand j'étais ado. Puis aussi plus tard.

Il hoche doucement la tête. Mon cœur martèle ma cage thoracique. J'ai enduré beaucoup de choses, mais je ne me sens pas capable de supporter sa pitié.

– Est-ce que toi, tu te trouves moche ?

Je maintiens son regard tout en réfléchissant à la question. Oui, mes jambes sont hideuses, on dirait celles d'une mutante. Oui, ma peau reste plus mate que la moyenne. Mais tout n'est peut-être pas à jeter non plus. Je n'arrive pas à être objective et à m'arracher à mon passé.

– Je ne sais pas, répliqué-je en toute honnêteté.

Il manque de faire chavirer la barque pour capturer mon visage entre ses mains. Du bout des pouces, il dessine mes pommettes avec une délicatesse qui me désarçonne et qui m'oblige à lutter contre les larmes. Personne ne m'a jamais traitée avec tant de douceur.

– Eh bien moi, je te trouve à tomber. Mais ça n'a aucune espèce d'importance. Tu sais pourquoi ?

Je fais non de la tête.

– Parce que ce qui compte, c'est la façon dont, toi, tu te vois. Tout ce que moi je peux faire, c'est te montrer à quel point tu es belle et ce, jusqu'à ce que tu finisses par me croire. Est-ce que tu as envie qu'on fasse ça ?

Oui, oui, oui !

Mais les mots restent bloqués dans ma gorge. Tout ce que je suis en mesure de faire, c'est l'embrasser comme si ma vie en dépendait. Ses mains quittent alors mon visage pour passer autour de ma taille et m'attirer à lui. Ma poitrine s'écrase contre son torse et aussitôt, mon soupir d'aise vient mourir contre ses lèvres. J'ai beau lutter, essayer de résister, le désir est trop fort. Il dégrafe mon soutien-gorge. Ses doigts sur ma peau me disent que je suis belle. Ses baisers murmurent qu'il me trouve à son goût. Puis c'est son corps tout entier qui vient me le prouver. Et sans que je comprenne comment, ce ruisseau que je déteste tant devient le théâtre de nos ébats.

Les souvenirs qui me hantent ne disparaîtront pas de sitôt, pas plus que ces complexes que je traîne comme des casseroles. Mais Ben et moi pouvons leur ajouter de meilleurs souvenirs qui, eux, resteront gravés en moi de manière indélébile.

Pour la première fois depuis que nous partageons le même toit, nous nous endormons ensemble, dans son lit. Je me réveille en pleine nuit, le souffle court, le cœur battant à tout rompre. Je me lève sans un bruit pour me rendre dans la cuisine. Il n'est que trois heures du matin, mais je ne me sens pas prête à me rendormir. Il y a trop de choses, trop d'émotions qui tournent en boucle dans ma tête. Je fais chauffer de l'eau pour du thé et m'installe sur le canapé avec ma boisson chaude, toutes lumières éteintes, le regard rivé sur la baie vitrée à travers laquelle j'aperçois d'innombrables étoiles.

J'ai toujours été sujette aux insomnies. Depuis l'enfance, la moindre angoisse m'empêche de dormir. Parfois, je ne parviens pas à identifier ce qui me terrorise. C'est souvent une sensation diffuse dans mon cœur, dans mon esprit, une tension dans mon corps. Mais ce soir, je sais exactement ce qui cloche, et ça tient en trois lettres. Ben. Je suis en train de m'attacher à lui. Beaucoup. C'est tout sauf une bonne idée, parce que je ne vais pas avoir d'autre choix que de céder ma place à ma sœur. Cet homme n'est pas pour moi.

Vraiment ?

Et si, pour une fois, je pensais à moi ? Si, pour une fois, je m'autorisais à cueillir mon bonheur ? Je pourrais aller jusqu'au mariage, m'envoler pour la France, voire avancer la date pour être certaine que ma jumelle ne se pointera pas, et voir où ça nous mène. Quand est-ce que Kanitta s'est sacrifiée pour moi ? Jamais. Alors, pourquoi devrais-je lui céder ce que j'ai de plus cher ? Lui laisser le seul homme capable de voir en moi ?

Forte de cette idée, je finis par m'endormir sur le canapé.

Toc toc toc.

Réveillée en sursaut, il me faut quelques instants pour comprendre ce qui se passe. Quelqu'un toque discrètement à la porte. Je vérifie l'heure à mon poignet. Il est à peine cinq heures. Ça m'aurait effrayée à New York, mais pas ici. Les gens sont bien plus matinaux dans mon pays natal, aussi j'en déduis que celui qui cherche à nous joindre est thaïlandais. Peut-être Tukata, ou ma cousine.

En découvrant ma mère sur le seuil, je me dis que j'avais tort de ne pas avoir peur. Si elle s'est déplacée chez moi, c'est qu'il y a un problème quelque part.

– Maman ? Qu'est-ce qui ne va pas ? chuchoté-je.

– Tout. Ou plutôt rien. Rien ne va.

Le sens de la dramatisation de ma mère me fait lever les yeux au ciel.

– Tu vas me laisser me faire dévorer par les moustiques ou tu me laisses entrer ?

Je me pousse sur le côté pour qu'elle puisse passer. Je la guide vers la cuisine, où je ferme la porte pour nous donner un peu d'intimité. Je fais aussitôt chauffer de l'eau pour le thé. Ma mère attend patiemment d'être servie avant d'ouvrir les hostilités.

– Tu es en train de tomber amoureuse.

Ce n'est pas une question, mais une affirmation. À quoi bon nier ?

– C'est ton radar qui te l'a soufflé ?

– Non. Mais des paysans vous ont vus sur le ruisseau.

Je rougis à l'idée que des inconnus aient pu être témoins de nos ébats.

– Ben est un homme bien, maman. Il ne mérite pas quelqu'un comme Kanitta.

Elle joue avec sa tasse pendant quelques instants avant de répondre.

– Peut-être. Mais il représente la seule chance de changer ta sœur.

Je lui jette un regard en biais.

– Nous sommes une famille pauvre, Nitta. Toi et ta jumelle, vous avez un point en commun. Celui de tout entreprendre pour vous sortir de cette misère. Cette pauvreté, vous n'avez jamais su vous en contenter, ni l'une ni l'autre. Toi, tu t'es toujours battue pour aller de l'avant, pour avoir de bonnes notes à l'école, pour te faire repérer afin d'avoir ta chance de vivre différemment

Je sursaute lorsque ses mains froides se posent sur les miennes, mais je ne les retire pas. Je n'ai juste pas l'habitude du contact physique avec elle.

– Kanitta n'a pas ton intelligence, ni ta persévérance. Elle n'a pour elle que sa beauté et sa ruse. Toi, tu as d'autres atouts. Alors je me dis que, si tu lui laisses une chance d'épouser ce *farang*, elle changera… Sinon, je ne donne pas cher de sa peau. Tu sais bien qu'elle trempe dans des affaires pas nettes depuis un moment. Peut-être qu'un jour, nous la perdrons pour de bon.

Elle a raison. Ma sœur finira par faire un faux pas dans sa quête pour sortir de la pauvreté. Est-ce que je me sens prête à endosser la responsabilité de lui avoir fait perdre sa seule chance de changer de vie ?

Lorsque Ben se lève, deux heures plus tard, ma décision est prise.

Je vais me marier. Ensuite, je céderai la place à ma sœur. Peut-être qu'avec le temps, il me pardonnera et reviendra vers moi, une fois que ma jumelle sera financièrement à l'abri. En attendant, je vais profiter de chaque minute avec lui et passer jusqu'à ma dernière nuit à ses côtés.

CHAPITRE 19

BEN

Aujourd'hui, nous prenons le petit déjeuner à la maison, le restaurant étant exceptionnellement fermé pour la matinée. Devant moi, Nitta s'éclate avec son petit protégé à poils courts, totalement inconsciente de mon cheminement intérieur.

Un seul jour s'est écoulé depuis notre première vraie dispute de couple. Avec le recul, j'admets que je me suis emporté un peu vite quand j'ai appris qu'elle avait déjà été fiancée à un autre *farang*. Ma propre réaction m'a d'abord pris de court. Elle a été si vive que j'ai éprouvé la nécessité de m'isoler, raison pour laquelle je suis parti au port. Je n'avais aucunement l'intention de rentrer en France, mais c'est ce que Nitta a cru. Et moi, j'ai perpétué ce malentendu simplement parce que j'avais besoin de lui faire du mal. C'est tordu, je sais. Je lui ai même dit que si je lui en voulais, c'était juste une question d'argent. Rien n'est moins vrai. Moi, le mec le plus détaché de la planète, je lui ai fait une crise de jalousie. Je n'en reviens pas, tellement c'est ridicule. Son passé lui appartient. Je devrais même en profiter. L'interroger un peu afin d'obtenir les détails croustillants qui nourriront mon article. Mais je n'y arrive pas. Je ne parviens pas à exploiter le passé de cette fille. Enfin, je pourrais m'en servir, mais pas comme ça. Pourquoi ne pas mettre l'accent sur les difficultés qu'elle a endurées, sur les obstacles qu'elle a eu à surmonter ? Ça, ce serait intéressant.

Mais pas forcément vendeur.

Je la regarde partager des morceaux d'ananas avec son singe. Elle ne se doute pas un seul instant du bordel intérieur qui me ravage le crâne.

– Tu es toujours sûre que tu ne veux pas lui donner un nom ?

Elle me répond d'un simple sourire qui fait danser mon estomac.

Les vibrations de mon téléphone interrompent mes divagations mentales et c'est sûrement mieux comme ça. Le nom de Marc s'affiche à l'écran. Je bredouille quelques mots d'excuse et pars m'isoler dans la chambre avant de répondre.

– Allô ?

– Je ne te réveille pas ?

– Non. J'étais en train de prendre un petit déjeuner tardif. Ça va, toi ? Il doit être tard en France.

– Plus ou moins, ouais. Tu sais bien que mes horaires, comme ceux de Scandal & Co, ne collent pas toujours aux standards. D'ailleurs, j'y suis encore.

Ouais. C'est ça aussi, le journalisme à sensations. Vivre en décalage du monde.

– Je t'appelle au sujet de ta mère.

Je me tends aussitôt.

– Elle est morte ?

Je ne saurais dire si je suis triste ou soulagé.

– Mais non, espèce de brute sans cœur ! Tu vas encore devoir payer les factures d'hôpital pendant quelques mois. D'ailleurs, ils m'ont téléphoné. C'est la raison de mon coup de fil.

– Tu peux développer ou tu préfères créer un climat de suspense digne d'Agatha Christie ?

– Elle commence à répondre aux stimuli. Bien sûr, elle ne s'est pas réveillée et est toujours plongée dans un coma profond, mais les médecins sont optimistes à son sujet. Il se pourrait qu'elle revienne dans les semaines prochaines.

– Merde.

C'est tout ce que j'ai trouvé pour traduire le bordel que j'ai dans la tête. Marc a la sagesse de ne pas chercher à m'interroger.

– Comme tu dis, mec. Je te tiens au courant, t'en fais pas.

Un nouveau rire me parvient à travers le battant. Je me surprends à éprouver l'envie cuisante de retrouver Nitta et son singe, comme si elle était la seule à pouvoir m'aider à combattre les fantômes du passé.

– Bon, je vais te laisser, Marc. Tu sais que je n'aime pas le café froid.

J'entends une voix féminine près de lui, bien trop nasillarde pour être celle de sa femme ou de sa fille. Je la reconnais. C'est celle de ma boss.

– Attends, Marie-Pat voudrait te dire quelque chose.

Je fais la grimace, mais je n'ai pas d'autre choix que de répondre.

– Bonjour, Marie-Pat.

– Ce serait plutôt bonne nuit. Alors, où en est l'article ?

Pas de bonjour, pas de ça va. Et les préliminaires, bordel !

– Ça avance, ça avance…

– OK. N'hésite pas à m'envoyer le début pour que je puisse me faire une idée de ce que tu écris.

Ou plutôt pour que tu puisses fourrer ton nez dedans…

– D'ailleurs, je voulais t'en parler. J'hésite à donner une nouvelle approche à mon article. Une tournure un peu plus… humaine.

– Tu me montreras ça. Mais n'oublie pas le nom de la boîte. On veut du croustillant. Et on est sûrs de l'obtenir avec toi.

Génial ! Ma réputation de pourri me poursuit jusqu'en Thaïlande.

Quand je reviens au salon, Nitta est en train de s'entretenir avec Tukata, et il y a un chat dans une boîte de transport au milieu de la pièce.

– Qu'est-ce qu'il fait là, lui ?

L'entremetteuse ouvre la bouche, mais Nitta la devance.

– C'est notre nouveau pensionnaire. Je t'expliquerai plus tard.

Ou jamais, te connaissant, petite menteuse.

Tukata hoche la tête d'un air entendu.

– Bien. En attendant, je voulais vous informer que vous avez rendez-vous au restaurant dans une heure pour une nouvelle surprise. À bientôt !

Elle s'en va, nous laissant seuls avec un singe, un chat, et au moins un million de questions qui flottent entre nous. Alors que Nitta se penche pour ouvrir la boîte, je remarque une petite enveloppe sur la table. J'ai le temps de lire un nom avant que ma fausse fiancée ne me la prenne des mains.

– Narya ? Qui est Narya ?

– La personne qui nous a envoyé ce chat.

Ça, je l'avais deviné.

Elle libère l'animal, qui se frotte à ses pieds en ronronnant comme un camion. Elle le prend dans ses bras. Il ronronne de plus belle.

– On dirait qu'il te connaît.

– C'est un chat. Les chats, ça aime les humains.

– Ouais. Ils donnent bon goût à leurs croquettes, bien meilleur que celles au poulet.

Elle me jette un regard désapprobateur. Je m'approche et tends la main vers l'animal. En deux secondes, il a le temps de cracher, de me mordre et de me griffer. Ce n'est pas un chat, c'est une arme de destruction massive !

– Mao ! Arrête ça tout de suite !

Je me fige, oubliant jusqu'à la douleur qui irradie de mes griffures.

– Mao ? Parce que tu lui as déjà donné un nom, à lui ? Tu pouvais aussi bien l'appeler Staline, vu le caractère qu'il a !

– Il n'est pas mauvais. Il est juste… déboussolé. Il n'a pas l'habitude des gens. Il a cru être abandonné et il réagit par la défensive.

Est-ce qu'elle parle du chat, ou bien d'elle ?

– Comment tu le sais, tout ça ? Tu le connais ?

Ses yeux brillants, empreints d'incertitude, se plantent dans les miens.

– Oui. C'était… c'est mon chat.

Je n'ai pas besoin de lui demander d'explications. Elle sait ce que j'attends d'elle.

– Je suis née à Keaa Ling, mais je n'y ai pas toujours habité. Avant de venir au Chan Rak, j'étais ailleurs.

J'ai envie de lui demander où c'était, ailleurs. Par respect, j'attends qu'elle m'en parle.

– J'avais un appartement, un travail. Je n'irais pas jusqu'à dire que j'avais une vie, mais ça me convenait. Ce chat, c'était ma seule famille. J'ai dû l'abandonner pour venir ici.

Ça, ça ne colle pas à la version de la fille qui cherche à tout prix à épouser un *farang*. D'après mes recherches, elles n'ont pas un job stable.

La plupart se prostituent ou vivotent. Rares sont celles qui possèdent un logement à leur nom, un vrai boulot.

– Narya faisait partie de mon monde. Elle était la propriétaire de l'appart que je louais.

– Vous étiez proches ?

Elle m'offre un sourire désabusé.

– Aussi proches que la France et l'Australie. Comme je te l'ai dit, je n'étais pas des plus sympathiques.

Elle semble perdue dans ses pensées. Qu'est-ce qu'elle ressent ? De la nostalgie ? Des regrets ?

– Tu ne devais pas être si mauvaise. Sinon, elle ne t'aurait pas envoyé ce chat depuis…

J'attends qu'elle finisse ma phrase. Je voudrais savoir si ce chat a parcouru cent kilomètres ou bien la moitié de la planète. Mais à son expression, je sais qu'elle n'en dira pas plus. Ce n'est pas grave. Elle a déjà commencé à se livrer à moi, c'est un pas en avant. À moi de me débrouiller avec ses autres secrets.

CHAPITRE 20

BEN

– On va au restaurant, et ce n'est même pas pour manger.

Postée à côté de moi, Nitta se marre. Maï et John plaisantent aussi. Je commence à apprécier ce couple. Ils vont bien ensemble.

– Et vous mangerez ! réplique Boon-Bee, amusée. Mais d'abord, vous allez passer dans le four.

Je ne me donne pas la peine de la corriger.

– Bienvenue dans mon cours de cuisine. Comme vous le savez, la gastronomie thaïlandaise est réputée pour sa finesse.

Je ne sais pas. Je me nourris exclusivement de junk food ou de ramens épicés, et le Chan Rak sert pas mal de bouffe occidentale. Je n'ai pas tellement eu l'occasion de goûter à la nourriture locale, mais vu que tout le monde opine, je hoche la tête pour ne pas faire tache.

– Chez nous, la cuisine est tout un art. Un art que vous allez apprendre aujourd'hui, en couple. Parce que de nos jours, l'homme comme la femme doivent mettre la main à la pâte, quoi qu'en dise Tukata.

Postée dans un coin de la pièce, cette dernière lève les yeux au ciel d'un air faussement dépité qui fait rire tout le monde. Je suis sûr qu'au fond, elle s'amuse. Comme tout le monde ici, elle se donne un rôle.

– Pour ce premier cours, nous allons préparer du pad thaï, l'un de nos plats nationaux. C'est un plat de nouilles, et ce qu'il y a de meilleur avec cette recette… c'est qu'il n'y a pas de recette.

Chacun observe Boon-Bee comme s'il lui était poussé une corne sur le front. Je me tourne vers Nitta.

– Ta cousine se drogue ?

– Plus maintenant. Mais elle est tombée dans un chaudron de bonne humeur quand elle était bébé.

Je me marre comme un con.

– Donc, la base du pad thaï, ce sont les nouilles. Et vous pouvez ajouter tout ce que vous voulez, ça restera du pad thaï. Dans mon pays, on ajoute les restes. Et c'est très bon. Je vous ai préparé une série d'ingrédients. À votre couple de les marier de manière harmonieuse… ou pas !

Caché derrière ma table en inox, je jette un coup d'œil aux participants qui s'entassent autour d'un comptoir en bois sur lequel ont été déposés des ingrédients aux multiples couleurs. Je suis tellement peu habitué à cuisiner que la seule chose que je distingue, ce sont des carottes coupées en lamelles.

– Ils ont l'air bons, ces champignons ! s'extasie Maï en piochant dedans.

Au temps pour moi, ce n'étaient pas des carottes.

Je braque sur Nitta un regard qui, je l'espère, ne traduit pas ma panique.

– Je suis à tes ordres.

Pour le coup, je lui fais même une courbette. Elle hausse un sourcil.

– Dans d'autres circonstances, je serais aux anges de t'avoir à mes pieds. Mais dans une cuisine, je me méfie. Pourquoi est-ce que ça serait à moi de faire à manger ?

Ça sent la dispute conjugale. En avoir une alors qu'on n'est pas réellement en couple, c'est un comble.

– J'imagine que si je réponds « parce que tu es une femme », tu vas me mettre ton poing dans la figure.

Elle acquiesce sans se départir de son sourire. Je vais devoir passer aux aveux.

– Dans ce cas, je vais te dire la vérité. Je préfère te voir toi derrière les fourneaux plutôt que moi parce que je me nourris exclusivement de Twix, de Mars, de Bounty, de ramens pimentés et de chips.

Elle s'esclaffe. C'est fou ce qu'elle est belle quand elle se marre.

– Qu'est-ce qui te dit que moi, je ne m'alimente pas aussi de junk food ?

– Eh bien, je n'ai pas vu une seule barre chocolatée sur cette île.

Elle arque un sourcil, puis je me souviens qu'elle n'a pas toujours vécu ici.

– Écoute, on va aller voir ce qu'il y a sur cette table, et on va faire notre pad thaï. Il n'y a pas de raison qu'on s'en sorte moins bien que les autres !

Autour de nous, Boon-Bee s'émerveille devant chaque tentative des autres participants.

– Oui, c'est ça. Mariez les goûts. Montrez-nous l'harmonie de votre duo. Cuisiner, c'est donner une saveur à l'amour !

Eh bien, notre saveur à nous doit se situer quelque part entre le vomi de chat et le beurre rance. Pas très encourageant, tout ça.

Trente minutes plus tard, nous présentons notre création à Boon-Bee. Je jure avoir aperçu une lueur de pure terreur dans le regard de celle que je considère pourtant comme une personne intrépide. Courageuse comme une guerrière, elle se saisit de ses baguettes pour prendre en bouche une portion de notre *chef-d'œuvre*.

– Alors ?

Son nez se plisse. Ses globes oculaires deviennent humides.

– C'est…

En face de moi, Nitta s'impatiente.

– Audacieux ? Du pur génie ? Novateur ?

Boon pose un regard lugubre sur sa cousine.

– Non. Dégueulasse. Juste dégueulasse.

Aïe.

– En même temps, vous auriez pu vous douter que les cornichons ne se mariaient pas bien avec le chou-fleur !

Nitta dévie le regard vers moi. C'était mon idée et je suis prêt à l'assumer.

– Et comment j'aurais pu le savoir, moi ? Je suis journaliste, pas devin !

Les deux bouches qui s'ouvrent en grand me font comprendre que j'ai encore parlé trop vite.

– Commercial, pardon. Est-ce que ce mélange culinaire hasardeux peut avoir des effets néfastes sur mon cerveau ?

Nitta me tire la langue, prête à plaisanter.

– Pour ça, il faudrait encore que tu aies un cerveau.

Je souris, rassuré qu'elle soit passée à autre chose sans s'attarder sur mon petit couac.

La dernière partie du cours consiste à manger ce que nous avons préparé. Il va de soi que nous préférons sécher. Nous sommes courageux, pas téméraires !

– De toute manière, ce n'était pas un authentique pad thaï. D'ailleurs, il n'y a rien de vraiment authentique dans ce restaurant. Dommage, parce que ma cousine a toujours été une excellente cuisinière.

Une idée s'immisce soudain dans mon esprit alors que nous sommes en train de marcher en direction de la maison.

– Où est-ce qu'on peut déguster un bon pad thaï, alors ?

Elle hausse les épaules comme si ma question tombait sous le sens.

– Dans n'importe quelle maison thaïlandaise. Ou dans n'importe quel restaurant qui n'est pas réservé aux touristes.

– On y va ?

Elle se tourne vers moi sans comprendre.

– Quoi, on y va ?

– Eh bien, manger un bon pad thaï. Si j'ai bien pigé, le Chan Rak met une voiture à disposition des couples. Étant donné que tous les amoureux sont en train de s'empiffrer avec leurs créations, le véhicule est à nous. Alors, tu m'emmènes déjeuner ?

– Tu es en train de me proposer un rencard, c'est ça ?

Je ne peux que partager son sourire espiègle.

– En bonne et due forme, oui.

Elle se mord les lèvres, hésitante. Je ne capte rien. En général, les filles se jettent à mes pieds quand je leur suggère un rendez-vous.

Ah ouais ? Et quand est-ce que tu en as invité une pour la dernière fois ?

OK. J'ai tendance à squeezer l'étape ciné-resto pour sauter directement sur la fille. Je sais, ce n'est pas le romantisme qui m'étouffe.

– Je paie, bien sûr. Si c'est ça qui te fait douter…

– Non, ce n'est pas ça, s'empresse-t-elle de répondre. En fait… il faut que je te dise un truc d'abord.

Pour le coup, elle attise vraiment ma curiosité.

– Tu sais… le village que nous avons visité avec l'équipe du Chan Rak…

– Oui, celui avec les ravissantes maisons colorées, les gamins qui offraient des fleurs et le joli temple. C'est là qu'on va ?

– Euh, comment dire… je vais essayer de faire simple. Tu es français, alors tu devrais comprendre. Tu vois Disneyland ? Est-ce que tu dirais que Disneyland représente bien Paris ?

– Aussi bien que Jason Momoa représente le genre masculin dans son ensemble.

– OK. Pour Baan Talae, c'est pareil. Le village en carton-pâte que Tukata vous a fait visiter ne ressemble en rien à celui où j'ai grandi. C'était un faux, pour vous charmer, les *farangs*.

– Ce qui me donne encore plus envie de le découvrir.

– Tu en es sûr ? C'est sale, pauvre et pas vraiment joli.

Je hausse les épaules, certain de mon choix.

– Peut-être, mais ce que je recherche, c'est avant tout l'authenticité. Je me fiche que le resto où nous allons déjeuner ne corresponde pas aux standards du Guide Michelin. Ce qui compte, c'est qu'il soit vrai.

Quelque chose passe dans son regard.

– Viens, on va la chercher, cette voiture. Je t'emmène déjeuner.

Ça peut être agréable, de se laisser guider.

Nous nous sommes garés à l'entrée du village, et quand je vois l'état des rues, je comprends pourquoi. Ce n'est pas qu'il n'y a pas de trottoir. C'est qu'il n'y a même pas de revêtement ! Les rues sont en terre – ou en boue, au choix – et si étroites que jamais le 4×4 du Chan Rak n'aurait pu y circuler. Partout autour de nous se dressent des petites maisons en bois et en zinc. Nitta a raison. Baan Talae est sale, pauvre, et pas vraiment joli. Pourtant, je ne regrette aucunement d'y être. Je voulais connaître le vrai visage de la Thaïlande, et je l'ai vu. Loin de le détester, je le trouve formidable. J'apprécie l'harmonieux désordre architectural et les cris joyeux des enfants qui nous entourent et nous suivent partout.

– Prêt ?

– Prêt.

Au détour d'une ruelle, je découvre quelques tables protégées sous des feuilles de palme. Autour de ce « restaurant », une dizaine de marchands ambulants.

– Tu voulais de la cuisine thaï ? Voilà où nous déjeunons la plupart du temps. Au marché. Est-ce que ça te va ?

Elle joue avec ses doigts, nerveuse. Ai-je le droit de la trouver adorable ?

– Parfaitement, oui.

Son soupir soulagé me fait sourire. C'est elle qui se charge des commandes. Quelques minutes plus tard, notre table est pleine de mets parfumés et colorés. Ça va des nouilles sautées aux scorpions grillés. Il y en a pour tous les goûts et, surtout, pour tous les estomacs.

Je goûte un peu à tout – excepté les insectes – et découvre des textures étranges, des saveurs intenses. Un festival se déroule sur ma langue.

– Alors ?

Face à moi, Nitta m'observe. Son anxiété est palpable. Comme si le fait de se montrer telle qu'elle est, le fait de partager avec moi son véritable passé la rendait vulnérable. Ou moins désirable. C'est tout le contraire.

– Eh bien, il ne manque qu'une chose pour que le repas soit parfait.

– Laquelle ?

Je ne lui laisse pas le temps de poser davantage de questions et me lève pour me pencher au-dessus de la table. Je capture ses lèvres au goût d'ananas pour me repaître de leur saveur.

– Maintenant, c'est parfait !

Ses joues se sont colorées de rouge. Elle n'est jamais aussi belle que quand elle est spontanée.

– Tu as encore faim ?

– Tout est délicieux et cette cuisine épicée me manquera lorsque nous serons en France. Mais mon estomac, hélas, n'est pas extensible.

Trois heures durant, nous nous promenons. Le tour du village ne nous prend pas plus d'une demi-heure, puisqu'il est minuscule. Mais Nitta m'invite à découvrir la plage, le port aux pêcheurs et le temple. S'il n'est pas aussi beau que ceux en or que l'on peut trouver à Bangkok, sa rusticité me plaît. Je ne suis pas croyant. Aucune religion n'a jamais su toucher mon cœur. Je suis un cérébral. Mais ici, dans cet espace éclairé par les bougies, j'ai l'impression que les prières des fidèles volettent au milieu des volutes de fumée d'encens, portées au plus près des dieux.

– Qui est-elle ?

D'un geste de la tête, je désigne la statue en bronze d'une femme aux belles formes. Je suis étonné de la voir porter un bouclier et une épée.

– C'est Yamo. Il y a très longtemps, des types terrifiants ont envahi un village où vivait une jeune fille du nom de Yamo. Ces hommes menaçaient de tuer les villageois. Yamo a eu une idée : elle a demandé aux filles de s'apprêter, de mettre leurs plus beaux vêtements, leurs plus beaux bijoux. Les filles se sont rendues auprès des barbares en fin de journée. Belles comme des cœurs, elles les ont séduits, les ont enivrés, puis les ont tués jusqu'au dernier, sauvant leur village. Alors, Yamo est devenue une déesse.

Elle se tait, le temps de me laisser digérer l'information.

– Yamo est très importante pour nous, Thaïlandaises. Elle nous montre notre force. Nous rappelle que nous ne sommes en rien inférieures aux hommes. Que ce soit par notre beauté, notre ruse ou notre intelligence, nous sommes capables de nourrir une famille ou de sauver nos proches. D'aucuns nous jugeront. Mais la vérité, c'est qu'on s'en fout.

Sa dernière réplique me fait sourire. Je l'attire contre moi pour l'embrasser, d'abord sur le front puis sur la bouche. Je sais que les démonstrations d'affection ne sont pas bien vues ici, mais nous sommes seuls alors je compte bien en profiter. Ses lèvres éveillent mes sens et pour la première fois, je m'aperçois que je n'ai pas envie que tout ça s'arrête.

Il le faudra, pourtant !

D'accord, elle me fait un peu – beaucoup – craquer. Elle est belle, espiègle et drôle. Et elle est en quête d'un mari à séduire. Les filles comme elle sont programmées pour « plaire », il n'y a rien d'étonnant à ce que j'en pince légèrement pour elle. Tout ira bien tant que je m'en souviendrai.

L'espoir fait vivre...

– J'ai une idée.

– Et moi, j'ai peur.

Sa réponse me fait hausser un sourcil dubitatif.

– Ben, j'ai peur quand tu as des idées, explique-t-elle en riant.

En fait, elle est la seule à partager mon genre d'humour à la con. Et ça, ça vaut de l'or.

– Si on allait acheter à manger ?

Elle fronce le nez.

– Encore ?

– En fait, je me suis dit qu'òn aurait pu commander de la nourriture et aller dîner dans ta famille. Tu m'as dit que tu étais originaire d'ici, non ?

Rencontrer les proches d'une personne, ce n'est pas l'idéal quand on ne veut pas s'y attacher. Mais j'ai besoin de connaître son entourage pour peaufiner mon article. Et puis, peut-être que quelque part, je teste mes propres limites. J'ai toujours aimé jouer avec le feu.

CHAPITRE 21

NITTA

Il se fiche de moi, non ?

– Hum… ma famille ?

C'est tout ce que je suis en mesure de répondre dans un premier temps. Lui présenter ma mère ? C'est au-dessus de mes forces. Ce n'est pas comme si ma relation avec celle qui m'a mise au monde était au beau fixe.

Il m'offre un sourire désarmant.

– Oui. À moins que tu aies éclos dans un œuf, tu dois avoir une famille. Et j'aimerais la connaître.

Je me mords les lèvres, hésitante. En plus il me fait son regard de chien battu. Je ne peux tout bonnement pas lui résister.

– OK…

J'hésite à ajouter quelque chose. À lui expliquer que ma mère est une garce manipulatrice qui me déteste depuis la première fois que j'ai ouvert les yeux. Si au moins mon père était là aujourd'hui…

Trente minutes plus tard, Ben a acheté de quoi nourrir un régiment. J'ai eu beau lui dire qu'on ne rencontrerait que ma mère parce que mes autres proches sont occupés, il n'a rien voulu entendre.

Pendant tout le chemin qui mène à la maison, je n'arrête pas de me répéter que je commets une erreur, mais Ben a l'air tellement content que je n'ai pas le cœur à le décevoir. Il faut le comprendre. C'est normal qu'il ait envie de mieux connaître la famille de celle qu'il va épouser.

– On ne devrait pas appeler pour prévenir qu'on vient ?

– Hum… Je ne sais plus si elle a un téléphone. Lorsque j'ai quitté la maison, on n'avait même pas l'électricité. Elle devrait l'avoir maintenant. J'avais donné de l'argent pour le raccordement.

Le regard médusé de Ben m'indique que j'ai encore parlé trop vite. Ses yeux me demandent où j'ai trouvé cette somme, mais ses lèvres n'osent pas poser la question. Il s'imagine peut-être que je me suis prostituée. C'est ce que font beaucoup de filles ici pour aider leur famille. Elles n'ont pas toujours le choix.

En apercevant la maison bringuebalante qui m'a vue grandir, j'éprouve un violent sentiment de honte.

– Voici la baraque.

Mon cœur cogne à tout rompre quand je gravis les marches de l'escalier que mon père avait construit.

– Petite cachottière ! Tu ne m'avais pas dit que tu avais vécu dans une maison sur pilotis. C'est du grand luxe.

Mes paupières se ferment lorsque ses lèvres se posent sur mon front dans un tendre baiser. Je me force à les ouvrir et frappe le battant de mon poing fermé.

– Qu'est-ce que tu fiches là ?

C'est sa façon bien à elle de me parler. Brute de décoffrage et pas vraiment aimable. Je n'ai pas envie que Ben en soit témoin. Heureusement qu'il ne parle pas bien le thaï. D'un mouvement de la tête, j'indique à ma mère la présence de Ben.

En voyant celui qu'elle perçoit comme le nouveau portefeuille de la famille, son expression change totalement et devient carrément amicale. Bien entendu, elle lui adresse un *waï* suffisamment profond pour se déboîter une vertèbre en signe de respect.

– *Sawat dii khaa*, le salue-t-elle en thaï avant de passer à un anglais rudimentaire. Entrez, entrez !

Ma mère se pousse sur le côté pour le laisser passer. J'ai du mal à cacher mon malaise à l'idée qu'il découvre le lieu dans lequel j'ai grandi. Oui, j'ai honte de ma pauvreté. Ben inspecte le salon d'un coup d'œil circulaire avant de tendre à ma mère les plats que nous avons achetés.

– On s'est dit qu'on pourrait dîner avec vous, histoire de faire connaissance.

Les yeux de maman, si semblables aux miens, se posent sur moi.

Il est dix-sept heures, je sais.

– Excellente idée ! s'extasie-t-elle en s'emparant des sachets en papier kraft. J'imagine qu'elle vient de vous.

Je lève les yeux au ciel tandis que Ben se marre, inconscient de la pique de ma génitrice.

– Je vous fais faire le tour du propriétaire ?

– Tu peux aussi bien tourner sur toi-même, soufflé-je à l'oreille de Ben. Ça ira tout aussi vite.

Notre maison ne comptant que deux pièces, la visite est effectivement rapide. Quel besoin avait-elle de lui montrer ça ? Elle veut peut-être qu'il lui file un chèque pour retaper la baraque.

– Détends-toi, Nitta, murmure Ben. On dirait que tu es prête à tuer quelqu'un.

Tu ne crois pas si bien dire…

Je lui rends un sourire forcé puis me tourne vers ma mère.

– Bon, on le chauffe, ce repas ?

– Mais, il est tôt…

– Pas faux. Mais je meurs de faim.

– Ça ne m'étonne pas de toi, lance ma mère. Tu as toujours aimé ça, manger.

Ses mots me blessent. Elle doit le comprendre parce qu'elle me dédie un sourire gêné. Je lui propose de l'aider à faire à manger. En constatant qu'elle se sert toujours d'un réchaud à gaz destiné aux campings, je vois rouge.

– Je t’ai déjà vu prendre ça quand on a préparé le thé pour Tukata, mais franchement, tu devrais investir dans une vraie cuisinière. Tu n’as pas le gaz de ville, mais tu es raccordée au réseau électrique et…

Son expression penaude me réduit au silence. Je jette un coup d’œil circulaire autour de moi et constate qu’il n’y a pas une seule prise.

– Maman.

Elle lève un visage honteux sur moi.

– Tu n’as pas raccordé la maison, c’est ça ?

Son silence constitue une réponse éloquente. Je crois savoir qui a récupéré chaque dollar que j’ai envoyé en Thaïlande. La colère s’insinue dans mes veines et les fait bouillir. J’essaie de me contrôler pour ne pas faire un scandale devant Ben, qui ne loupe pas une miette du spectacle.

– Où est passé l’argent que je t’avais donné ? Tu l’as reçu, non ?

Une fois de plus, elle se tait, ce qui a le don de m’exaspérer davantage.

– C’est ma sœur, c’est ça ? C’est elle qui l’a pris.

Il m’a suffi de mentionner ma jumelle pour que les yeux de ma mère retrouvent leur énergie habituelle. Elle hausse le menton dans un geste de défi.

– Oui. Elle en avait besoin.

– Besoin pour quoi ? Pour se faire refaire une nouvelle fois les seins ?

Ben se poste à côté de moi, comme s'il voulait s'assurer que je ne vais pas sauter à la gorge de ma mère. Ce n'est pourtant pas moi qui ai tendance à user de la manipulation ou de la violence pour obtenir ce que je convoite.

– Ça, je n'en ai pas la moindre idée. Mais tu sais bien qu'ici, la famille passe avant tout.

Ouais, mais certains membres ont plus de poids que d'autres.

Je lutte contre moi-même. Si je poursuis dans cette direction, si je continue de confronter ma mère, je pourrais compromettre ma couverture. Mais cette colère qui bouillonne en moi est si difficile à contenir ! Il faut qu'elle arrête de croire que tout me tombe tout cuit dans la bouche. J'ai bossé dur pour obtenir cette somme. Je me suis privée de beaucoup de choses. Avec le recul, je me rends compte qu'à New York, je suis carrément passée à côté de ma vie. Et tout ça pour quoi ? J'ai beau me plier en quatre pour ma famille, ma mère ne verra jamais rien d'autre que sa fille préférée, Kanitta.

Et juste au moment où je m'apprête à extérioriser cette souffrance qui me bouffe depuis des années, la porte s'ouvre sur une enfant dont le visage poupin me dit vaguement quelque chose.

– Kiwimaï, la salue ma mère. Viens t'asseoir à table, Nitta et Ben ont apporté à manger.

Kiwimaï. Ce prénom qui veut dire orchidée me permet de situer le lieu de notre rencontre. C'est la fillette que j'avais rencontrée devant la maison, puis devant l'école. Je plonge mon regard dans celui de ma mère.

– Dis bonjour à ta nièce, Nitta.

Je m'étrangle avec ma salive. Quand est-ce qu'elle avait l'intention de me dire que je suis tata ? Je me tourne vers la petite. En effet, je reconnais certains des traits de ma jumelle – et donc les miens – sur la figure enfantine. Ça me fait un drôle d'effet. Je suis à la fois en colère que l'on m'ait caché son existence et heureuse de rencontrer cette fillette qui me sourit avec bienveillance.

Je reporte mon attention sur ma mère et, à voix basse pour épargner l'enfant, je lui demande :

– C'est toi qui l'élèves, c'est ça ?

Elle ne répond pas tout de suite et vide une partie de la nourriture dans une casserole qu'elle place sur le réchaud.

– Ta sœur est en prison. Tu voulais quoi ? Qu'elle la prenne avec elle dans sa cellule ?

Le fait d'imaginer cette gamine innocente dans l'espace sordide d'une prison me rend malade. Cela devrait m'indifférer. Elle n'est pas ma fille, je viens seulement de découvrir son existence.

– Non. Bien sûr que non. Mais je suis prête à parier que cette gosse, tu t'en occupes depuis son premier jour. Pas vrai ?

Je la vois qui retient son souffle.

– Tu devrais retourner t'asseoir avec ton fiancé. Il ne faut jamais laisser un homme s'ennuyer.

– Oui. Sauf qu'il n'est pas mon fiancé, chuchoté-je. Mais celui d'une autre.

Ça me fait quelque chose de le formuler clairement.

Le repas ressemble à un interrogatoire de la CIA à la sauce thaïlandaise. Ma mère veut savoir ce qu'il fait dans la vie, à quoi ressemble l'endroit où il réside et ce que font ses parents. Je vois bien que ces questions le mettent mal à l'aise, surtout la dernière, mais il y répond avec autant de douceur que possible.

– Tu sais, tu n'es pas obligé de répondre à chaque fois.

– Ça ne me dérange pas, je t'assure.

– Alors, pourquoi est-ce que j'ai l'impression que chaque mot que tu prononces te fait l'effet d'une épilation à la cire ?

Il s'esclaffe. *Ce que j'adore quand il lâche prise pour se marrer...*

– Je ne sais pas, je ne me suis jamais épilé. Peut-être faudrait-il que j'essaie pour voir ce que ça fait.

Je plisse le nez dans une grimace destinée à le faire sourire. Ça fonctionne.

– Non. Si tu enlèves tes poils, ce sera tout lisse et je glisserai sur ton torse comme une planche de surf sur la mer. Je n'ai pas envie de ça.

Nos rires redoublent. Nos blagues sont pourries, mais au moins on a le même genre d'humour. Ma mère nous calme d'un raclement de gorge.

Lorsque je lève les yeux sur elle, elle me rend un regard que je n'arrive pas à déchiffrer.

– Nitta, tu m'aides à faire chauffer le reste ?

Comprenant que c'est une manière pour elle de me dire qu'elle veut me parler, je me lève d'un bond. Ben se met debout aussi, mais je le contrains à se rasseoir.

– Non, reste là. Tu peux en profiter pour faire connaissance avec Kiwimaï.

Là-dessus, je rejoins maman dans le coin cuisine.

– Il te plaît toujours ? s'enquiert-elle en versant du riz dans la poêle.

Mince, c'est quoi cette question ?

– Quoi ?

– Est-ce qu'il te plaît, Ben ?

– Non, bien sûr que non ! J'ai retenu ce que tu m'as dit, au sujet de Kanitta.

Mensonge.

Ses prunelles inquisitrices me sondent avec insistance. Elle a toujours su percer mes secrets. Voir ce que je ne percevais même pas.

– Pourquoi est-ce que tu demandes ça, maman ?

– Parce que vous riez des mêmes blagues. Tu le dévores du regard. Et lui, il fait pareil.

Je le reconnais. Je ne peux pas le nier.

– C'est ce que tu m'as ordonné, non ? *Ris à ses blagues, sois belle...*

Elle ébauche un geste de la main pour me réduire au silence.

– Ça n'explique en rien cette alchimie qui plane entre vous. Tu es en train de tomber amoureuse, Nitta.

Une fois n'est pas coutume, son visage n'exprime aucune forme de reproche. Ni d'amour non plus, mais ça, j'ai l'habitude. Et si elle se souciait réellement de moi ?

– Comment est-ce que tu vas faire quand ta jumelle sera de retour ? N'oublie pas notre pacte. C'est la seule manière de la faire changer. Tu en es consciente, non ?

– Ne t'en fais pas. Moi, je sais prendre mes responsabilités et faire ce que l'on attend de moi. Tu n'as donc rien à craindre. En revanche, j'espère qu'elle sera capable de respecter notre accord, et surtout, qu'elle sera capable de rendre heureux cet homme en évitant de le cocufier dès la première semaine. Parce que Ben est quelqu'un de bien et qu'il mérite le bonheur plus que toi ou moi. Et, oui, je suis peut-être en train de tomber amoureuse de lui. Mais ne t'en fais pas, je saurai me tenir.

Là-dessus, je retourne m'asseoir entre Kiwimaï et Ben.

– Ça va ? s'enquiert-il, l'air sincèrement inquiet, en posant une main réconfortante sur mon épaule.

Sa sollicitude manque de m'arracher des larmes. Je suis dans un état émotionnel totalement pitoyable. Je ne suis pas le genre de fille à chialer pour un rien, et je suis encore moins le genre de femme à tomber amoureuse.

Il aura suffi qu'un homme me regarde et m'accepte telle que je suis sans vouloir me changer pour que mes barrières se fissurent. J'aurais préféré apprendre autrement que mon muscle cardiaque ne servait pas qu'à pomper de l'hémoglobine. Mais les choses sont ce qu'elles sont. Je plaque un sourire sur mon visage et me prépare à souffrir. Puisque c'est ce qui arrive fatalement quand on aime, non ?

La suite du repas n'est pas franchement joyeuse. J'évite Ben du mieux que je le peux, ce qui est compliqué parce qu'il est assis à côté de moi et que son pied n'arrête pas de jouer avec le mien. Ma génitrice reste fidèle à elle-même : chiante. La seule note positive provient de Kiwimaï, qui est adorablement espiègle. Ses pitreries mettent un peu l'ambiance, et j'ai bien l'impression que ma mère l'apprécie réellement. Comme quoi, je suis la seule qu'elle déteste autour de cette table.

– Qu'est-ce que c'est ? s'enquiert Ben en tenant dans ses mains un petit gâteau aussi blanc que gluant.

– De la morve d'hirondelle.

Ma mère s'étrangle avec son thé, Kiwimaï rit aux éclats et Ben me regarde d'un œil perplexe.

– Désolée de t'avoir fait peur. C'est un gâteau de riz et de haricots mungo que nous appelons « perle de coco ». En apparence, ça n'a pas l'air bon, mais je t'assure que ça l'est.

Quand il introduit le dessert dans sa bouche, ses yeux s'écarquillent de plaisir. J'adore quand il est aussi expressif. Il a un peu de mal à mâcher et ne s'en cache pas, ce qui fait rire toute la table, maman comprise. Pendant un instant, on ressemble à une famille normale.

– Effectivement, ça a la texture d'une crotte de nez, non que j'en aie dégusté beaucoup. Et c'est aussi délicieux que tes blagues.

Je souris bêtement.

– Ça, ce n'est pas forcément un compliment, hein tata ? ricane l'enfant précoce.

– Crois-moi, c'en est un, renchérit Ben.

Et quand il me regarde, je sais qu'il le pense réellement. Que répondre à ça ? Que moi aussi, je le trouve « délicieux », que je dois me faire violence pour ne pas lui sauter dessus en public ?

– Quelqu'un veut encore des perles de coco ?

L'intervention de ma mère me tire de mon état contemplatif.

– Euh, moi, j'en veux bien.

– Ce n'est pas ça qui va t'aider à rester mince. Tu devrais mieux surveiller ton poids.

C'est la goutte d'eau qui fait déborder le vase. Le petit reproche de trop. Celui que je ne peux plus accepter. À un moment donné, c'est comme si mon corps refusait de l'avaler.

Sentant les larmes affluer, je me lève.

– C'en est trop, lancé-je dans ma langue natale.

– Nitta… tente de me retenir ma mère.

Puis je quitte la maison sans un regard en arrière. Je m'adosse au battant de la porte d'entrée et inspire l'air chargé d'effluves de jasmin à grandes goulées sans tenir compte des larmes qui ruissellent sur mes joues. Je suis en train de tomber amoureuse de Ben. C'est un fait. Mais je ne peux pas l'avoir. Il est destiné à ma sœur. J'ai fait une promesse, je ne la briserai pas. Je ferme les yeux en essayant de contrôler ma respiration pour mieux juguler ma peine. La voix puissante de Ben retentit à travers la porte fermée. Elle me prend de court et me fait sursauter.

– Non, mais ça ne va pas de la traiter comme ça ? Vous vous rendez compte du mal que vous lui faites ? Elle ne mérite pas ça !

CHAPITRE 22

BEN

Je n'ai pas compris ce que Nitta a dit à sa mère, mais j'en ai assez entendu pour percevoir sa souffrance. J'attends qu'elle sorte, les épaules et la tête basses de tristesse et de honte.

– Non, mais ça ne va pas de la traiter comme ça ? Vous vous rendez compte du mal que vous lui faites ? Elle ne mérite pas ça !

D'étonnement, la dame lâche sa cuillère qui résonne en tombant sur l'assiette. De toute évidence, elle n'a pas l'habitude qu'on la contrarie. Eh bien, elle n'est pas au bout de ses surprises.

– Je ne sais pas ce que vous avez contre Nitta, mais j'ai entendu de sa propre bouche que sa sœur était bien meilleure qu'elle. Quelle sorte de parent fout ce genre d'idée dans la tête de son enfant ?

– Je… je…

– Je ne vous connais pas, madame Panissara. Mais je vous ai vue la rabaisser tout au long de la soirée alors qu'elle s'efforçait de vous plaire. Est-ce que vous êtes consciente de ça, au moins ? Elle se plie en quatre pour vous. Alors, oui, elle a parfois un caractère pourri. Un humour à deux balles que je partage avec elle. Mais malgré ce qu'elle croit, elle a un cœur en or et c'est pour ça que je suis tombé amoureux d'elle.

Oups !

C'est au moment où je prononce ces mots que je me rends compte qu'ils sont vrais. J'essaie de me convaincre que je me suis laissé emporter par mon rôle de fiancé, mais ce n'est pas le journaliste qui a parlé. C'est moi. Je me gratte le cuir chevelu, comme si le fait de me frictionner le crâne pouvait avoir le don d'activer mon cerveau.

– Vous l'aimez.

Cette affirmation prononcée sur un ton doux me confirme ce que je sais déjà. Je suis dans la merde.

– Oui.

Pour la première fois, je vois un sourire sincère se dessiner sur le visage de cette femme au cœur de pierre.

– Vous êtes dans le pétrin, commence-t-elle à voix basse. L'amour n'est pas un chemin balisé, c'est un sentier dans la jungle qui s'ouvre à la machette. Vous allez vous égratigner, vous écorcher, et peut-être vous casser le cou. Mais ça en vaut la peine. Ne commettez pas les mêmes erreurs que moi.

– Euh…

Elle m'adresse une moue qui retranscrit sa douleur mieux que ses mots ne sauraient le faire.

– Je suis consciente de la traiter de manière injuste depuis qu'elle est née, mais je ne sais pas faire autrement.

– Et si vous essayiez, tout simplement ?

Sa franchise me touche. C'est que je suis en train de me transformer en mec sensible ! Bientôt, j'appellerai les gens pour leur souhaiter un joyeux anniversaire même quand je les déteste.

– Je ne me suis pas bien comportée avec elle quand elle était petite. Sa sœur a toujours été d'un naturel manipulateur, monopolisant l'intégralité de mon attention et de mon amour maternel. Au fond, j'imagine que je me rendais compte de ce que je faisais, mais c'était plus fort que moi. À la mort de mon mari, j'ai tenté de me rapprocher de Nitta, mais c'était trop tard. Je ne savais plus comment rattraper le temps perdu… ni comment être une mère, tout simplement. Je voudrais incarner la mère aimante qu'elle mérite, mais je n'y arrive pas. Je ne commets que des maladresses et je la blesse malgré moi.

– Je pense que le mieux, ce serait d'avoir une discussion à cœur ouvert avec elle, vous ne croyez pas ?

Elle secoue la tête de droite à gauche. J'imagine que ni l'une ni l'autre n'est prête à ouvrir son cœur.

– Elle doit être dans un sale état, même si elle prétendra le contraire. Je suis sûre de savoir ce qui lui ferait du bien à cet instant précis. Vous avez de quoi noter des indications ?

– Bien sûr.

Un peu sonné, je retrouve Nitta adossée au mur.

– Qu'est-ce que tu fais là ?

Question idiote, mais je n'en avais pas d'autre sous la main.

– Je suis pour la biodiversité, alors je fais don de mon sang à quelques moustiques en échange d'un peu de paludisme.

Réponse débile à une question idiote. On peut dire que je l'ai bien cherché.

– Euh… OK.

Elle me sourit, mais la lumière rasante du soleil couchant fait briller les larmes qui coulent encore sur ses joues. Je tends le bras vers elle et essaie d'insuffler toute ma douceur dans ma voix et dans ma gestuelle, même si je ne suis pas doué pour réconforter les gens.

– Viens.

Après une seconde d'hésitation, elle se blottit contre moi.

– Avoue que tu profites de ma tristesse pour me peloter.

– Ouais, t'as raison. En vrai, je n'en ai rien à faire de tes états d'âme. Je veux ton corps, c'est tout, femme !

La petite diablesse me tire la langue.

– On va à la voiture, d'accord ?

Elle opine et se laisse faire comme une poupée de chiffon, la tête baissée pour couvrir son visage défait de ses cheveux. Je n'entends aucun sanglot, mais ses joues ruissellent encore, j'en suis certain. La preuve qu'elle a acquis l'habitude de pleurer en silence.

Par chance, nous ne croisons âme qui vive jusqu'à la voiture. Je pense que Nitta n'aurait pas supporté de se montrer vulnérable.

Enfin dans l'habitacle, je tente tant bien que mal de suivre les indications que l'on m'a données.

– Où est-ce que tu m'emmènes ? L'hôtel, c'est à l'opposé d'ici. Et on roule à gauche, en Thaïlande.

– Oups, pardon.

Confus, je me range du bon côté, mais ne change pas de direction pour autant.

– On va où ? me questionne-t-elle en français.

– Tu verras bien.

Plus nous avançons, plus la route devient cabossée, et plus l'attitude de Nitta se fait glaciale. Si ça se trouve, sa mère nous envoie droit dans un piège.

Je me gare à l'endroit indiqué et ne retiens pas mon étonnement.

– Effectivement, cette vieille dingue veut qu'on se fasse dévorer par les tigres. Sinon, pourquoi aurait-elle insisté pour que je t'emmène ici ?

– Qui ça, « cette vieille dingue » ?

Je suis tout penaud, pour le coup.

– Euh, ta maman.

Elle se tourne vivement vers moi.

– C'est vrai ? Ma mère t'a demandé de me conduire ici ?

Je ne saurais identifier l'émotion qui brille dans ses prunelles. De l'étonnement ? De l'espoir ?

– Oui. Pourquoi ? Il y a vraiment des tigres, ici ?

S'il y a des tigres, alors elle est suicidaire puisqu'elle ouvre la portière et commence à marcher droit devant elle sans m'attendre. Je me dépêche de la suivre en grommelant et peine à la rattraper.

– Où sommes-nous ?

Elle ne me fournit aucune réponse. La végétation que nous traversons sur une bonne vingtaine de mètres s'écarte pour laisser place à un haut grillage derrière lequel se dresse une énorme bâtisse de style thaïlandais au milieu d'une large clairière qui donne sur la mer. Je n'ai aucune idée de l'endroit où je mets les pieds, mais une chose est sûre : il y a quelque chose de magique, ici. Soudain, j'éternue si fort que le son effraie un groupe de perroquets multicolores qui traversent le ciel en criant.

– Khwam.

– Merci.

Elle écarquille les yeux.

– Je répondais à ta question. Ce lieu s'appelle Khwam.

Elle s'approche dangereusement du portail et s'accroche au fer rouillé.

– Tu ne devrais peut-être pas faire ça.

Sans tenir compte de mon avertissement, Miss Tête de mule donne un coup de pied dans le portail qui cède sous la violence du choc.

– OK. On est loin de l'Europe, mais je suis sûr que même ici, la violation de propriété privée constitue une infraction punie par la loi. Et je n'ai pas la moindre envie de croupir dans une cellule thaïlandaise.

J'ai droit à un sourire aussi bref qu'énigmatique.

– Pas faux. Sauf que j'en suis la propriétaire. Enfin, bientôt.

Hein ?

Nous avançons au milieu des hautes herbes en direction de la pagode. Tout a l'air délaissé, abandonné. Et malgré ça, il se dégage un charme étrange de ce lieu. Un charme qui m'émeut au point de me réduire au silence. Sans prononcer un mot, je regarde Nitta arracher quelques poignées de mauvaises herbes pour dégager une statue de déesse, couper du lierre pour libérer une porte, ou regarder autour d'elle comme si, à tout moment, elle espérait voir revenir quelque chose. Ou quelqu'un. Chacun de ses gestes est empreint d'un mélange de douceur, de nostalgie et d'une tristesse infinie. Enfin, je la suis à l'intérieur de la maison, et c'est franchement étrange comme sentiment. Ce lieu poussiéreux semble suspendu dans le temps. Il y a encore une carafe en verre sur la table du salon. Du vieux linge suspendu sur l'une des terrasses. Les orchidées de la véranda sont mortes en attendant qu'un visiteur vienne les arroser. C'est comme si toute vie s'était arrêtée en un instant. Moi qui ne suis pas superstitieux pour deux sous, je peux affirmer que ce lieu me laisse une impression étrange, à mi-chemin entre l'enchantement et le désarroi. Après avoir visité l'intérieur décrépit de cette immense bâtisse, nous sortons nous asseoir face à la mer, à l'autre bout du jardin verdoyant.

– Et donc, tu dis que ce lieu t'appartient ?

Ses lèvres s'étirent à peine dans un étrange sourire.

– Pas à moi, à mon père.

– Je croyais que tu étais issue d'un milieu humble.

– Et c'est le cas. Ce que tu vois ici, c'est une ancienne demeure royale. Une résidence d'été, en quelque sorte. Il arrivait que le roi quitte son palais de Bangkok pour séjourner un peu partout en Thaïlande. Et parfois, il venait ici. Entre ces murs, il jouissait d'un calme incroyable, loin du tumulte de la capitale et de ses paparazzis. Un jour alors qu'il était en train de pêcher, le roi est tombé dans l'eau. Tout riche qu'il était, il n'avait jamais appris à nager. Quelques habitants se sont agglutinés sur la rive, mais personne n'a réagi.

– Moi qui croyais que le manque d'empathie était une tendance occidentale.

Elle secoue la tête.

– Non, ce n'est pas ça. Pendant des dynasties, les rois se sont évertués à nous faire croire qu'ils étaient des sortes de demi-dieux. D'ailleurs, quiconque les touchait était passible de la peine de mort. Raison pour laquelle aucun badaud n'a osé plonger alors que le roi se noyait. Personne ne voulait se retrouver décapité pour avoir prêté main-forte à un homme divin.

– Je comprends mieux pourquoi certaines lignées royales se sont éteintes, plaisanté-je.

– Mon père était profondément altruiste. Son amour pour l'humain a été plus fort que sa peur. Tout ce qu'il a vu à ce moment-là, c'est qu'un être vivant risquait de mourir. Alors il m'a confiée à un riverain – j'étais haute comme trois pommes – et je l'ai vu plonger dans l'eau au péril de sa vie.

J'avale ma salive. Je ne m'étais pas rendu compte que je retenais mon souffle.

– Est-ce qu'il l'a sauvé ?

– Oui. En gage de reconnaissance, le roi lui a offert ce petit palais. Crois-moi, à l'époque il ne ressemblait pas du tout à ce taudis. C'était un endroit fantastique. Un lieu de fête et de bonheur.

J'essaie d'imaginer le lieu féerique qu'elle me décrit. Mentalement, je tonds les hautes herbes, dégage les statues, taille les arbres fruitiers, soigne les cocotiers et repeins les murs.

– C'est donc par l'altruisme que ta famille est sortie de la misère.

Elle hausse les épaules, un voile de tristesse dans le regard.

– Non, mais c'est bien cette qualité idiote qui l'a détruite à jamais. Mon père a voulu faire de cet endroit un lieu d'accueil pour tous. Bien sûr, il voulait s'y installer pour qu'on y vive, mais pas seulement. Il voulait en faire un genre d'hôtel en employant les locaux avec un salaire plus juste pour les tirer de la pauvreté. Il souhaitait également faire de son jardin un refuge pour animaux blessés, principalement pour les singes. Ça nous tenait tellement à cœur, à papa et à moi…

À quel moment nos doigts se sont-ils entrelacés ? Je les porte à mes lèvres pour y déposer un baiser.

– C'est un très beau projet. Pourquoi l'avoir laissé tomber ?

Les efforts qu'elle déploie pour ne pas craquer sont plus émouvants que des larmes.

– Mon père est simplement resté fidèle à lui-même. Un jour, la fille d'un ouvrier qui retapait l'hôtel est tombée à l'eau. Tu imagines bien que papa a encore plongé. Seulement, il n'est jamais remonté à la surface. Vivant, du moins. On a retrouvé son corps quelques semaines plus tard.

Je suis incapable de parler. Que pourrais-je lui dire pour effacer sa douleur ? Je connais parfaitement cette souffrance insidieuse que l'on éprouve en perdant un parent alors qu'on n'est qu'un gosse.

Alors, je fais la seule chose que je sais faire. Je maintiens sa main dans la mienne et colle mon corps au sien en signe de soutien, mon bras libre encerclant sa taille. J'ai l'impression que nos cœurs battent à l'unisson.

– Ma mère a toujours marqué une nette préférence pour ma jumelle. Je ne lui en veux pas, mon père était pareil avec moi. Mais après la mort de papa, cette différence s'est muée en haine. Elle s'est mise à me haïr. À me détester avec une force qui, chaque jour, me faisait regretter de ne pas être partie avec mon père. Je te jure, j'aurais préféré couler à sa place. Si seulement j'avais su…

Elle inspire profondément pour retenir les émotions qui la submergent. Des émotions puissantes que je partage avec elle.

– Nous n'avons jamais pu quitter la minuscule maison de notre enfance. Maman ne supportait plus ces murs, et je la comprends. Très vite, mon quotidien est devenu invivable. Je n'étais pas assez proche de ma mère, mon seul point d'ancrage, c'était mon père, et je l'ai perdu. À mes yeux, ma famille n'en était plus vraiment une.

– Crois-moi, j'imagine très bien.

– Ma sœur a trafiqué le testament afin d'hériter de cet endroit. Ma mère n'a rien fait pour s'y opposer. C'est ma jumelle qui a fait poser ce grillage afin de m'en interdire l'accès, alors que je venais quotidiennement ici pour me recueillir. Je me suis enfuie quand c'est devenu trop dur à gérer pour moi.

– Pourquoi est-ce que tu es revenue ?

Elle se tourne vers moi et plonge ses yeux sombres dans les miens avec une puissance qui me désarçonne.

– Pour récupérer mon dû. Et j'ai pratiquement réussi.

Je ne lui demande pas comment elle s'y est prise. Ça ne me regarde pas.

– Il faut que je te dise quelque chose. Ta mère… je ne sais pas si elle t'aime, mais elle ne te déteste pas. Crois-moi, je connais la haine, j'ai été son plus fidèle esclave, et ce n'est pas ça qui anime ta mère. Elle a été en colère contre toi. Peut-être contre elle-même, aussi. Mais quand je la regarde, je vois une femme qui ne sait pas aimer.

Je ne la berce pas de promesses. Je ne peux pas lui assurer que sa mère changera. Mais pour la première fois depuis que mon enfance est partie en éclats, j'ai envie de m'occuper de quelqu'un d'autre que moi.

– Je t'aime, Nitta.

Je suis peut-être dingue de lui dire ça, même si c'est la stricte vérité. Parce que je vais lui briser le cœur, quand je demanderai le divorce sitôt après le mariage. Mais je ne peux pas faire autrement que laisser ces mots sortir. Le cœur battant à tout rompre, je reste là, suspendu à sa jolie bouche et à ses yeux pétillants.

– T'es sérieux ?

Mon cœur dégringole d'au moins cinq étages. J'espérais une tout autre réponse de sa part. Puis elle part dans un éclat de rire.

– Je t’aime aussi, Ben.

Les mains enfouies dans l’herbe, je me penche vers elle et l’embrasse. Je l’embrasse avec le désespoir de notre histoire impossible. Avec la force d’un amour mort-né que je m’apprête à ensevelir avant même de lui avoir laissé voir le jour.

Ses lèvres sont douces. Incroyablement addictives. En un instant, elles me font oublier la tristesse qui me consume. Il ne me reste plus que cet amour aussi imprévu que dévastateur.

Elle s’assied sur mes genoux. Ses mains empressées se glissent sous mon tee-shirt et tentent de me déshabiller. Je cède à sa volonté, me débarrasse de mon haut et lui enlève le sien… avant de lui arracher le reste de ses vêtements. Entièrement nue, Nitta se dresse sur ses jambes. Imparfaitement parfaite, exactement telle que je l’aime.

– Tu viens ?

Je me laisse entraîner vers la plage, il n’y a pas âme qui vive à l’horizon. Le sable est agréablement chaud sous nos pieds. Ou alors, c’est tout simplement moi qui brûle d’un feu dévorant. Nitta rit, enlace ma nuque de ses bras et se colle à moi, sa jolie poitrine contre mon torse. Ma peau tout entière se couvre de frissons. Je m’empare de sa bouche, laisse une pluie de baisers qui va de sa mâchoire à son épaule. Puis, les mains autour de sa taille, je la hisse plus haut jusqu’à ce que ses jambes s’enroulent autour de ma taille, son intimité pulsant contre mon sexe bandé.

– Tu es si belle !

Ma bouche cueille les pointes dressées de sa poitrine. Ses gémissements se mêlent au ressac des vagues. Je la pose sur le sable, le temps de récupérer un préservatif dans ma poche. Nitta parcourt quelques mètres pour s'adosser à un cocotier. Le regard qu'elle me jette est sans équivoque et me fait perdre le peu de contrôle qu'il me restait. À peine suis-je arrivé à sa hauteur qu'elle m'arrache la capote des mains. Les yeux plongés dans les miens, elle la déroule lentement sur ma verge, laissant sa main libre me prodiguer des caresses.

– Je te veux maintenant, Nitta.

Elle me répond par un sourire taquin.

Quelques instants plus tard, ses jambes entourent ma taille, son dos appuyé contre le cocotier.

Je ne saurais décrire le sentiment de plénitude qui me submerge lorsque je la pénètre.

Au-dessus des arbres, l'étoile du Berger perce dans le ciel orangé. C'est la dernière chose que je perçois du monde extérieur avant que mon univers entier ne se réduise à un seul et unique corps céleste : Nitta Panissara.

Nous ne retournons pas à l'hôtel. Nous passons ce qui reste de notre nuit sur un des vieux matelas de Khwam dont les ressorts se glissent entre nos vertèbres. C'est pourtant ce que j'ai fait de plus romantique de toute ma vie. Et pour le mal de dos, on verra demain.

CHAPITRE 23

NITTA

Dans les histoires à l'eau de rose, les gens se réveillent toujours comme une fleur après une nuit d'amour. Eh bien, ce n'est clairement pas mon cas.

Lorsque j'ouvre un œil, la lumière incroyablement pure – et incroyablement chiante quand on vient de se réveiller – des tropiques inonde une pièce qui n'a rien à voir avec la chambre que j'occupe au Chan Rak.

Une fois que je me suis habituée à la lumière du jour, je reconnais l'endroit. Khwam…

Les images de la veille défilent devant mes yeux. Ce qui me trouble le plus, ce ne sont pas les scènes de sexe démentiel que j'ai partagées avec Ben. Non, ce qui me fait paniquer tout en me rendant totalement euphorique ce sont trois petits mots. *Je t'aime.*

Aucun homme ne me les avait jamais adressés. Et il va de soi que je ne les avais jamais dits à personne. J'aurais pu prétendre que je me suis laissée emporter par l'émotion. Ou que j'ai voulu jouer mon personnage de la fiancée parfaite. Mais la vérité, c'est que ces mots, je ne les ai pas seulement pensés, je les ai ressentis jusqu'au plus profond de mon âme.

Je les ai tellement ressentis que j'ai décidé de jouer le jeu jusqu'à ce qu'il m'épouse. Ou plutôt jusqu'à ce qu'il épouse ma sœur. Bon sang, ce que tout cela est confus avant la première gorgée de café !

Ben mérite mieux que mes mensonges, et moi, je mérite peut-être plus que quelques semaines de bonheur, mais une promesse est une promesse. Je me voile sûrement la face, mais j'ai l'intention de profiter de la douceur de son amour jusqu'au bout.

Pour l'heure, j'aimerais savoir où est passé mon amant. Je tends l'oreille, mais le silence règne dans l'ancienne demeure royale. Ma montre m'indique qu'il est presque midi. Peut-être est-il parti me chercher à manger. Ce serait clairement la meilleure hypothèse, vu que mon ventre crie famine.

Alors que mon cerveau mouline à toute allure pour trouver le moyen d'aimer sans me brûler les ailes, j'entends des bruits bizarres provenant de l'extérieur. Je bondis hors du vieux matelas sans plus attendre et me rends à la fenêtre pour jeter un coup d'œil dehors.

Quelle n'est pas ma surprise lorsque je vois le portail s'ouvrir et les habitants du village envahir ma pelouse ! Ni une ni deux, je cherche mes habits.

Ils ne sont ni sur le lit, ni sur le sol poussiéreux, ni même dans la pièce. Alors que la panique me gagne, j'essaie de me remémorer le lieu où je les ai portés pour la dernière fois.

La plage !

– Ben ! crié-je.

Pas de réponse. Où sont les hommes quand on a besoin d'eux ?

Dissimulée derrière un rideau, j'observe les intrus qui envahissent le jardin depuis le premier étage de mon palais. Parmi eux, je reconnais quelques habitants. Qu'est-ce qu'ils fichent là ?

Je quitte mon poste d'observation, arrache un drap dans lequel j'enroule mon corps nu et me mets en quête d'une arme. Je ne trouve rien d'autre qu'une vieille lampe de chevet que je brandis au-dessus de ma tête.

Lentement, je descends les marches en bois de la vieille bâtisse. Jadis, je savais exactement où poser les pieds pour éviter que ça fasse du bruit. Aujourd'hui, je me fais l'impression d'un troupeau de vaches perdu dans un palais.

Une fois en bas, j'entends des voix qui me parviennent à travers la porte d'entrée. Je parcours en courant les quelques mètres qui me séparent de la porte pour l'ouvrir à la volée.

Je tombe alors sur une centaine d'habitants du village armés de pelles, de haches, de pioches, de torchons, d'échelles et de tout un tas d'outils de chantier guidés par… Ben.

– Nitta ? Pourquoi est-ce que tu es déguisée en statue de la Liberté ? s'enquiert mon amant dans un thaï rudimentaire.

Je détaille ma tenue. Un drap bleu-vert en guise de robe, une lampe au-dessus de la tête…

– Je… non, rien. Et toi, qu'est-ce que tu fais là avec tous ces gens ?

– On réalise ton projet.

– Quoi ?

– On réalise ton projet, répète-t-il, cette fois en anglais.

Je ne comprends toujours pas. Maï et John, que je n'avais pas vus plus tôt, se postent à côté de Ben. Il me sourit. Qu'est-ce qu'il manigance, lui ?

– Ce que tu m'as raconté hier m'a ému, Nitta. À un point que tu n'imagines même pas. Quand tu t'es endormie, j'ai galéré pour trouver le sommeil. Ça me travaillait, cette histoire de projet mêlant hôtel, humanitaire et refuge pour animaux. Alors, je me suis dit qu'il fallait que je fasse quelque chose. Je suis donc allé retrouver ces deux-là.

Maï et John hochent la tête simultanément.

– Il nous a fait lever à quatre heures du matin, explique ce dernier.

– Mais il nous a aussi parlé de Khwam, renchérit Maï. Nitta, je n'ai pas oublié ton père. Je n'ai pas oublié non plus celle que tu étais… avant que tout parte en vrille. Alors…

– Nous avons décidé de t'aider à mener ton projet à bien. Maï, John et moi, nous sommes allés chercher les habitants du village. Beaucoup se sont portés volontaires pour t'aider bénévolement. Si ça marche, et crois-moi, ça marchera, nous pourrons en embaucher certains plus tard, comme ton père l'aurait voulu.

– Ton père a été là pour nous, Nitta, poursuit Maï. Aujourd'hui, nous sommes là pour toi.

Elle désigne tous ces gens qui, armés de quelques outils, sont venus me prêter main-forte. Mon père aurait été si fier d'eux !

Pour autant, est-ce que j'ai les épaules suffisamment solides pour porter son projet ? Ce que je voulais, c'était récupérer cet endroit à cause de tous les souvenirs qu'il contient. Je ne voulais pas qu'il finisse dans les mains avides de ma jumelle. Mais j'étais prête à tout laisser tomber par amour pour Ben. Et maintenant, il veut m'aider à le garder ? Mon Dieu, que c'est compliqué, et que ça fait mal !

Je peine à intégrer toutes ces informations.

– Mais… mais au bout d'un moment, il faudra tout de même payer ces gens. Et le matériel. Je… je n'ai pas de liquidités. Je ne peux pas payer.

– C'est là que j'entre en jeu, Nitta.

– Tu m'aurais caché l'existence d'un trésor ? Parce que crois-moi, il en faudrait un pour faire de ces ruines un lieu habitable.

– Non, Nitta. Je suis peut-être occidental, mais je ne suis pas riche comme Crésus. En revanche, je connais un tas de gens qui ont de l'oseille, et je sais comment frapper à leur porte. Je t'assure que la puissance des mots est infinie. Laisse-moi écrire un article ou deux. Ça va faire bouger du monde, et je te promets que les financements vont pleuvoir.

– Un article ou deux ? Mais depuis quand tu es journaliste, toi ?

Son regard se trouble mais il ne me laisse pas le temps de l'interroger plus avant. Il colle son front au mien et verrouille nos regards. Ça y est, il a toute mon attention.

– Pas besoin d'être journaliste pour dire à toute la planète à quel point ton projet, notre projet, mérite de vivre, et à quel point tu es formidable.

J'avale ma salive, touchée malgré moi par ces mots que je n'arrive pas à croire.

– Moi, une personne formidable ? J'ai ignoré mes collègues durant des années. J'ai tourné la tête chaque fois que j'ai aperçu un mendiant. Je n'ai pas hésité à me faire passer avant les autres ni à mentir pour obtenir ce que je voulais.

– Si tu n'étais pas la personne merveilleuse que je vois chaque fois que je te regarde, tu crois que tous ces gens seraient venus t'aider gratuitement ? Ils ne sont pas là juste pour ton père. Ils sont là aussi pour toi.

Il ne me lâche pas mais s'écarte pour me permettre de les voir. Je distingue Poï, notre voisin, à qui je tenais compagnie après la mort de sa femme. Sia, cette gourmande pour qui je gardais toujours un ou deux coquillages parmi ceux que je ramassais dans le ruisseau.

Je n'ai peut-être pas toujours été cette personne asociale qui arpentait les rues de New York. J'étais quelqu'un de bien, et je peux le redevenir.

– Nous sommes là pour toi, Nitta, affirme Maï.

Les mots de ma jumelle, ses coups, les reproches de ma mère… toutes ces choses qui m'ont façonnée, qui m'ont fait devenir quelqu'un d'autre… elles ne s'effaceront jamais. Mais il est temps que je comprenne que je ne suis pas que le produit de leur rejet. J'ai le pouvoir de devenir celle que je veux. Même si je dois vivre seule, puisque mon histoire avec Ben est éphémère.

– Tu veux vraiment te lancer là-dedans avec moi ? Et si c'était un plan foireux ? Tu n'as pas peur de perdre quelques plumes au passage ?

Je sais pertinemment qu'il n'aura plus envie de participer à ce projet une fois qu'il aura découvert la supercherie concernant ma sœur, mais je me suis promis de profiter de chaque instant, jusqu'au dernier. Et Khwam en fait partie.

– Je n'ai peur de rien, Nitta. Et puis, mes plumes ne me serviront à rien si je ne peux pas m'envoler avec toi.

Je lui saute au cou, oubliant que j'ai besoin de mes deux mains pour tenir la lampe et le drap. Voilà comment je me retrouve intégralement nue, une torche à la main, dans une interprétation thaïlandaise de la statue de la Liberté.

À la fin de la journée, j'ai l'impression de flotter sur un petit nuage. Ben a même évoqué l'idée de rester en Thaïlande peut-être un an ou deux, le temps de démarrer pleinement ce projet. Je ne sais pas s'il était sérieux. Et même si j'en suis émue, c'est avec ma sœur qu'il faudra qu'il en discute. Alors que les habitants du village se préparent pour rentrer chez eux et nous, à l'hôtel, une adolescente m'attrape par le poignet.

– Vous me reconnaissez ?

Ses grands yeux en amande me scrutent avec bienveillance, mais c'est son sourire mutin qui me dit vaguement quelque chose. Pas assez pour que j'arrive à mettre un nom sur ce visage que je suis pourtant certaine d'avoir déjà aperçu.

– Euh, oui.

L'adolescente éclate de rire.

– Vous mentez.

– Elle a dit que tu mens ? demande Ben.

Je déteste le fait qu'il ait commencé à apprendre quelques mots dans ma langue depuis son arrivée à Keaa Ling.

– C'est vrai. Tu mens très mal, renchérit-il.

S'il savait...

Dans le regard de la jeune fille, je retrouve un reflet du passé qui me glace le sang. Je revois une fillette dans l'eau. Elle hurle, terrorisée. Puis mon père saute, l'attrape et l'extrait des eaux agitées pour ne jamais remonter à la surface.

– C'est toi, la fille de l'eau…

Contrairement à ce que j'avais imaginé toutes ces années, je n'éprouve ni haine ni regrets en la retrouvant. Tout juste une extrême fierté pour l'homme qui m'a élevée.

Je souris en regardant le visage confiant qui n'aurait jamais grandi si mon père ne s'était pas sacrifié.

Elle ne dit rien. Aucun mot ne serait assez fort pour décrire les émotions qui nous secouent toutes les deux.

CHAPITRE 24

BEN

J'étais censé étudier une de ces filles « à vendre ». Je devais lui faire croire que j'étais tombé sous son charme, la planter, retourner en France et me faire un maximum de fric en pondant un article bien croustillant. Et moi, j'ai fait quoi ? Je suis tombé amoureux de la fille « à vendre », je n'ai plus envie de la planter après l'autel et j'ai écrit un article intelligent pour informer mes lecteurs au sujet de ce projet. L'argent est effectivement tombé à la suite de ma publication, mais au lieu d'aller directement dans ma poche, il est allé à Khwam. C'est complètement insensé, mais je me sens de plus en plus chez moi ici, à Keaa Ling. Et surtout, j'avais envie de faire plaisir à Nitta, je l'admets aussi.

Je suis en train de lire mes e-mails professionnels, un thé au jasmin posé à côté du bureau, deux boules de poils sur mes genoux. Par boules de poils, j'entends le singe sans nom et Mao, le chat tyrannique de Nitta.

Mon téléphone sonne. C'est un appel de l'homme qui ne dort jamais. Je m'empresse de décrocher, de peur qu'il ne soit question de ma mère.

– Marc ! Je te manquais ?

– Bien sûr. Vingt-quatre heures sans entendre une de tes blagues pourries, j'ai cru que j'allais devenir fou.

– Alors, ta fille va mieux ?

– Oui, la fièvre a baissé, c'était juste un gros rhume. Mais tu sais, avec les enfants, on panique dès qu'ils font un peu de température. Alors quand en plus, les selles…

– *Tut, tut, tut,* je ne veux pas entendre la suite.

Je voudrais lui demander si ma mère va bien, mais là encore, les mots restent bloqués dans ma gorge.

– L'état de ta mère n'a pas évolué depuis un moment. Ni en mieux ni en pire.

Je hoche la tête. Je ne sais pas comment je me sentirais si elle mourait. Ou si elle se réveillait. Quelque part, c'est plus facile pour moi de la savoir dans le coma. Elle n'est plus là sans être totalement partie.

– Et avec Nitta, ça avance ?

Je fais la grimace, même si je sais qu'il ne peut pas me voir.

– Oui. On a fini de refaire le crépi. On a beaucoup bossé ces dernières semaines. Ça me fait penser qu'il faut que je t'envoie les photos.

Je souris, fier de ma manœuvre.

– C'est vrai, le temps passe si vite ! Ça fait quoi, trois semaines que tu fais des travaux là-bas ? Ce qui me fait penser que ton mariage, c'est pour dans une quinzaine de jours, je me trompe ? Tu as toujours l'intention de la planter sitôt vos vœux échangés ? Ou tu ne vas simplement pas te marier ?

J'avale ma salive, mal à l'aise. Pour tout avouer, je ne sais pas comment amorcer ce sujet avec Nitta. C'est tellement horrible, ce que j'ai fait !

– J'ai l'intention de lui en parler, après le mariage. De lui dire qui je suis réellement. Elle me pardonnera, j'en suis certain.

Ou du moins, je l'espère. Et si elle souhaite qu'on reste mariés, eh bien, on le restera.

– Je le pense aussi. Elle m'a l'air d'être une fille bien, d'après ce que tu me racontes sur elle. En revanche, sache que même les meilleures personnes ont des limites. Si tu attends trop pour lui faire tes aveux, je ne suis pas certain qu'elle te pardonne aussi facilement.

Il marque un point. Je ne devrais peut-être pas attendre que le mariage soit passé pour lui avouer qu'au départ, je me suis servi d'elle.

– Je lui en parlerai. Aujourd'hui. Reste à savoir comment aborder la chose. Lui dire : « Salut, elle est belle ta robe de mariée. Au fait, je n'avais pas prévu de t'épouser pour de bon, mais j'ai changé d'avis » risque de mal passer, tu ne penses pas ?

– Cesse de jouer avec les mots et dis-lui les choses telles que tu les ressens, sans chercher à les masquer.

Je prends mon temps avant de répondre.

– Tu as raison. Je vais lui dire les choses telles qu'elles sont, quitte à me prendre le râteau du siècle.

Ou sinon, je l'épouse et je ne la quitte plus. C'est ce que font les gens amoureux, non ? Pourquoi ne pourrais-je pas changer mes plans, tout simplement ? C'est une idée totalement dingue, mais elle est à creuser.

– Quel râteau ?

Où est passé mon ami ? Pourquoi est-ce que sa voix a été remplacée par celle d'une autre ?

– Marie-Pat ?

– Oui ! J'ai vu que ton collègue était au téléphone, alors je lui ai pris le combiné des mains. J'avais une chance sur trois que ce soit avec toi. J'ai eu du bol !

Je ne me donne pas la peine de protester. Marie-Pat a un don pour dénicher les thèmes qui feront un carton, mais elle est nulle pour tout ce qui concerne les relations humaines. Ce qui va un peu ensemble, il faut bien l'admettre.

– Alors, il vient, ton nouvel article ?

– Oui, oui ! On vient de finir le crépi. J'allais justement écrire un billet pour…

– Ah non, mais je me fiche de ton crépi ! Le ravalement de façade, ça ne m'intéresse que si ça concerne les gueules des stars ! Ton histoire d'hôtel refuge, c'est mignon, ça nous donne une bonne image, mais ce n'est pas ça qui va nous rapporter un max de fric. C'est ton billet sur la pute qui m'intéresse.

– La pute ?

Il me faut un petit moment avant de réussir à faire coïncider ce mot cru avec Nitta. Je prends quelques secondes pour me calmer avant de répondre.

– Je n'écrirai pas l'article tel que je vous l'ai promis au départ. Je vous en ai envoyé un autre, moins trash, plus sincère.

Elle ne réagit pas, ce qui est plutôt mauvais signe.

– J'avais tort, je partais d'un point de vue biaisé. Ces femmes se vendent, c'est vrai. Mais après tout, qu'est-ce qu'il y a de mal à ça ? Elles ne trompent personne sur leurs intentions. J'écrirai un article sur elles, comme prévu. Mais ce ne sera pas orienté contre elles. Je veux que le monde entier comprenne ce qu'elles ont enduré, pourquoi elles sont prêtes à offrir leur présent et leur futur à un homme contre de l'argent. Je veux…

– Je me fiche de ce que tu veux, Benjamin. Tu vas écrire l'article pour lequel nous avons financé ton voyage en Thaïlande. Et tu vas le rédiger tel que tu nous l'as décrit au départ. Parce que c'est ça que nos lecteurs veulent. Du sordide. Du trash. Les gens ne font pas dans le sentimental. Sinon, le monde ne serait pas aussi laid. Et ce n'est ni toi ni moi ni ta pute qui allons le changer. Alors tu vas l'écrire, cet article. Tu vas redevenir ce connard misogyne qui me plaît tant. Tu vas nous rapporter un tas de fric, et après si tu veux tu pourras réellement l'épouser, ta poule. Enfin, si elle te pardonne, ce qui n'est pas garanti.

Elle comme moi, nous avons été façonnés pour penser comme ça. C'est notre métier. Mais moi, j'ai le droit de ne pas être d'accord.

– Et si je refuse ?

– Alors, nous te demanderons de nous rembourser tous les frais engagés pour cet article. Si je ne me trompe pas, ça monte à près de vingt mille euros puisqu'il fallait inclure les billets d'avion, le séjour au Chan Rak, la dot pour la famille de ta fiancée, et j'en passe. C'est qu'ils sont chers, ces sites de rencontres… Et sache que je ne manquerai pas de te griller auprès de tous nos confrères.

Je ferme les yeux, abattu mais pas vaincu.

– Je l'écrirai, cet article.

Là-dessus, je raccroche. Je rejette la tête en arrière en me demandant comment je vais faire pour me tirer de cette merde, mais honnêtement, je ne vois aucune issue. Oui, j'aimerais soumettre à Nitta l'idée de prolonger nos vacances en Thaïlande pendant encore quelques mois, le temps de mettre Khwam sur les rails, mais cela ne voulait aucunement dire que je comptais mettre fin à ma carrière. J'espérais pouvoir bosser d'ici, en télétravail, pour un journal moins trash. Mais il est vrai que Marie-Pat détient le pouvoir de tout anéantir.

Je reste un instant sans bouger, les paupières closes, le temps d'analyser la situation. Et je décide de ne surtout rien changer. Je vais continuer la réfection de cet hôtel, comme si je n'allais jamais quitter celui que l'on surnomme le Pays du sourire. Je vais poursuivre mon mensonge, parce que je n'ai pas d'autre choix. Et surtout, je n'arrêterai en aucun cas d'aimer Nitta, parce que je ne peux pas faire autrement. Mais j'écrirai l'article. Je n'ai plus qu'à espérer que Nitta me pardonne. Et puis de toute manière, si je ne la quitte pas, il n'y a pas de raison qu'elle l'apprenne, si ? Surtout si on vit en Thaïlande. Pourquoi tomberait-elle dessus si nous restons à l'autre bout du monde ?

– Je vais y arriver ! me lancé-je à moi-même en jetant les bras en l'air.

Contrarié d'avoir été réveillé pour rien, Mao enfonce ses griffes dans mes jambes nues. Je pousse un hurlement suraigu qui ne fait qu'énerver le matou. Quant au singe, il ne bouge pas d'un pouce.

– Putain de chat de merde !

La porte s'ouvre sur Nitta. J'ai beau souffrir le martyre avec les griffes du chat plantées dans mes cuisses, le simple fait de la voir m'emplit de bonheur.

– Hé ho ! Comment tu parles à mon pauvre chat ?

– Ton pauvre chat a les griffes enfoncées dans mes jambes, je te signale.

– Si tu ne traînais pas en slip devant ton ordinateur, tu n'aurais pas ce problème.

Gniou, ce qu'elle peut m'agacer !

– Excuse-moi de bosser dans une tenue confortable, ronchonné-je.

Avec un sourire qui prend tout son joli visage, elle se baisse pour attraper le félin qui ronronne de bonheur dans ses bras.

– Ne te fie pas à son air sympa. Les chats sont des machines à tuer. Tu l'as déjà vu s'entraîner à enterrer les corps dans la litière ?

Elle s'esclaffe. Pour l'entendre rire, je serais prêt à débiter toutes les âneries de la terre.

– Il n'enterre pas les corps, mais ses cacas. Parce qu'il est propre et intelligent, contrairement à toi qui laisses traîner ton mug vide sur la table.

– J'allais le nettoyer.

– Eh bien, fais-le tout de suite. Parce que crois-moi, ce n'est pas parce que tu vas me passer la bague au doigt que tu feras de moi ta bonne.

Est-ce qu'elle se doute du contenu de l'article que je compte écrire sur les épouses à vendre ? C'est pour ça qu'elle vient de dire ça ? Comment m'aurait-elle démasqué ?

– Fais ta valise, Ben.

Je lève un regard interloqué vers Nitta.

– Pardon ?

– Fais ta valise, Ben, répète-t-elle le plus naturellement du monde.

Merde. Elle me demande déjà de partir ? Comment est-elle au courant de mes plans ?

– Qu… quoi ?

– Je ne vais pas te le répéter trois fois, tu n'es pas Beetlejuice. Alors on fait nos valises, parce qu'on part tous les deux !

– Tous les deux ?

Elle me regarde comme si j'étais un débile. D'accord, je l'ai un peu mérité.

– Oui, Ben, articule-t-elle avec une lenteur exagérée. Nous partons tous les deux. Enfin, nous deux plus tous les autres, poursuit-elle.

Cette fois, je ne vais pas demander « quoi ? », sinon c'est mon corps inerte et démembré qu'elle planquera dans une valise. Je me contente d'arquer un sourcil interrogateur, ça passe mieux.

– Tukata propose d'emmener tous les couples en voyage pour une destination inconnue afin de nous faire déstresser avant le mariage. Elle nous demande de préparer nos papiers ainsi que des affaires pour deux jours.

Personnellement, je n'ai pas envie de faire la fête, mais vu comme elle a l'air ravie, je ne me vois pas lui refuser quoi que ce soit.

CHAPITRE 25

NITTA

Serrée comme une sardine à l'aérodrome de Koh Pha Ngan, j'entrelace mes doigts à ceux de Ben pour le rassurer. Je suis heureuse de partir quelques jours.

Depuis que Ben a pris la décision de m'aider à remettre Khwam sur les rails, ma vie ressemble à des montagnes russes. Enfin, plutôt aux montagnes russes de *Destination Finale 3*, puisque je suis à peu près certaine de finir en charpie lorsque mon petit manège s'arrêtera.

D'un côté, je suis plus qu'heureuse de passer mon temps avec Ben. D'avoir un projet de cette envergure avec lui. Jamais je n'aurais imaginé aimer et être aimée en retour et chaque jour qui passe me prouve qu'avant, je passais à côté de ma vie. Et d'un autre côté, je sais que ce bonheur a une fin. Une grosse date de péremption collée sur le front. Cet amour, aussi intense soit-il, ne m'est pas destiné.

Il est celui de ma sœur. J'ai beau en être consciente, ça me fait toujours aussi mal. Tous les jours, je me dis que je devrais prendre mes distances pour me protéger. Et chaque nuit, je m'endors blottie contre lui, après avoir profité chaque seconde de l'amour qu'il a à m'offrir.

Alors que nous attendons notre vol pour je ne sais où, Maï m'entraîne à l'écart en prétextant une envie pressante.

– Alors, tu en as discuté avec lui ?

– De quoi ?

– Ne fais pas semblant d'être bête, Nitta. Tu sais très bien de quoi je parle.

Je soupire en levant les yeux au ciel.

– Non, Maï. Je ne lui dirai rien du tout, pour la simple et bonne raison qu'il doit épouser ma sœur. Je ne suis qu'une figurante.

L'expression de Maï s'adoucit. Elle veut seulement m'aider. Elle sait aussi bien que moi combien la famille compte dans mon pays.

– Je comprends. Essaie quand même de penser un peu à toi. Tu as droit au bonheur, toi aussi. Malgré tes secrets.

Elle plisse le nez dans une grimace destinée à me faire sourire.

– Tu n'as pas de secrets pour John ? Ça a l'air de bien coller entre vous.

– Tout le monde en a, non ?

Dernier appel pour les passagers du vol Ploof Airlines à destination de Pattaya.

Tukata fait irruption dans notre espace privé et nous attrape toutes les deux par le bras.

– Vous avez entendu la dame ? C'est parti, les filles !

– On va à Pattaya ? demandons-nous simultanément.

Nous n'avons pas du tout posé la question sur le même ton. Alors que je suis enjouée à l'idée de me rendre dans l'une des stations balnéaires les plus cotées de Thaïlande, Maï donne l'impression qu'on l'emmène à l'abattoir.

– Bien sûr que nous allons à Pattaya. Nous nagerons dans ses eaux turquoise et nous ferons la fête jusqu'au bout de la nuit !

C'est un programme de rêve, alors pourquoi est-ce que ça n'enchante pas ma meilleure amie ?

Dix minutes plus tard, nous sommes entassés à bord d'un petit avion qui m'a tout l'air d'un cercueil volant. Je n'aime pas voler. Cela revient à perdre le contrôle. Mais Ben a l'air d'être dans un état pire que le mien, alors je tente de le rassurer.

– Ne t'en fais pas. En cas de crash, il y a tout ce qu'il faut dans cet appareil. Regarde.

Je me penche pour extraire le gilet de sauvetage de sous le siège et ne trouve qu'une dizaine de magazines porno. Je les cache aussitôt, les joues écarlates.

– Oh là là, il fait un peu chaud ici.

Je tends le bras pour orienter vers moi le souffle d'air et me prends une giclée de poussière en pleine face.

– Eh bien, j'espère que ce n'étaient pas les cendres de quelqu'un, grommelé-je en m'essuyant les lèvres, écœurée.

Ça a au moins le don de faire rire Ben. Si on m'avait dit qu'un jour, j'en viendrais à faire passer le bonheur d'un autre avant le mien, jamais je ne l'aurais cru.

Deux heures durant, nous évoquons sporadiquement l'organisation du mariage. C'est assez mécanique comme discussion, autant de son côté que du mien. Pour ma part, je ne me sens pas impliquée parce que je ne vois pas ça comme un « vrai » mariage étant donné qu'en théorie, il ne m'épouse pas moi, mais ma sœur. Moi, je fais office de sosie. Mon esprit me joue des tours en essayant d'occulter la vérité : quand Kanitta sortira de prison, deux ou trois semaines après le mariage, je n'aurai pas d'autre choix que de lui céder ma place. Parce que si je ne fais pas ça, je vais gâcher la vie de ma sœur. Malgré tout le mal qu'elle m'a fait, j'en suis incapable.

– Tu ne comptes pas inviter ta famille ? Je n'ai rien contre un mariage en petit comité, mais ça me fait bizarre de ne compter que dix personnes à notre table.

Je m'attends à ce qu'il réponde quelque chose, mais ses lèvres restent closes.

– Je n'ai personne à inviter. Pigé ?

Voilà qui répond à ma question. Il n'est pas seulement distant, il est aussi de mauvais poil.

À Pattaya, je me fais le serment d'être moi pendant quarante-huit heures. Pas la sœur de Kanitta. Pas celle qui ment à l'homme qu'elle aime. Je suis moi, Nitta. Une femme simplement heureuse de s'éclater avec ses amis et son faux fiancé l'espace d'un week-end.

Ben semble avoir adopté le même comportement, puisqu'il s'est ostensiblement détendu depuis que nous avons atterri. Il enroule son bras autour de ma taille pour m'aider à avancer au milieu des buildings à l'américaine et dépose régulièrement des baisers sur mes cheveux ou mes lèvres.

Seule Maï semble échapper à l'allégresse générale. J'essaie de l'interroger du regard sans parvenir à capter le sien. Elle ne cesse de jeter des coups d'œil circulaires, comme si elle s'attendait à tout moment à ce qu'un danger s'abatte sur elle.

– Il y a même un Burger King ! s'écrie John sur un ton nostalgique. Si on déjeunait ici ?

Ah, les touristes ! Ils sont prêts à parcourir des milliers de kilomètres pour fuir leur quotidien, tout en cherchant à reproduire ce qu'ils font chez eux. Je ne les comprendrai jamais.

Ben interprète mal mon manque de réaction et se penche sur moi.

– C'est un restaurant qui sert des hamburgers. Il s'agit d'un sandwich à la viande de bœuf dans lequel on ajoute une feuille de salade et parfois une tranche de tomate pour se donner bonne conscience. Ça se mange avec les mains, et les meilleurs sont ceux qui vous laissent de la sauce sur le visage et du gras sur les doigts.

Je ris, franchement amusée autant par sa description que par son enthousiasme.

– Merci, mais je sais ce que c'est, un burger.

La déception qui tord ses lèvres vers le bas le rend encore plus craquant.

– N'oublie pas que je n'ai pas toujours vécu à Keaa Ling.

– Tu vivais à Pattaya ?

Je fronce les sourcils, consciente que ma bouche fonctionne plus vite que mon cerveau.

– Dans une ville un peu plus grande que celle-ci.

À l'autre bout de la planète…

Par chance, il lâche prise.

– Et toi, tu as toujours habité à Keaa Ling ? demande John à Maï.

La jeune fille blêmit. *Est-ce que je suis la seule à voir qu'il y a anguille sous roche ?*

La solidarité féminine me pousse à détourner l'attention pour sauver la mise à ma meilleure amie.

– Je ne serais pas contre un hamburger. Burger King, vous dites ? Ou vous préférez McDo ?

Les *farangs* se lancent dans un match verbal afin de déterminer quelle est la meilleure enseigne de junk food. J'en profite pour attraper Maï et l'éloigner des autres.

– Tu m'expliques ? Pas de secrets entre John et toi, hein ?

La tristesse qui passe dans son regard fait écho à celle que je ressens. Je ne la forcerai pas à parler. Mais je serai solidaire envers celle qui, comme moi, n'a pas le droit d'être elle-même. Je savais que les femmes étaient parfois obligées de vendre leur présent, voire leur futur. Je prends conscience maintenant que même le passé ne nous appartient pas.

Aussi discrètement que possible, je capture sa main dans la mienne et exerce une pression qui lui rappelle qu'elle n'est pas seule. Nous nous sommes embarquées dans cette galère pour des raisons différentes, mais nous nous en sortirons ensemble.

Le soir, après une journée de promenade, Otto nous propose une virée en ville. Pattaya est réputée pour sa vie nocturne.

– Je suis désolée, je préfère me coucher, s'oppose Maï.

– Tu vas bien, mon ange ?

– Oui, ne t'inquiète pas, John. Je suis juste un peu fatiguée. Tu peux sortir avec les autres.

Elle va jusqu'à bâiller pour donner un peu de crédibilité à son discours.

Tu mens aussi mal que moi, Maï...

– Tu en es sûre ?

– Je peux rester avec toi, si tu veux, proposé-je, sincèrement préoccupée.

– Il n'en est pas question, lance Tukata en thaï à notre intention. Vous savez pourquoi les touristes sortent à Pattaya, la nuit ?

Je me mords les lèvres tandis que Maï baisse la tête. Pattaya n'est pas seulement réputée pour sa vie nocturne. C'est aussi l'un des hauts lieux de la prostitution.

– Vous voulez que vos hommes s'envoient en l'air avec une autre ?

Je n'imagine pas une seule seconde que Ben pourrait faire une chose pareille. Non seulement il ne me tromperait pas, mais, en plus, il ne paierait pas pour une relation sexuelle qui exploite les femmes pauvres.

C'est pourtant ce qu'il a fait en cherchant à s'acheter une épouse.

Cette pensée sème le doute en moi. Je lève un regard interrogateur sur Maï, qui est la première à céder.

Notre chambre d'hôtel est sublime. Un vrai lit de princesse, des bougies partout, un décor à la fois oriental et féerique, des pétales de rose sur une couette en satin et surtout la climatisation. Rien que pour ça, je n'éprouve pas la moindre envie de sortir. Mais je le fais quand même. Pas seulement pour moi, surtout pour Maï. Je m'inquiète sincèrement pour elle.

Alors que j'ai fini d'enfiler ma robe, Ben se plante derrière moi et se penche pour déposer une pluie de baisers sur mon cou. En regardant notre reflet dans le miroir, un frisson me parcourt de la tête aux pieds.

– Tu as déjà vu des reportages sur la vie nocturne en Thaïlande ?

Il redresse brusquement la nuque pour plonger son regard dans le mien à travers le miroir.

– Non. Pourquoi ?

Je lui offre un sourire en coin qui se veut convaincant.

– Non, rien. Mais si des filles t'approchent… hum…

Il me fait pivoter sans crier gare. Je me retrouve face à lui, son corps à moins de cinq centimètres du mien dans cette salle de bains saturée de parfum. Il n'en faut pas plus à mes hormones pour s'affoler.

– Tu crois vraiment que je pourrais en avoir quelque chose à faire des autres femmes ?

Dans un état second, je hoche lentement la tête.

– Je pensais que tu avais compris que je ne veux que toi. Aucune autre ne pourra m'intéresser.

Même si elle me ressemble comme deux gouttes d'eau ?

Sa bouche gourmande s'empare de la mienne. Ses dents mordillent mes lèvres. Il aura suffi d'un baiser pour que mes sens s'éveillent entièrement et que mes jambes flageolent.

CHAPITRE 26

NITTA

– Waouh ! Ici, il y a plus de néons au mètre carré qu'à Times Square ! m'écrié-je devant l'infinité d'écriteaux lumineux qui m'aveuglent.

– Times Square ? Tu y es déjà allée ? relève Ben, manifestement étonné.

Tukata me fusille du regard et semble se demander comment elle a fait pour recruter une candidate aussi stupide.

– Euh, comme tout le monde, j'ai vu les séries américaines à la télé.

Sauf que ma maison natale n'était même pas raccordée à l'électricité.

– Enfin, je veux dire, quand je suis partie de chez mes parents.

Tukata me fait signe de ne pas en rajouter. Les meilleurs mensonges sont les plus courts.

Nous suivons l'entremetteuse à travers la rue bondée. Je risque d'abord un coup d'œil vers Maï, qui garde les yeux rivés au sol, ses cheveux détachés entourant son visage.

Elle, elle ne veut pas qu'on la reconnaisse !

Sans que Ben s'en rende compte, je me place de manière à protéger ma meilleure amie. Elle n'a jamais hésité à me défendre sur les bancs de l'école quand mes camarades m'attendaient à la sortie. Je veux en faire autant. Je n'ai pas l'habitude de distribuer des tartes, mais j'imagine que ça ne doit pas être sorcier.

Sur mes gardes, j'observe attentivement les environs. Si Pattaya est une jolie ville balnéaire le jour, accessible aux familles, elle change radicalement la nuit. Certains stands du marché servent encore de la nourriture, mais d'autres se reconvertissent pour vendre de la chair d'un tout autre genre. Les filles sont partout. Dans les maisons closes, dans la rue, partout. Vêtues de robes courtes, de mini-shorts et de hauts moulants, elles aguichent qui elles peuvent. J'en vois une qui a l'air d'avoir mon âge. Elle part au bras d'un touriste qui semble un peu perdu. Une horde d'étudiants américains déterminés à passer une bonne soirée quittent un bar accompagnés d'une bande de prostituées qui rient à leurs blagues. Exactement de la même manière que j'ai appris à le faire pour Ben. Lorsque les gens nous regardent, voient-ils un couple ou bien un client et sa prostituée ? Je capte le regard de Ben en levant le menton. Il serre ma main un peu plus fort et se baisse brièvement pour déposer un baiser sur mon front.

– Maï ?

La question d'une prostituée qui semble reconnaître ma meilleure amie nous prend tous de court. Je scrute le visage de la fille au cas où ce serait une camarade de classe, ou une habitante de Keaa Ling qui aurait fini par échouer ici. Soit ma mémoire me joue des tours, soit elle m'est totalement inconnue. L'intéressée, qui fait mine de ne pas avoir entendu, ne se rend pas compte que sa stratégie d'évitement ne la rend que plus suspecte.

Inconsciente qu'elle agace ma copine, la prostituée insiste.

– Maï ? Mais oui, c'est toi ! Alors, qu'est-ce que tu deviens depuis le temps ? Tu as fini par te dégoter un *farang*, à ce que je vois. C'est un régulier ?

Les hommes plissent les yeux, comme si ça leur permettait de mieux comprendre notre langue natale. Jamais je n'ai vu les joues de Maï aussi écarlates. Je voudrais intervenir, mais je ne sais pas comment la tirer de ce mauvais pas.

Feindre un malaise, peut-être ?

Je vois un type qui s'approche de nous, les mains dans les poches de son jean, l'attitude nonchalante, le sourire mauvais.

– Je suis désolée, j'ignore qui vous êtes, finit par répondre Maï en anglais d'une voix tremblante.

Elle n'a pas encore remarqué celui qui vient de se poster derrière elle.

– Mais moi, je te reconnais, réplique-t-il dans la même langue.

La peau de Maï vire du rouge au blanc alors qu'elle se tourne vers lui.

– Tu me dois sept cents dollars, tu te souviens ? Je suis sûr que c'est pour ça que tu as quitté le club aussi vite.

Maï est paniquée. Puisque son mec semble mettre trop de temps à réagir, je me plante entre ma meilleure amie et celui que je suppose être un maquereau.

– Qu'est-ce que vous lui voulez ?

L'inconnu me jette un sourire froid. Son attitude a quelque chose de menaçant lorsqu'il s'avance vers moi. En reculant d'un pas, je bute contre le torse en béton de Ben, venu en renfort.

Au moins, je peux compter sur lui.

– T'es bouchée ou quoi ? Cette pute s'est barrée alors qu'elle me devait encore vingt passes, donc sept cents dollars. Et puisqu'elle est là avec son *farang*, elle va pouvoir me les filer.

C'est à ce moment-là que John s'avance. L'incompréhension se peint sur ses traits innocents.

– Maï, qu'est-ce qu'il raconte ?

L'enfoiré éclate d'un rire mauvais.

– Tu n'as toujours pas pigé ? Ta meuf est une pute. *Ma* pute. Ou en tout cas, elle l'était. Et elle me doit du fric.

Des larmes perlent aux yeux de ma meilleure amie et mon cœur se brise pour elle. Voilà le secret qu'elle tenait tant à garder. Alors que les autres couples reculent pour ne pas être mêlés à cette histoire, nous restons là. Abattu, John ne prononce pas un mot.

– Maï a peut-être travaillé pour vous, mais ce n'est plus le cas. Foutez-lui la paix ! s'écrie Ben.

– Sinon quoi ?

Ben lève le poing, prêt à l'abattre sur le maquereau. Je me tiens en alerte, disposée à intervenir à tout moment, même si j'ai autant de force qu'un chaton enrhumé.

C'est John qui fait barrage avec son bras tendu, au bout duquel pend une liasse de billets verts.

– Prenez votre fric et cassez-vous. Je ne veux plus vous voir.

Le proxénète hausse les épaules, s'empare de l'argent et s'en va sans un mot de plus.

Pour nous, le temps est comme suspendu. Je me rends compte que je tremble. Je n'imagine même pas dans quel état doit être Maï. Je m'approche d'elle pour passer un bras sous ses épaules afin de la soutenir comme je le peux. Elle frémit lorsque John se tourne vers elle.

– Et toi non plus, je ne veux plus te voir.

Il tourne les talons et s'en va dans la rue.

– Suis-le, s'il te plaît, demandé-je à Ben.

Il opine et s'exécute sans râler. Je reporte mon attention sur Maï.

– Ça va aller, ma belle. Il va revenir.

Tukata s'éclaircit la gorge. Va-t-elle insulter ma meilleure amie parce qu'elle a menti sur son passé ? La bannir de son programme ?

– Laissez-les partir. Tous les autres, on retourne à l'hôtel, ordonne-t-elle avec autorité.

Personne n'ose opposer quoi que ce soit à Tukata. Je jette un dernier regard à Ben, qui s'en va avec John, puis me résous à accompagner Maï et les autres couples à l'hôtel. Ce n'est pas forcément une mauvaise chose. Cette histoire m'a littéralement vidée de toute énergie et ma meilleure amie dont les yeux sont rouges de larmes contenues n'a surtout pas besoin de se donner en spectacle dans les rues de Pattaya.

Une fois de retour à l'hôtel, j'accompagne Maï dans sa chambre. Il n'est pas question que je la laisse seule. À peine rentrée, elle se saisit de sa valise.

– Qu'est-ce que tu fais ?

– Je débarrasse le plancher. C'est ce que John souhaite.

Je l'arrête en me plaçant devant elle, les mains sur ses épaules.

– Il est trop tôt pour savoir ce que John souhaite. Dans l'immédiat, il est énervé et il a besoin de temps pour comprendre où il en est. La seule chose que tu vas débarrasser, ce sont les affaires que tu as posées sur ton lit. On va s'allonger calmement, parce que je suis vannée, et si tu as envie, on pourra discuter.

Et n'oublie pas que dans cette histoire, tu as autant voix au chapitre que lui.

Alors que nous nous couchons sur la couette moelleuse, mon téléphone vibre sur la table de nuit. Je le consulte sans attendre.

– Ben est avec John dans un bar.

Un sourire sans joie étire les lèvres de Maï.

– On dirait le début d'une blague, même si je sens qu'on ne va pas en rire. Remercie-le de ma part.

– Tu pourras le remercier toi-même quand il reviendra avec John. Parce que je suis certaine qu'il reviendra.

Maï pousse un soupir à fendre les cœurs.

– Après ce que je lui ai fait ?

– Après ce que tu lui as fait. Tu sais, je vois en toi, parce que nous sommes faites de la même étoffe. Tu n'es pas quelqu'un de mauvais. Tu…

Entendant des coups à la porte, Maï bondit hors du lit et se précipite pour ouvrir. Ce n'est que Tukata, chargée d'un plateau comprenant trois tasses et une théière. Maï se raidit et s'écarte pour la laisser passer. Si notre entremetteuse ose reprocher quoi que ce soit à ma meilleure amie, elle aura affaire à moi. Je comprends que ses mensonges l'aient mise dans une situation délicate, mais on n'achève pas une femme à terre.

Tukata garde les lèvres serrées le temps de disposer la porcelaine de l'hôtel sur la table basse. Puisqu'il n'y a pas assez de chaises, Maï et moi nous asseyons par terre. Je suis surprise que la petite vieille nous imite. Après nous avoir servies, Maï s'adresse à elle :

– Est-ce que vous allez me chasser ? Me demander de rembourser ?

– Pas avant d'avoir entendu ta version de l'histoire.

Maï cherche mon soutien. Je le lui accorde d'un regard.

– Tu te souviens de Peng ?

– Ton petit ami de l'époque ? Comment l'oublier ?

– Je suis tombée enceinte de lui la dernière année de lycée.

– Quoi ? Mais, je n'en savais rien ! C'est pour ça que tu étais partie ?

– Personne n'a jamais rien su, en dehors de mes parents et de Peng, qui m'a plaquée. Quant à mes parents, ils n'avaient pas besoin d'une bouche de plus à nourrir. Je me suis retrouvée seule au monde, mineure qui plus est.

– Tu aurais pu te tourner vers moi !

– Ton père était mort. Tu avais tes propres soucis à gérer, et déjà à cette époque, tu avais pour projet de partir plus tard à New York, tu te souviens ? Tu te démenais comme une folle pour te démarquer grâce à des super notes qui te donneraient accès à des papiers américains. Si je t'en avais parlé, tu aurais tout interrompu pour moi et tu aurais gâché ta vie. Et crois-moi, j'ai fait assez de mal comme ça.

– Assez de mal comment ? intervient Tukata, dont j'avais presque oublié la présence.

Maï pose sa tasse sur la table. Ses mains tremblent trop pour lui permettre de boire. Je lui en prends une et exerce dessus une pression rassurante. Je refuse de croire que cette fille puisse avoir fait quelque chose de mauvais.

– Après que mes parents m'ont fichue à la porte, j'ai pris mes affaires et je suis partie à Bangkok. J'ai d'abord travaillé dans une usine de textile, mais je gagnais à peine de quoi payer mon loyer. Ma grossesse a eu quelques complications qui ont exigé des soins supplémentaires. Alors, je me suis tournée vers ces prêteurs de la rue.

– La mafia…

Personne n'ignore comment procèdent ces gangs qui sévissent dans nos plus grandes villes.

– C'est ça. Mais tu imagines que ce n'était pas gratuit. J'ai eu l'argent. J'ai pu mener ma grossesse à bien. Mon bébé est né. C'était une petite fille.

Tukata et moi échangeons un regard.

– Je l'ai déposée devant un orphelinat. Je ne voulais pas, mais je n'ai pas eu le choix. Puis j'ai payé ma dette. Huit ans à coucher avec des porcs. Une fois l'argent remboursé, je croyais avoir touché à la fin de mon calvaire, mais après ça, personne ne voulait me donner un travail décent. Alors j'ai dû retourner auprès de mon maquereau.

Je ferme les yeux avec force. La rage fait bouillir mes veines.

– Un soir, j'ai entendu une fille parler de ThaïCupidoo. J'ai vu le site, alors je me suis inscrite et je suis revenue dans ma ville. Si vous aussi, vous voulez me chasser, libre à vous.

Maï a beau avoir les yeux rouges d'avoir pleuré, elle reste digne. Son port altier est celui d'une reine.

– Tu restes, Maï. Et si ton homme veut partir, viens me voir. Je saurai le convaincre de rester. C'est mon métier…

– Pourquoi est-ce que vous me gardez ? Je suis un boulet ! Je suis sûre que vous avez d'autres candidates en attente, nettement moins bourrées de secrets que moi.

La vieille dame nous dédie l'un de ses rares sourires sincères.

– L'important n'est pas d'avoir des secrets. Tout le monde en a. Ce qui compte, c'est la raison qui nous pousse à cacher la vérité. Si cette raison est valable, alors on se doit d'aider le menteur et non de le condamner. Eh oui, qu'est-ce que vous croyez ? Que les entremetteuses n'ont pas de cœur ?

La misère fait partie de nos vies depuis notre plus jeune âge, et nous avons appris que la meilleure manière de la combattre est d'aller de l'avant. Peu à peu, nous nous éloignons du sujet, la conversation devient plus légère, surtout lorsqu'on aborde le sujet des derniers *lakorns*, les feuilletons télévisés locaux dont les Thaïlandais raffolent. Je ne m'étais pas rendu compte qu'ils m'avaient manqué en partant vivre à l'étranger.

Nous sursautons quand la porte s'ouvre sur John et Ben.

– Faites attention ! Il y a une femme âgée avec nous ! Gare aux crises cardiaques.

Tukata balaie ma protestation d'un geste de la main.

– Pour cela, il faudrait que j'aie un cœur.

Mais maintenant, nous savons qu'elle en a un. Et pas un petit. Elle est la première d'entre nous à se lever. Ses genoux ne craquent même pas alors que les miens font un bruit de bois qui se brise. La honte !

L'entremetteuse se dirige droit vers John. Sentant que Maï faiblit à côté de moi, j'entrelace nos doigts.

– Je ne veux pas qu'il m'abandonne, souffle-t-elle à mon oreille.

– Je sais, ma belle. Je comprends exactement ce que tu ressens.

Je ne sais pas si Maï l'aime vraiment, mais je sais ce que ça fait de voir ses rêves partir en fumée.

Les poings vissés à ses hanches, Tukata lève la tête pour toiser le *farang*.

– Elle a exercé un métier que la plupart des gens considèrent comme avilissant. Mais je vais vous dire ce que j'en pense. Ce ne sont pas ces femmes qui sont sales. Ce sont ceux qui les exploitent sans égards. Ceux qui encouragent la misère et les poussent à se vendre. Maï n'est coupable que d'une chose : vous avoir menti. Mais si vous prenez le temps d'écouter ses explications, je suis certaine que vous la comprendrez.

Elle se tait deux secondes, preuve que parfois, cette femme d'acier respire.

– Est-ce que vous êtes disposé à tenter de la comprendre ?

Je me rends compte que je retiens mon souffle. Mes yeux s'accrochent à ceux de Ben. Je pourrais être dans la situation de Maï. D'ailleurs, je le serai sûrement dès que mon faux fiancé aura découvert le pot aux roses.

– Je suis prêt à tout pour la reconquérir. Excuse-moi d'avoir douté de toi, Maï. J'ai vraiment agi comme un petit Occidental à la vision courte. Je n'ai pas essayé de me mettre à ta place.

– Tu as aussi manqué de confiance en moi. Tu m'as balancé tes idées préconçues au visage.

– J'en suis conscient. Je ne peux pas t'assurer que ça n'arrivera plus. Après tout, j'ai beaucoup à apprendre de toi. Mais je te promets d'essayer, si tu veux encore de moi…

Ma meilleure amie s'avance lentement, s'arrête devant lui et, sans un mot, se hisse sur la pointe des pieds pour entourer sa nuque de ses bras. Émue au possible, je joins mes mains sous le menton en émettant un couinement digne d'une chouette. Ils s'embrassent. C'est gagné !

Tukata nous pousse dehors afin que nous laissions un peu d'espace au couple qui se réconcilie. Une fois dans le couloir, elle pousse un soupir de soulagement.

– Si quelqu'un vous dit qu'entremetteuse est un boulot facile, sachez qu'il vous ment ! Ce que vous pouvez être compliqués, les pigeons !

– Les tourtereaux, la corrigeons-nous à l'unisson.

– Je suis plus vieille que vous, alors je dis ce que je veux, comme je le veux. Et vous, vous êtes jeunes, vous êtes beaux, et vous avez sans doute mieux à faire que discuter avec moi par une soirée telle que celle-ci dans un hôtel comme celui-là, non ?

Ben et moi échangeons un regard qui me fait rougir. Et soudain, c'est comme si le monde disparaissait autour de nous. Mon cœur tambourine dans ma poitrine alors que j'entre dans la chambre à la suite de l'homme que j'aime.

– Alors, comment ça s'est passé, avec John ?

– Au début, il était sacrément en pétard. J'ai dû argumenter pour qu'il revienne à la raison.

Je m'assieds sur le lit, l'air faussement détendue alors que je suis suspendue à ses lèvres. Les bras croisés sur son torse, il prend son temps pour m'observer.

– Je lui ai dit que chaque mensonge porte en lui les blessures de la vérité. Tout le monde ment. Certains le font pour leur propre gloire, pour de l'argent ou pour asseoir leur pouvoir. D'autres veulent simplement sauver leur peau, ou celle de quelqu'un d'autre. Peut-être même réaliser un rêve.

L'important, c'est de comprendre pourquoi on nous a menti. Ce n'est qu'une fois qu'on a assimilé ça qu'on peut pardonner. Ou non.

Ses doigts s'enroulent autour de mes poignets. Y a-t-il un espoir qu'il me pardonne un jour, une fois que ma sœur sera à l'abri ?

Il tire sur mes bras. Je me retrouve plaquée contre son torse brûlant. Son odeur boisée envahit mes narines.

– Ça va, Nitta ?

Il dépose un baiser joueur sur mes lèvres, réduisant mes forces à néant.

– Peut-être. Oui. Oui, ça va.

Il m'embrasse encore. Ses mains qui longent le creux de mes reins m'attirent un peu plus à lui. Je réponds à son étreinte avec toute ma passion, tout mon amour, et finalement, c'est mon corps tout entier qui lui dévoile ce que mes lèvres taisent.

CHAPITRE 27

BEN

Et c'est ainsi que ces femmes vous dépouillent. Avec elles, vous perdrez la raison, votre argent, tous vos biens. Elles iront jusqu'à voler votre cœur. Alors un conseil, prenez garde !

Après quelques secondes d'hésitation, j'appuie sur « envoyer ». Marie-Pat m'a demandé un article trash, eh bien elle l'a eu !

Nitta m'a tout pris, oui. Elle n'a pas seulement volé mon cœur et tous ces trucs à l'eau de rose. Elle a surtout pris mes traumatismes, mes idées reçues, mes erreurs. Elle leur a donné un bon coup de pied et elle les a envoyés en orbite.

Il ne me reste plus qu'une chose à régler, et pas des moindres : régler mes comptes avec ma conscience. Même si j'ai décidé de l'épouser quoi qu'il arrive, parfois, je pense que je devrais dévoiler la vérité à Nitta. Voilà plusieurs jours que nous sommes rentrés de Pattaya. Pas un matin ne s'est écoulé sans que je me dise : aujourd'hui, je le fais. Seulement, arrêter de mentir, c'est comme démarrer un régime. On se dit toujours qu'on commencera le lendemain. Et puis, à quoi bon ? L'important, c'est de l'épouser. De me lier à elle, de la rendre heureuse. Et ce n'est pas la vérité qui me permettra d'obtenir tout ça.

On se marie dans une semaine, j'ai l'intention de remettre ma vie entre ses mains.

Je suis en train de me rendre à la cuisine quand la porte d'entrée s'ouvre sur une Nitta particulièrement radieuse. Son sourire ne m'a jamais semblé aussi éblouissant et ses yeux pétillent d'énergie.

– Eh bien, qu'est-ce qui te rend aussi heureuse ?

– Oh, Ben, je ne savais pas que tu étais là. Hum… je reviens de mes essayages.

– Pour la peinture de la maison ? Tu sais bien qu'on doit choisir à deux.

Elle lève les yeux au ciel en soufflant.

– Mais non, abruti ! Pour la robe de mariée.

Ah, ça. Vas-y, dis un truc intelligent et romantique, rien que pour lui faire plaisir.

– Ah, ça.

La suite ne vient pas. Tant pis.

– Tu veux un jus d'orange ? J'allais justement en presser un.

Elle arque les sourcils. J'aime bien cette expression. Elle me rappelle celle qu'elle adopte chaque fois que je la surprends en l'embrassant ou en lui caressant les fesses.

Elle me suit dans la cuisine. Je prends deux verres et sors une bouteille de jus d'ananas du frigo.

– C'est ça que tu appelles presser des oranges ?

– Oui, bon, je me suis un peu emballé, répliqué-je en remplissant son verre.

Je tends le bras pour m'emparer de sa main quand mon téléphone se met à sonner. Le nom de Marc s'affiche à l'écran. Un mauvais pressentiment me fait frémir.

– Je dois répondre. C'est peut-être une urgence.

Je porte l'appareil à mon oreille, et mon meilleur pote me balance une bombe en pleine face. Ma mère est sortie du coma. Est-ce que je suis soulagé ? Est-ce que ça m'emmerde ? La vérité, c'est que je n'en sais fichtrement rien. Je raccroche sans avoir prononcé le moindre mot et m'agrippe à la table, comme si je risquais de tomber à tout moment. Je cherche un point d'ancrage. Quelque chose de stable dans ce monde qui bascule. Je m'accroche au regard de Nitta, qui m'observe attentivement.

– Ma mère s'est réveillée.

C'est tout ce que j'arrive à prononcer après avoir raccroché.

– Et alors ? La mienne fait ça tous les jours.

Dans son sourire, je perçois qu'elle a compris que la situation était grave, mais elle essaie de plaisanter pour me détendre. Cette fois, ses blagues ne suffiront pas.

– Ouais. Mais elle n'avait pas ouvert les yeux depuis des mois. Elle émerge d'un long coma.

– Oh. Il faut que tu ailles la voir.

Je me fige immédiatement.

– Il n'est pas question que je mette les pieds dans sa chambre d'hôpital.

– Ben, c'est ta mère.

– Elle m'a porté pendant neuf mois dans son ventre. C'est à peu près la seule chose que cette femme a faite pour moi.

Elle se penche sur la table pour capturer mes mains. Je ne sais pas combien de temps nous restons dans ce silence, que les caresses de ses doigts sur mes paumes rendent un peu plus confortable.

Je me sens enfin libre de parler. De vider ce que j'ai sur le cœur depuis si longtemps !

– J'avais dix ans quand mon père est tombé malade. Au début, les médecins ont émis des pronostics plutôt favorables, alors ma mère s'est dit que ce serait une mauvaise passe et que ça ne durerait pas. Ça lui donnait plutôt l'occasion de redorer son blason en jouant l'épouse modèle après ses nombreux dérapages.

J'évite de regarder ses yeux pour ne pas lire sa pitié.

– Mais elle n'était pas faite pour ça. La chimio, ce n'est pas juste une perfusion branchée à ton corps. C'est un épuisement quotidien. Ce sont tes forces qui s'envolent et ton âme qui s'étiole.

Je me passe nerveusement la main sur le visage et change de position sur ma chaise avant de me décider à plonger dans le regard de Nitta.

– Ce combat contre le cancer, je l'ai mené seul avec mon père. Un soir au bout de trois mois, ma mère est partie au sport et elle n'est jamais revenue. On s'est fait un sang d'encre. Deux jours plus tard, elle appelait pour nous dire de ne pas la chercher. La vie d'infirmière, ce n'était pas pour elle. Tu sais combien de fois je suis arrivé en retard à l'école parce que j'ai dû essuyer le vomi de mon père à cause des effets secondaires de sa putain de chimio ?

Elle secoue la tête, les yeux humides de larmes contenues.

– Je l'ai porté à bout de bras jusqu'à sa mort. Une fois seul, j'ai atterri en foyer et ça a été la descente aux enfers. Je te passerai les détails, mais sans Marc, un étudiant en informatique de huit ans mon aîné, qui travaillait dans mon centre pour financer ses études, j'aurais sombré.

Elle exerce une douce pression sur mes mains pour me rappeler qu'elle aussi, elle est là. Je lui dédie un faible sourire.

– Après ça, je ne voulais plus m'attacher à personne. M'occuper de quelqu'un, c'était au-dessus de mes forces. Puis il y a eu toi. Cette lueur au bout du tunnel. Pour toi, je suis prêt à changer. À devenir quelqu'un de meilleur. Mais uniquement pour toi, Nitta.

Elle m'observe longuement.

– Tu es déjà quelqu'un de bon, Ben. Et tu l'as sans doute toujours été. Tu l'avais juste oublié…

Tu ne dirais pas ça si tu avais lu l'article que j'ai envoyé à Marie-Pat ce matin.

– Je ne vais pas prétendre que tout le monde mérite une seconde chance. Je suppose que ta mère en a déjà eu quelques-unes et qu'elle les a toutes gâchées. Mais toi, en revanche, tu y as droit. Tu as une chance de pardonner…

– De la pardonner ? la coupé-je. Jamais de la vie.

Elle penche la tête sur le côté, une moue faussement sévère aux lèvres.

– Tu vas me laisser finir mes phrases, oui ? C'est à toi que tu dois pardonner. Même si tu n'as strictement rien fait de mal, tu t'en veux. Sinon, pourquoi toute cette colère en toi ? La haine mène à…

Elle a vu juste.

– Au côté obscur, Yoda. Tu as sûrement raison, mais il n'est pas question que je te laisse pour aller la voir.

– Et pourquoi ?

– Parce qu'on a quelque chose d'important à organiser. Genre un mariage dans une semaine.

Elle hausse les épaules.

– Et alors ? Tu n'es pas obligé d'y aller à pied. La Thaïlande et la France sont deux destinations touristiques, je suis sûre qu'il y a plusieurs vols par jour. Tu veux qu'on consulte le site d'Air France ? Vas-y, donne-moi ton smartphone.

– Nitta… je suis sincèrement touché, mais… je ne vais pas te laisser organiser ça toute seule.

– Je ne suis pas seule, Ben. Je suis en Thaïlande. Personne n'est jamais seul ici. Toi, tu seras ailleurs. Ma famille, on ne peut pas franchement compter dessus, exception faite de Boon-Bee, mais on a tout un village avec nous, une meilleure amie du tonnerre, et surtout, on détient l'arme fatale : Tukata. Crois-moi, elle est d'une efficacité redoutable pour ce genre de truc.

J'ignore comment elle s'y prend, mais elle parvient à me convaincre. Une heure plus tard, j'ai réservé mon vol. Je pars demain à la première heure. Nitta m'accompagnera à l'aéroport. Je reviendrai deux jours avant le mariage. Je vais enfin régler mes comptes avec ma mère et me délester de ce poids que j'ai sur les épaules depuis qu'elle est partie.

CHAPITRE 28

BEN

On dit que les adieux ne sont jamais faciles. Concernant Nitta et moi, cette phrase est un euphémisme. En quelques semaines à peine, elle m'est tout bonnement devenue indispensable. Me séparer d'elle ne serait-ce que pour quelques jours est aussi chiant qu'une réunion de trois heures avec Marie-Pat. D'ailleurs, j'ai prévenu cette dernière de mon arrivée en France pour réclamer mon chèque. Et peut-être lui fournir… ma démission.

J'y songe de plus en plus. J'éprouve de profonds remords après l'envoi de mon article, pour lequel je n'ai pas été remercié. Nitta ne méritait pas ce ramassis de conneries, mais maintenant, il est trop tard pour rectifier le tir. Mon texte est paru et a déjà été relayé un paquet de fois, y compris à l'étranger. Je jette un regard coupable à ma fiancée, qui l'interprète mal.

– Et n'en profite pas pour faire ton enterrement de vie de garçon dans un club de strip-tease à Paris !

Ce sont ses derniers mots avant qu'on se quitte, le sourire triste et le cœur lourd.

À peine arrivé à Paris après un vol long et fastidieux, je retrouve un peu de bonheur en rejoignant Marc. Il me donne une accolade virile.

– C'est bon de te revoir, mec, avoué-je.

Il me rend un sourire complice et amusé.

– Je sais, gros. On va prendre le métro.

Je lève les yeux au ciel en entendant le mot « gros ». Parfois, Marc a tout d'un adolescent. C'est aussi pour ça que je l'aime bien. Il me fait marrer.

– C'est encore ta meuf qui a emprunté ta caisse ?

– Non. En fait, on l'a revendue, notre voiture. Avec cette histoire de changement climatique, il est temps de se mettre franchement aux transports en commun.

Je souris. Marc restera toujours Marc.

– Comment va-t-elle ?

Marc souffle avant de se lancer.

– Comme quelqu'un qui se réveille après un très, très long sommeil forcé. Elle a besoin d'aide pour s'alimenter, pour se lever… une vraie larve.

– Comme quoi, le karma existe réellement.

Je n'arrive pas à savoir si j'en suis heureux ou pas.

– Elle a eu du mal à s'exprimer au début, mais crois-moi, elle se fait comprendre un peu mieux chaque jour. Et elle entend très bien.

Alors que nous allons nous asseoir dans la rame de métro, je ne me bats même pas pour prendre la dernière place disponible, préférant la laisser à un type qui porte une casquette d'une équipe de foot que je déteste.

– Dis donc, elle t'a changé, Nitta.

– Elle ne m'a pas changé. Elle m'a juste… révélé.

Je me fais l'effet d'un crétin, mais je m'en fiche. Au moins, je suis un crétin heureux. Marc me flanque une tape sur l'épaule.

– C'est tout ce que je voulais entendre. Depuis le temps que je te le répète !

Une fois à l'hôpital, une boule d'angoisse grosse comme une pastèque se loge dans mon ventre. Je me laisse guider jusqu'à son étage sans un mot. Devant sa porte, une infirmière paniquée nous fait attendre. Je n'aime pas l'odeur des hôpitaux. Je ne sais pas si c'est le gel désinfectant qui les fait sentir comme ça, mais je déteste, c'est viscéral. J'essaie de m'occuper l'esprit en regardant les murs couleur vert pomme qui renforcent la froideur des lieux. La plupart des chaises alignées dans le couloir sont occupées. J'échange un bref regard de connivence avec une femme assise un peu plus loin. Elle aussi doit attendre quelqu'un. C'est assez horrible comme situation.

– Le médecin sera là dans une minute ou deux. Vous devez vous entretenir avec lui.

– Pourquoi ? Est-ce qu'elle va bien ?

Je n'obtiens pas de réponse immédiate. Le toubib se pointe après quelques secondes.

– Il est arrivé quelque chose.

Un marasme d'émotions me submerge. De la frustration. De la colère. Mais pas la moindre once de tristesse.

– Elle a clamsé sans me laisser le temps de lui balancer ses quatre vérités ?

L'homme en blouse blanche tressaille. Marc rectifie le tir.

– Veuillez excuser mon ami. Le décès de sa mère le trouble.

– Hum… votre mère, monsieur, n'a pas « clamsé », explique le médecin. En revanche, elle n'est plus ici.

– Quoi ? Comment ça ? On m'a dit qu'elle ne pouvait même pas se lever sans l'aide d'un tiers, et vous voulez me faire croire qu'elle a fugué toute seule ?

– Non, pas toute seule. Elle…

– Quelqu'un l'aurait kidnappée ?

Le toubib inspire profondément.

– Non. C'est un homme qui l'a emmenée. À sa demande à elle.

Je bats des cils, totalement décontenancé.

– Mais… ce n'est pas possible. Son mari est décédé dans cet hôpital il y a des années. Mon père est mort…

La main de Marc se pose sur mon épaule.

– Ce n'était pas votre père, monsieur. Ni un éventuel mari. C'était… un ami avec qui votre mère a partagé sa vie ces dernières années. Nous ignorions jusqu'à présent qu'elle avait quelqu'un. C'est… compliqué. On n'a pas eu le temps de vous prévenir avant. Ça vient d'arriver.

Je me sens comme si un camion m'avait roulé dessus. Abattu. Incompris. Manipulé. Le docteur me laisse un peu de temps pour m'habituer à cette nouvelle. Comme si c'était possible !

– Elle a laissé quelque chose pour vous.

Il me tend une enveloppe. Je n'ai qu'une envie : la déchirer.

– Prenez votre temps pour la lire. Normalement, je ne devrais pas vous communiquer son adresse. Mais après tout ce que vous avez fait pour cette personne, vous méritez bien un petit écart. Si vous le souhaitez, retrouvez-moi à l'espace café dans une heure, et je vous donnerai ce qu'il vous faut.

Incapable de parler, je le remercie d'un simple signe de tête et me laisse guider par Marc jusqu'à une salle d'attente d'un vert hideux qui donnerait la migraine à n'importe qui. J'ouvre l'enveloppe de mes doigts tremblants.

Benjamin,

Je ne t'appellerai pas « mon fils ». J'ai perdu ce droit il y a des années.

Je dicte cette lettre à Paul, mon ami, parce que tu mérites quelques explications.

Je n'ai jamais voulu être mère. J'étais faite pour être épouse. Et encore, à l'âge où je t'ai eu, je voulais juste… être moi.

Je ne voulais pas être mère. Je n'ai pas osé refuser un enfant à ton père. Je me suis retrouvée coincée avec des responsabilités que je n'avais pas demandées, alors quand elles sont devenues trop dures à porter, je suis partie.

Tu avais besoin de moi. Vous aviez besoin de moi. Mais je ne pouvais pas être là pour vous. Je ne le voulais pas. Tout comme je ne le souhaite pas aujourd'hui.

Tu vas penser que je suis un monstre, et tu auras raison, c'est le cas. Mais la bonne nouvelle pour toi, c'est que tu ne me ressembles en rien, sinon, tu n'aurais pas payé pour le traitement de celle que tu hais le plus au monde. Tu tiens de ton père, pas de moi !

Sois libre, Ben. Je ne te dirai pas que je t'aime, parce que j'ai décidé il y a longtemps d'arrêter de mentir. Mais je te souhaite d'être heureux, comme je le suis aujourd'hui.

Je relis la lettre plusieurs fois en attendant que mes émotions prennent le dessus. Pourtant, il n'y a ni colère ni haine. Ni déception ni frustration. Tout juste un profond sentiment de soulagement.

Lorsque ma mère est partie, m'abandonnant avec un père mourant, je l'ai attendue pendant des années, espérant qu'elle me sortirait de la galère dans laquelle je pataugeais. Je pensais à tort qu'elle éprouverait des remords à l'idée d'avoir laissé derrière elle son fils adolescent, qui avait dû se débrouiller pour grandir sans elle avec le lot de merdes que ça entraîne. Quel optimiste je faisais ! Je l'ai cherchée par mes propres moyens, à travers les réseaux sociaux, notamment. Sans succès. Avec le temps, j'ai fini par troquer l'espoir qui m'habitait contre l'amertume. Alors, quand les secours m'ont prévenu de son accident, j'ai tout juste éprouvé un peu d'étonnement en apprenant que pour elle, j'étais encore la personne à contacter en cas d'urgence. Sans doute parce qu'elle savait que je subviendrais à ses besoins, quels que soient mes sentiments à son égard.

Aujourd'hui, la boucle est bouclée. Je ne la chercherai plus. Je ne la détesterai plus. Elle va sortir tout simplement de ma vie. De toute manière, ce n'est pas comme si elle en avait fait partie, ces dernières années. Le fait qu'elle m'ait clairement annoncé qu'elle ne souhaitait pas garder le contact avec moi me fait comprendre que, finalement, je n'ai plus besoin d'elle. Je n'ai plus à chercher son amour. Je suis enfin libre.

Je tourne mon visage souriant vers Marc, qui doit se demander ce que j'ai fumé. Puis je balance la lettre à la poubelle.

– J’en ai fini avec ces conneries ! Si on allait plutôt profiter ensemble des jours qu’il me reste avant mon départ en Thaïlande ?

CHAPITRE 29

NITTA

Mes talons s'enfoncent dans le sol meuble du jardin du Chan Rak. J'aurais peut-être dû choisir des baskets plutôt que des escarpins, même si c'est plutôt moyen comme chaussures de mariée. Eh oui, c'est le jour J ! Je me retourne brièvement et souris à Kiwimaï, qui se charge de porter ma traîne. Elle me rend un sourire lumineux. Cette petite a quelque chose d'attachant qui la rend unique. L'univers s'arrête lorsque je croise le regard de Ben, qui m'attend devant l'autel. Incapable de patienter davantage, je trottine dans sa direction, déclenchant les rires amusés des convives.

– Pas trop stressée ?

– Si !

J'aperçois ma mère du coin de l'œil. Elle me sourit comme elle ne l'a jamais fait, et je me surprends à lui rendre son sourire, une drôle de sensation dans le ventre.

Je me tourne vers l'employé censé nous marier.

– Vous ne pouvez pas accélérer un peu, là ?

Ma propre impatience m'étonne. Je ne me reconnais pas. À côté de moi, Ben m'observe, intrigué. Je lui dédie un rictus tout ce qu'il y a de plus faux pour le rassurer. Ou me rassurer, moi. J'ai l'étrange sentiment de ne pas être à ma place. J'en saisis la raison lorsque l'employé s'adresse à moi.

– Kanitta, voulez-vous prendre Benjamin pour époux ?

Je suis devenue ma sœur.

Non, non, non !

Bom bom bom !

J'ouvre les yeux, passablement paniquée. C'était juste un rêve. Ou un cauchemar.

Je me redresse sur le canapé et m'empare du téléphone, qui indique que j'ai reçu un message de Ben. Le simple fait de lire son nom me fait sourire bêtement.

Je suis à l'aéroport.

Il devrait être là depuis hier. Mais il y a eu une grève, si bien qu'il n'arrivera que demain matin. À peine deux heures avant le mariage.

Ça va le faire !

La semaine qui s'est écoulée n'a pas été de tout repos avec les préparatifs de la cérémonie. Et je suis toujours aussi stressée, parce que je sais que ça va me briser le cœur de l'épouser pour de faux. Sur le papier, ce n'est pas moi qu'il épouse, mais ma sœur. Et dans les faits, c'est tout pareil puisqu'il faudra que je lui cède ma place dès sa sortie de prison, d'ici deux ou trois semaines. À peine le temps d'une lune de miel.

Profite de l'instant présent, me répété-je.

Je finis de me coiffer et rejoins Boon-Bee et Maï, qui viennent de frapper à ma porte.

– Pas de mecs à poil, on a dit, leur rappelé-je.

– Non ! On a dit : pas de strip-teaseurs, me corrige ma cousine. Si un homme a envie de se mettre nu, ce n'est pas moi qui l'en empêcherai.

Nous montons à bord de la voiture de la folle aux cheveux arc-en-ciel. Je me tourne vers Maï, assise à l'arrière.

– Si tu ne m'aides pas à tenir ma cousine, je te jure que je me venge dans une semaine.

– Tu seras trop occupée par le retour de Ben pour songer à ta vengeance.

Elle n'a pas tort. Il me tarde de le retrouver.

– Des nouvelles de Kanitta ?

– Aucune.

– J'ai pourtant interrogé ta mère, qui me jure qu'elle n'a pas d'infos, déclare Boon. La libération anticipée a été évoquée par le juge, mais c'est une décision qui ne sera prise qu'à la dernière minute.

– Libre à toi si tu veux la croire, dis-je en regardant le paysage défiler par la fenêtre.

– Elle m'avait l'air sincère…

Peut-être. Mais moi, j'ai perdu confiance en elle il y a longtemps.

Avisant l'endroit vers lequel on me conduit, je manifeste mon étonnement.

– Le port ?

– Oui. Il n'y a que les touristes et les personnes ennuyeuses pour croire qu'on peut dignement s'amuser à Keaa Ling, déclare Boon-Bee en sautant sur un bateau.

L'avantage quand on est né dans un village de pêcheurs en Thaïlande, c'est que naviguer est pour nous comme une seconde nature.

– Où est-ce qu'on va ?

– C'est un secret.

– Ne t'inquiète pas, me rassure Maï. On sera de retour demain matin, juste à temps pour que tu mettes ta jolie robe blanche. Ah, ce que j'ai hâte d'être à ta place !

Nous embarquons plus tard dans l'après-midi. Le soleil commence à se coucher quand je distingue notre destination.

– Bu Wei ?

Bu Wei, c'est un petit village de l'autre côté de l'île. Deux paires d'yeux aussi noirs que pétillants se tournent vers moi.

– C’est la pleine lune, bébé ! crient-elles à l’unisson. Ce n’est pas Koh Pha Ngan, mais ce sera sympa aussi.

Pour nous, habitants de la province de Surat, la pleine lune ne rime pas avec loups-garous, mais avec une fiesta démentielle.

Les « full moon parties » réunissent des milliers de fêtards de tous âges, locaux comme touristes. Connues à travers le monde, ces fêtes se déroulent sur les plus belles plages des îles de la tombée de la nuit au petit matin. Sans vouloir être chauvine, les meilleurs D.J. s’y sont déjà produits, et je mentirais si je n’avouais pas que j’ai envie de me laisser envahir par cette allégresse. Alors bien sûr, la fête qui se déroule sur notre île n’est ni aussi grande ni aussi connue que celle de Koh Pha Ngan, mais ça va me faire du bien de me défouler un peu ! La scène est déjà envahie par deux D.J. russes formant un groupe du nom d’Aurosonic. Je les connais, et je les adore. Mon cœur de fan bat un peu plus fort lorsque les premières notes de leur dernier morceau retentissent, accompagnées d’un envol des traditionnelles lanternes thaïlandaises.

Sept heures plus tard, je maudis l’allégresse. Je suis crevée ! Je n’ai qu’une envie : me coucher. Mais je ne regrette rien. Je me suis éclatée, et pendant ce laps de temps, je n’ai pas pensé à la journée de dingue qui m’attend demain.

Les filles n'ont pas réservé d'hôtel. De toute manière, ce coin de l'île n'est pas touristique. Lors des fêtes, les visiteurs passent la nuit chez l'habitant, ou bien dans des tentes. C'est pourtant un bel endroit : une plage de sable blanc bordée de cocotiers, avec des eaux turquoise comme sur les cartes postales. On a prévu de dormir à même le sable, à la belle étoile. Pour les rares heures de sommeil qui nous restent !

– Je reviens tout de suite ! Je n'aurais pas dû boire autant de mojitos.

Maï et Boon-Bee acquiescent à peine. Elles sont déjà presque endormies. On n'a plus vingt ans !

Poussée par mon envie pressante, j'avance tant bien que mal en direction des palmiers qui bordent la plage. Titubante, je m'enfonce d'un ou deux mètres dans la jungle. Il ne faudrait pas qu'un malotru me voie faire pipi !

Je baisse gauchement mon pantalon, ma culotte, et me plie en deux. Je me promets de ne plus jamais boire à l'excès. Derrière moi, les feuilles frémissent.

– Hey ! Ce n'est pas drôle, les filles ! Laissez-moi en paix !

Pas de réponse. Le bruit se rapproche. Je me retourne.

Mon reflet se marre, et mon sang se glace quand je reconnais ce rire.

Je fais un pas en arrière. La tête me tourne. J'aperçois la batte de base-ball qui pend à la main de ma jumelle.

Non, non, non !

Je lui tourne le dos pour fuir. Elle me rattrape, et en une seconde tout bascule. Un bruit sourd, une douleur atroce à l’arrière de mon crâne, puis plus rien.

CHAPITRE 30

NITTA

J'ouvre les yeux péniblement. Mon corps tout entier me fait mal. Assise sur un sol glacé, j'essaie de reconnaître l'endroit où je me trouve. C'est râpé. Je ne comprends pas ce que je fiche là. On dirait une cave.

Je tente de me lever, mais mon corps refuse d'obéir. Je me rends compte que mes jambes et mes bras sont ligotés avec des cordes et que le tout est attaché à une canalisation.

C'est quoi ce bordel ?

Ma tête me fait un mal de chien quand je la secoue. L'avantage, c'est que la douleur fait affluer mes souvenirs… La fête. La jungle. Kanitta.

Je cherche une fenêtre. Il y en a une, toute petite. Jamais je n'arriverai à l'atteindre. Je suis pieds et poings liés à cet endroit.

– Alors, tu ne chiales pas encore ? Moi qui pensais que ton Jules te manquerait.

La voix de ma sœur me paralyse.

– Tu ne me demandes pas ce que je fais là ? Dans mes souvenirs, tu étais plus curieuse. Bon, je vais quand même te le dire. Libération anticipée, et pas forcément pour bonne conduite.

Elle mime un geste obscène qui me donne envie de vomir.

– J'ai toujours su que les faux nichons que j'ai obtenus grâce au fric que tu envoyais à maman me serviraient un jour. Mais je ne suis pas ici pour parler de ça. Tu n'as plus besoin d'épouser Ben. C'était sympa de te dévouer, mais c'est à moi de m'y coller, maintenant.

Je secoue la tête, je crois être en plein délire. Ce n'est pas possible. Cette histoire de libération anticipée fiche tout en l'air. Je ne suis pas prête. Je dois l'arrêter avant qu'il ne soit trop tard.

– Kanitta… je…

– Ben quoi ? Tu n'es pas contente ? Je sais. Je suis arrivée hier soir et je t'ai entendue jacasser avec ta copine et notre cousine. Tu t'es tapé mon mec. Bon, ça ne fait rien. J'ai déjà couché avec plusieurs de tes ex.

Une lumière aveuglante envahit la pièce et ma jumelle apparaît devant moi. Vêtue de *ma* robe !

– Qu'est-ce que tu fous avec ça ?

– Ça ne se voit pas ? OK, la robe est un peu trop large pour moi étant donné que tu n'es qu'une grosse vache, mais elle me va quand même, tu ne trouves pas ? Je suis sûre que Ben va l'adorer.

Entendre le nom de l'homme que j'aime dans la bouche d'un tel monstre réveille toute ma colère. Je me penche en avant, autant que je le peux avec les liens qui me maintiennent attachée.

– Tu ne le touches pas, compris !

Elle ricane. Je me mords les lèvres, sans trop savoir pourquoi je réagis comme ça. Après tout, je ne devais pas me marier pour de vrai. Qu'est-ce qui me prend ?

– Sinon quoi ? Tu crois franchement que tu es en état de m'empêcher de faire quoi que ce soit ?

– Moi, non. Mais mes copines…

– Tes copines ? Tu veux rire ? On peut dire que vous vous êtes bien trouvées, elles sont aussi connes que toi.

– Jamais elles ne quitteront ce village sans moi. Tu es coincée ici.

– Tu n'as vraiment rien compris, hein ? Tu as une idée de l'endroit où tu te trouves ?

– Dans la cave d'un hôtel de la rive opposée de Keaa Ling ?

– Bien essayé, mais non. Tu n'es plus dans ce coin-là depuis quelques heures.

Je peine à cacher ma stupéfaction.

– Eh oui ! Je t'ai assommée. Puis je t'ai fait boire de l'eau, à laquelle j'avais ajouté de la BG… euh. HGB. Bref, tu vois le truc.

GHB. La drogue du violeur. Connasse !

– Tu t'es endormie comme un loir. Il m'a suffi alors de te ligoter et de te planquer dans le coffre de la voiture d'un mec que j'ai payé pour te conduire ici. Après une fête pareille, tout le monde pionçait, personne n'a rien vu !

Les yeux brillants et les joues rouges, elle a l'air complètement folle avec son sourire à la Jack Nicholson. Pour la première fois, je commence à avoir peur de ce qu'elle pourrait me faire.

– Quand tes copines se sont réveillées, on est rentrées au Chan Rak. Figure-toi qu'elles ne m'ont même pas reconnue.

Elle secoue la tête d'un air incrédule.

– Puis elles m'ont habillée, m'ont coiffée… comme dans les films occidentaux. C'était génial ! Dommage pour toi, tu ne pouvais pas être là. Et maintenant… maintenant je vais me marier avec un *farang*.

Ça, sûrement pas !

La voir me faire du mal m'a ouvert les yeux. Kanitta ne changera jamais. Que je me sacrifie pour elle ou non, elle restera la même parce qu'elle est pourrie jusqu'à la moelle. Je ne peux pas la laisser épouser Ben. Je me débats. Je hurle.

– Ça n'arrivera pas, Kanitta. Ben m'aime. Il se rendra compte de ta combine, et là…

Elle glousse comme une dinde. Bon sang, ce que son rire m'énerve.

– Ton mec t'aime ? Tu ne sais même pas qui est ton mec, en vrai.

Ma jumelle se met à fouiller dans son soutien-gorge et en retire une feuille pliée en huit.

– Ton fiancé te raconte n'importe quoi, Nittaya. Finalement, vous avez quelque chose en commun. Dommage que ce soit le mensonge.

Elle déplie le bout de papier et s'accroupit devant moi pour me montrer le texte imprimé. Il s'agit d'un article de journal écrit à l'origine en français, dans un thaï approximatif. On dirait une traduction en ligne, de celles que l'on trouve sur des sites de traduction automatique. J'arque un sourcil à son attention.

– Qu'est-ce que ça a à voir avec moi ?

– Pour une fois que ça me sert d'être allée à l'école… Lis et tu sauras.

La lueur mauvaise qui pétille dans son regard n'augure rien de bon.

– Je veux bien, mais tu le tiens à l'envers.

Elle soupire, le met à l'endroit.

Il est question d'épouses à vendre sur une petite île en Thaïlande. Les mots qui les qualifient sont blessants : *manipulatrices*, *menteuses*, *arnaqueuses*, *profiteuses*. Elles monnaient une fausse image de l'amour à de pauvres hommes solitaires. Bien sûr, je m'identifie à ces femmes et très vite, le doute s'installe en moi, accompagné d'un mauvais pressentiment. Certaines tournures me sont aussi familières que les lieux qui sont décrits. Par moments, j'ai l'impression que le texte parle de moi. Et il ne me fait pas de cadeau.

L'information ne parvient pas à pénétrer mon cerveau. C'est comme si mon esprit refusait d'envisager que Ben ait pu faire semblant, se servir de nous, de moi, juste pour écrire ce satané article. Tout avait l'air si vrai… J'y ai cru. Pour de bon.

Comment ai-je pu être aussi bête ? Croire que quelqu'un pourrait m'aimer, alors que mon sort indiffère ma propre mère et que ma sœur me hait ? Je ne suis que moi. Nittaya. La plus laide des jumelles. Celle qui se fait toujours avoir. Celle que personne ne préfère.

– Alors, tu intègres ?

Non.

Elle replie le bout de papier et le range lentement dans son soutien-gorge tout en gardant un œil sur moi.

– Tu sais quoi ? Moi aussi, j'ai cru qu'il t'aimait. Fallait vraiment qu'il soit en manque ! Bon, ce n'est pas tout, ça, mais j'ai des trucs à faire, moi. Je vais me marier, et après…

Elle s'approche de moi jusqu'à ce que son visage soit à moins de deux centimètres du mien. Sa main droite se ferme sur ma gorge avec force pendant quelques secondes, comme si elle peinait à retenir la haine qu'elle éprouve pour moi.

– Et après, une fois que je serai en France, je pourrai demander à maman de te libérer. Enfin, si tu n'es pas morte de soif d'ici là, conclut-elle.

C'est ce qu'on va voir !

Poussée par l'adrénaline que cette menace déclenche dans mon corps, je parviens à me projeter suffisamment en avant pour effacer la maigre distance qui nous sépare. Mes dents se plantent dans sa lèvre inférieure. C'est libérateur ! Je la mords jusqu'à ce qu'elle me flanque une gifle monumentale qui me renvoie en arrière. Mon crâne bute contre la canalisation. Puis c'est son pied qui s'enfonce dans mon ventre en vidant tout l'air de mes poumons.

La douleur physique est insoutenable, mais c'est la souffrance psychologique qui me terrasse quand je comprends que je n'arriverai pas à me défaire de mes liens à temps.

– Connasse !

Les coups pleuvent, comme les insultes. Puis ses pas s'éloignent, emportant avec eux une partie de mon âme.

CHAPITRE 31

BEN

– Plus vite, s'il vous plaît.

Le pêcheur me lance un regard agacé.

– Vous voyez un moteur sur ma barque ?

– Non.

– Alors, si vous voulez aller plus vite, vous n'avez qu'à ramer.

Nous sommes encore en pleine mer quand je commence à ramer. J'arrive au port à peine trois quarts d'heure avant mon mariage, en sueur et totalement épuisé, mais mort d'envie de retrouver Nitta. Elle m'a tant manqué ces derniers jours !

Apercevant la voiture de Boon-Bee, j'attrape ma valise et commence à courir vers le véhicule. À travers sa vitre baissée, je constate que ma fiancée n'y est pas.

– Monte ! Tu remarqueras que tu n'es pas en avance ! hurle la conductrice.

– Où est-elle ?

– Eh bien, à l'hôtel, devant la plage que vous avez réservée, en train de finir de se préparer ! Allez, grimpe !

Je m'installe à côté de Boon-Bee et commence à appeler Nitta. Elle ne répond plus depuis mon dernier message à l'aéroport de Paris.

– Tu es sûre qu'elle va bien ?

– Mais oui ! Je l'ai vue il y a une heure. Elle était plus chiante que d'habitude, mais c'est normal avec le trac. Allez, ça va le faire.

Ou pas. J'ai un mauvais pressentiment.

Non, Ben. Tu n'as pas un mauvais pressentiment. Tu as un mensonge gros comme l'océan Pacifique à avouer. Alors oui, ça craint.

Le trajet prend mille ans. J'exagère à peine. On dirait que toutes les vaches du monde se sont donné rendez-vous sur la route cabossée qui relie le port à Baan Talae. Plus nous avançons, plus je me tends. En passant, je laisse mon regard se poser sur Khwam. Bientôt, l'immense maison sera repeinte. J'espère qu'on arrivera à s'accorder sur les couleurs. J'aimerais quelque chose de fou, de détonant, d'incompréhensible, comme cet étrange amour qui nous unit tous les deux.

Mais mes inquiétudes reprennent vite le dessus et cette histoire de peinture ne retient pas longtemps mes pensées.

Le mariage va se tenir en plein milieu du jardin du Chan Rak. On a fait dresser une tente blanche dans laquelle une employée municipale et un bonze bouddhiste vont mener la cérémonie en petit comité. Arrivé au complexe hôtelier, je ne tiens pas compte des décorations et fonce en direction de la plage où se tient l'autel.

Apercevant Tukata, je l'agrippe par le poignet.

– Vous n'avez pas enfilé votre costume ? Vous allez vous marier en jean et tee-shirt ?

Si elle savait comme je me fiche de ma tenue !

– Où est Nitta ? Il faut que je lui parle. Elle ne répond pas au téléphone depuis hier soir !

La vieille dame se dégage, étonnée de ma brusquerie.

– Elle se prépare avec Maï. Elle a signalé avoir perdu son smartphone lors de son enterrement de vie de jeune fille. Souhaitez-vous que je lui fasse passer un message ?

– Non. Je voudrais surtout m'assurer qu'elle va bien, la voir de mes propres yeux.

Tukata croise les bras sur sa poitrine.

– On a décidé qu'on ferait un mix des traditions thaïlandaises et européennes. Par conséquent, vous ne pouvez pas voir la mariée maintenant !

Je me prépare à lui dire tout le mal que je pense des traditions à la con, mais la venue de Maï me coupe dans mon élan. J'abandonne l'entremetteuse pour la meilleure amie de ma fiancée.

– Où est Nitta ? Il faut absolument que je la trouve !

Je sais que j'ai décidé de ne rien lui révéler des intentions qui m'ont poussé à m'inscrire sur le site ThaïCupidoo. Mais je suis pris d'un mauvais pressentiment. Les yeux de Maï, habituellement doux, s'écarquillent d'étonnement.

J'ai conscience de me donner en spectacle, mais je n'en ai plus rien à faire. Je comprends seulement maintenant combien j'ai eu tort de garder le silence. J'aurais dû mettre Nitta au courant de toute cette histoire dès l'instant où j'ai commencé à avoir des sentiments pour elle. Ça m'aurait épargné d'être sur le point de péter un câble à quelques minutes d'un éventuel mariage avorté.

– Ah, la voilà. Fais attention à toi, elle a l'air sacrément de mauvais poil ce matin, me prévient Maï en désignant l'autel.

Je m'empresse de me tourner dans la direction indiquée. Ma première réaction est d'être simplement soufflé. La robe qu'elle a choisie lui ressemble tellement ! Blanche, de type occidental avec une longue traîne et des dentelles, elle compte également des broderies orientales. Je n'y connais pas grand-chose à la mode ou aux fringues, mais j'approuve entièrement son choix.

Je dois faire un effort important pour calmer mon esprit et me rappeler à l'ordre. Non, je ne vais pas l'épouser sans lui avoir dit la vérité.

Quand la marche nuptiale jaillit des haut-parleurs, un sourire triomphant se dessine sur ses lèvres, qui d'ailleurs sont plus épaisses que d'habitude. Comme ses seins. Je n'arrive pas à croire qu'il m'ait suffi de si peu de temps pour oublier ces détails ! Même son attitude conquérante m'étonne. Ça ne ressemble pas à *ma* Nitta. Mais c'est peut-être le stress qui me fait penser comme ça.

Son parfum musqué me submerge – ou m'étouffe – lorsqu'elle arrive à ma hauteur.

– Nitta, il faut qu'on…

Pas le temps de finir ma phrase, puisque sa bouche écrase la mienne. Elle n'attend pas mon autorisation pour me fourrer sa langue dans la bouche. Ses lèvres ont un drôle de goût. J'essaie de la repousser, sans succès. La voilà transformée en sangsue. Il faut croire que je lui ai manqué. C'est la première fois qu'un baiser de Nitta me déplaît.

Je prends conscience que quelque chose ne va pas. Je la bouscule afin de me dégager.

– Nitta, il faut qu'on parle. Je ne veux pas t'épouser sans t'avoir d'abord…

– Mais si, tu vas m'épouser, me coupe-t-elle. C'est le trac qui te fait délirer, là. Hop, dépêche-toi, le bonze est payé à l'heure.

Clairement, je ne la reconnais pas.

– Attends, Nitta. Je suis désolé de te dire ça comme ça, j'ai grave merdé, mais il faut que tu saches quelque chose.

Elle va encore l'ouvrir pour protester. Je réagis au quart de tour en posant ma main sur sa bouche pour la réduire au silence.

– Écoute-moi bien. Je suis Benjamin Vogel, journaliste. Je ne suis pas venu en Thaïlande dans le but de trouver une épouse. Je devais enquêter sur ThaïCupidoo. Jouer le jeu avec toi, te séduire, t'étudier, puis te plaquer après le mariage. Il n'était pas prévu que je tombe amoureux de toi, pourtant…

Elle me prend de court en réussissant à se dégager sous l'œil médusé des invités qui ne loupent pas une miette du spectacle.

– Tu es amoureux, c'est tout ce qui compte. Je te pardonne. Allez, épouse-moi maintenant.

Elle sourit à la cantonade, charmeuse. Je l'observe, scotché. Une des choses que j'aime chez Nitta, c'est sa capacité d'écoute. Capacité totalement absente, aujourd'hui. Je veux bien croire qu'elle a le trac. J'accepte volontiers que ma déclaration puisse la mettre en état de choc. Mais la Nitta que je connais ne me forcerait jamais la main. Jamais.

Une idée folle fait irruption dans mon esprit encombré.

– Tu n'es pas Nitta. Tu es sa jumelle ?

– Mais qu'est-ce que tu racontes ? Toi aussi, tu fantasmes sur les jumelles ?

Je fais un pas en arrière. Elle m'attrape par le poignet. Son contact m'écœure. Elle resserre sa prise jusqu'à ce que la douleur se manifeste. Puis elle se tourne vers la dame censée célébrer notre union.

– Bon, vous nous mariez ou pas ?

L'employée municipale et le bonze, comme tous les autres invités, nous observent avec un mélange de fascination et d'horreur.

– Non ! Non ! Arrêtez tout !

CHAPITRE 32

NITTA

Ben s'est servi de moi pour écrire un article qui me discrédite. C'est une évidence et je serais bête de la nier. Mais, est-ce que je peux pour autant prétendre qu'il ne m'a jamais aimée ?

On dit que les baisers ne trompent pas. Ce que j'ai ressenti avec lui est au-delà des mots. Ses gestes, son attitude, la manière dont il m'a comprise et acceptée telle que je suis. La façon dont il m'a fait vibrer dans ses bras, dont il s'est abandonné dans les miens. Je peine à croire que tout ça, c'était pour de faux.

Moi aussi, j'ai joué un rôle. Et pourtant, je l'ai aimé. Et je l'aime encore aujourd'hui, même si j'ai quand même envie de lui coller une gifle pour ce billet dégradant.

J'ai besoin d'éclaircir les choses avec lui, ne serait-ce que parce que je me sens enfin prête à révoquer le marché que j'ai passé avec Kanitta.

Et surtout, je ne peux pas prendre le risque de le laisser rencontrer ma sœur. Ma jumelle est folle à lier, j'en ai la preuve maintenant. J'ai peur de ce qu'elle pourrait lui faire s'il refusait de maintenir le mariage une fois qu'il saura la vérité.

Mais je n'arrive pas à me défaire de mes liens. J'ai beau frotter la corde contre la canalisation, ça ne fonctionne pas. Ou alors, c'est trop lent.

En entendant du bruit, je m'arrête. La porte s'ouvre sur ma mère.

J'entends des genoux qui craquent comme les miens, puis un bruit de frottement suivi d'une vibration au niveau de mes poignets.

Je me tourne vivement vers la femme qui m'a mise au monde. Armée d'un couteau de cuisine, elle est en train de défaire mes liens.

– Qu'est-ce que tu fiches ?

Elle lève ses yeux si semblables aux miens.

– Je te libère.

– Oui, j'ai compris. Mais pourquoi ? Kanitta a trop la flemme pour me détacher elle-même ? Elle a peur de se casser un ongle ?

– Kanitta ne sait pas que je suis ici, déclare-t-elle en se remettant à jouer du couteau sur mes cordes.

– Quoi ? Tu n'es pas avec elle ?

– Tu vois bien que non. J'arrive encore à distinguer mes filles !

Ma mère est aussi douée que moi pour parler à cœur ouvert. Je ne sais même pas quoi dire. C'est elle qui brise le silence gêné qui s'est installé autour de nous.

– J'ai fait une erreur, et je la répare. Kanitta ne changera pas. Je me suis trompée sur toute la ligne.

Je n'ai pas dû bien comprendre. Ça ne peut pas être en train de se passer. Ma jumelle a dû me cogner trop fort.

– Je ne t'ai jamais aimée moins que Kanitta. Quand vous étiez enfants, ta sœur était plus demandeuse que toi. Je me suis habituée à être à ses côtés plutôt qu'aux tiens, puisqu'elle réclamait mon attention sans cesse. Il faut dire que chaque fois que je tentais un rapprochement avec toi, Kanitta trouvait un moyen de me le faire payer.

Un événement particulier me revient en mémoire. Je devais avoir quatre ans, et j'avais fait une chute sur le chemin de retour de l'école, je m'étais ouvert la main. Ma mère avait voulu me soigner. Tandis qu'elle nettoyait ma plaie, ma jumelle avait ouvert le tiroir de la commode pour découper les vêtements de maman.

– J'aurais pu la punir, être plus ferme avec elle. Mais la vérité, c'est que je ne savais pas comment faire. J'étais tellement dépassée ! Toi, tu avais l'air équilibrée. Tu avais ton père, qui t'aimait très fort. Je pensais sincèrement que ça te suffirait. Quand je me suis rendu compte que tu souffrais, c'était trop tard. Tu me détestais déjà.

– Pourquoi est-ce que tu réagis maintenant ?

Je ne peux pas m'empêcher de me méfier. Ce n'est pas comme si j'avais entretenu une relation basée sur la confiance avec elle.

– Parce que Ben a l'air d'être un chouette type. Il m'a fait penser à ton père. Et il t'aime, Nitta. Ça, je le sais.

– Si je te disais qu'il a fait semblant pour mieux m'entuber ?

Elle me regarde dans les yeux.

– Ta sœur m'a raconté, oui. Mais il y a des choses qu'on ne peut pas simuler. Libre à toi de penser ce que tu veux, mais moi, je crois en vous.

Tandis que je médite ses mots, elle réussit à détacher mes mains. Je la vois qui s'attaque aux liens de mes pieds. Je me lève lentement lorsqu'elle y arrive. Mon corps entier est engourdi et douloureux. Elle passe un bras sous mes épaules pour m'aider à avancer. Le contact physique avec cette femme si froide me fait un effet bizarre.

– Tu sais, ce n'est pas parce que tu m'aides aujourd'hui que je vais passer l'éponge sur tout ce que tu as fait.

– Je ne cherche pas à effacer l'ardoise. Je ne veux même pas de ton pardon. C'est le mien qu'il me faut. Je veux pouvoir me regarder dans une glace.

Ça se tient. De toute manière, je n'ai pas le temps d'analyser la situation, j'ai un mariage à faire annuler !

Une fois dehors, je découvre que nous étions à Khwam. Dans la cave. Je ne l'avais même pas reconnue. La voiture de ma cousine m'attend, mais sa conductrice est introuvable.

– Où est Boon-Bee ?

– Au mariage. Je lui ai piqué sa voiture dès qu'elle a déposé Ben.

Ben...

– Vite, nous n'avons pas de temps à perdre.

J'avais oublié à quel point la conduite dans mon pays natal peut être hasardeuse. À croire que le Code de la route est un mythe, ici. Après avoir vérifié que ma mère est toujours entière, je me gare sur le parking du Chan Rak.

– Cours, ma fille. Ne la laisse pas gagner, cette fois !

Je cours comme une dératée à travers le complexe jusqu'à ce que j'avise la tente qui devait abriter notre mariage. Les invités semblent choqués. Vêtue de ma robe, Kanitta s'accroche à Ben, qui n'a pas l'air dans son assiette. L'employée municipale, interpellée par ma jumelle, fait quelques pas vers le couple.

Je ne vais certainement pas permettre cette horreur !

– Non ! Non ! Arrêtez tout !

Tous les visages se tournent vers moi, comme dans les films. Je me fais l'effet de cette fille hystérique qui rend la vie impossible à son ex en interrompant un mariage. Je m'en fiche !

– Ben, tu ne peux pas épouser cette folle.

Ses traits s'adoucissent lorsqu'il me voit. Aussitôt, je lis dans son regard qu'il me croit.

– Nitta !

Il parvient à se dégager de Kanitta et court à ma rencontre. Je le prends dans mes bras malgré la douleur.

– Nitta, il faut que je te parle. Je ne peux pas t'épouser parce que… parce que je t'aime. Ou je peux t'épouser, mais seulement après t'avoir révélé toute la vérité.

Je ris, étrangère à tout le vacarme autour de nous.

– C'est la phrase la plus incongrue que j'ai entendue, mais je suis tout à fait d'accord avec toi. Je ne veux pas t'épouser dans ces conditions non plus… parce que je t'aime aussi ! Je sais que tu es journaliste, je sais tout, mais je t'aime.

Je me hisse sur la pointe des pieds pour l'embrasser et dès l'instant où nos lèvres se touchent, je me sens chez moi. Peu importe ma douleur, peu importe son mensonge ou encore le mien. Là où les cœurs s'aiment, il n'y a plus que la vérité.

– Je suis désolé pour tout, murmure-t-il entre deux baisers.

Il y a tant de tendresse dans son regard ! Comment ai-je pu douter un seul instant de lui ?

– Je t'ai menti aussi. Je me suis fait passer pour Kanitta pour te séduire parce qu'elle était en prison. Je devais recevoir Khwam en échange.

Le cœur battant, j'attends sa réaction en mordant mes lèvres gonflées par ses baisers. Lorsqu'un sourire amusé illumine ce visage que je croyais ne plus jamais revoir, je m'autorise enfin à respirer.

– Quel beau couple de menteurs nous faisons.

Il me serre plus fort contre lui. Là où rien ne peut m'atteindre.

– Aujourd'hui, on recommence tout. En mieux, déclaré-je.

– Et sans mensonges.

Soudain, un cri à mi-chemin entre le hurlement d'un loup et celui, plus effroyable, de l'humain se cognant le petit orteil, nous sort de notre petit nuage.

Menés par ma mère, les invités ont ceinturé Kanitta. Le bonze essaie de l'attacher avec le ruban adhésif qui a servi à accrocher les décorations.

– J'ai appelé la police, annonce Maï en brandissant le téléphone de John. Ils arrivent demain.

La Thaïlande. Son rapport distance-temps. M'y habituerai-je à nouveau un jour ?

– En attendant, emmenez-la au spa. J'ai la clé du sauna qui surchauffe, suggère Tukata en brandissant un trousseau.

– Non ! Pas au sauna ! Ça va abîmer ma peau. Pas au sauna !

Alors que ma mère et d'autres invités l'emmènent, elle parvient à s'arrêter devant moi. Ses yeux remplis de haine me détaillent de la tête aux pieds. Ça ne me touche même plus.

– Ce n'est pas parce que je ne serai plus là que maman t'aimera, tu sais ?

C'est ma mère qui lui répond avant que j'aie pu trouver ma réplique.

– Je l'aime, Kanitta. Je vous aime toutes les deux. Je ne sais simplement pas comment vous le montrer.

J'échange un regard lourd de sens avec celle qui m'a mise au monde avant qu'elle n'entraîne ma jumelle vers l'hôtel. Je ne peux pas dire que je l'aime en retour. Mais ce qu'elle a fait pour moi aujourd'hui est peut-être un pas vers le respect mutuel. Pour le reste, on verra plus tard.

C'est un regard plein d'espoir que je braque sur Ben. J'ai cru mourir aujourd'hui. Mais c'est plutôt une renaissance.

– C'est quoi, cette journée de fous ?

Je ris.

– Je ne sais pas. Mais pour le moment, c'est la meilleure journée de ma vie.

– Et encore ! intervient Boon-Bee derrière moi. La fête n'a pas commencé.

Elle a raison. Ce n'est pas parce que le prétexte est totalement foireux qu'on ne peut pas s'amuser ! Enfin libres de nos mensonges, enfin nous-mêmes, nous passons un moment inoubliable.

Le buffet est délicieux, la musique, agréable et nos invités, charmants. Surtout Tukata, qui nous fait rire aux éclats. Et Maï, très tendre et pleine de joie. Ma mère reste un peu en retrait, mais elle est présente et s'abstient de toute critique. C'est déjà un énorme pas en avant.

Reconnaissant une de mes chansons préférées, *Nights in White Satin*, j'invite Ben à danser. Je sais que ce n'est pas conforme à la tradition, mais ce n'est pas un vrai mariage. Et puis, je fais ce que je veux ! Qu'on échange nos vœux ou pas, c'est notre bonheur à nous qui compte !

Une main qui me fait frémir logée au creux de mes reins, il m'entraîne au milieu de la piste de danse improvisée. C'est-à-dire une simple pelouse entre trois cocotiers.

Nous sommes là, l'un contre l'autre, comme si de rien n'était, alors que rien n'a été décidé. Nous n'avons pas abordé un seul sujet qui fâche, alors qu'en fin de compte, nous ne nous connaissons pas réellement.

Aimer sans se connaître, c'est possible.

Une lueur malicieuse pétille dans son regard.

– Balance ce que tu as dans la tête, Nitta. J'ai l'impression que de la fumée va te sortir des oreilles d'une minute à l'autre.

On se connaît peut-être un peu, finalement !

– Et maintenant, qu'est-ce qu'on va faire ? Tu as l'intention de retourner en France, comme c'était prévu au départ ?

Il hausse un sourcil interloqué.

– Sans toi ? Jamais de la vie. Je ne suis pas seulement tombé amoureux de toi, Nitta. Je suis aussi amoureux de ton pays, de Khwam, de ta vie.

Alors, si tu me le permets, j'aimerais rester ici avec toi. À moins que tu veuilles retourner là où tu vivais avant que ta jumelle ne refasse irruption dans ta vie.

Je secoue la tête sans pouvoir m'empêcher de sourire.

– Non, je reste en Thaïlande avec toi. Plus rien ne me retient à New York.

– À New York ? C'est là que tu vivais ?

J'opine en silence, un peu anxieuse à l'idée qu'il le prenne mal. Je lui ai quand même servi un énorme mensonge en me faisant passer pour la fille qui n'était jamais sortie de chez elle.

– Bon sang, ce que j'ai dû avoir l'air con avec mon explication des hamburgers, à Pattaya !

Un peu de rouge colore ses joues. Il est plus qu'adorable ! Je l'embrasse sur le bout du nez.

– Con, oui. Mais surtout craquant. Je t'aime, Benjamin.

– Je t'aime aussi, Nitta.

Nous échangeons encore un de ces baisers qui me bouleversent. Le bonheur est partout. Absolument partout.

– Finalement, ce mariage sans mariage est génial.

Un sourire espiègle éclaire son visage.

– Oui. Vivement le prochain. Enfin, le prochain vrai.

– Le prochain vrai quoi ?

– Oui. Si tu veux bien.

Ça fait enfin tilt dans mon cerveau surexcité.

– Hein ? T'épouser ?

– Oui. Mais pour de vrai, cette fois. Ça te dit ?

– Tu… euh… tu peux répéter ?

Je ne suis pas certaine d'avoir bien entendu.

– Nittaya Panissara, veux-tu m'épouser, POUR DE VRAI ? crie-t-il afin que tout le monde l'entende.

Son regard pétille d'espoir. C'est fou. C'est dingue. C'est totalement irréfléchi. Ma réponse est immédiate.

– Oui ! Ça a toujours été oui !

ÉPILOGUE

– Ne bouge pas.

– Aïe !

– Je t'avais dit de ne pas bouger.

Je me mords les lèvres sans rien ajouter tout en couvant d'un regard méfiant les épingles dorées que Maï a décidé de me planter dans la tête. Ou plutôt dans le chignon.

– Sans ça, ton voile ne tiendra pas, et ton mélange Orient-Occident, tu pourras le jeter aux oubliettes.

Elle a raison. Je baisse les yeux sur ma tenue, une longue jupe écarlate qui met mes formes en valeur ainsi qu'un haut doré qui dévoile le nombril, le tout en soie conformément à la tradition thaïlandaise. Cette dernière année passée sur le sol de mon pays m'a permis de me réconcilier avec celle que je suis réellement. Désormais, je ne cherche plus à me démarquer. Ni à rentrer dans le moule. Je suis moi, juste moi, et ça me convient très bien. Je n'ai plus besoin de me cacher. Et j'apprends peu à peu à gérer mon anxiété.

– Où est le voile ?

Pour toute réponse, Maï me jette un regard paniqué qui décuple mon stress.

Quand je disais « peu à peu », c'était peut-être exagéré.

Je sursaute lorsque la porte s'ouvre. Ce n'est que ma mère, accompagnée de Kiwimaï, ma nièce. Ma sœur ayant disparu pour de bon, ces deux-là ont fini par s'adopter de manière définitive. Ce que ma mère n'a pas réussi à m'apporter à moi, elle le donne à cette fillette. La vie lui a offert une seconde chance et elle l'a saisie de toutes ses forces. Entre elle et moi, l'ambiance n'est pas toujours au beau fixe, mais cela me rend heureuse de la voir construire quelque chose de neuf avec ma nièce. On croit à tort qu'on devient mère sitôt le bébé expulsé de l'utérus. Or, l'amour inconditionnel que l'on voue à son enfant n'est pas toujours inné. Il en va de même pour le bambin qui n'a jamais demandé à exister et qui se retrouve à devoir faire face à de parfaits inconnus qu'il lui faut nommer « parents ». Mais si la magie de l'amour n'opère pas toujours dès les premiers instants, il arrive qu'elle devienne encore plus puissante lorsqu'on a appris à la construire.

Je ne sais pas si j'aime ma mère. Ce qu'elle m'a fait est trop ancré en moi. Mais je dois avouer que je suis heureuse qu'elle fasse partie de ma vie, désormais.

– J'ai le voile. Tu l'avais oublié hier lorsque tu es venue l'essayer à la maison !

Et finalement, c'est peut-être elle qui va sauver mon mariage.

Je lui souris, sincèrement reconnaissante, le cœur empli de joie. Boon-Bee et Tukata nous rejoignent, apportant leur énergie et leur bonne humeur habituelles.

– C'est le moment ! s'exclame celle qui est toujours directrice de ThaïCupidoo après avoir fixé le voile.

– OK, j'y vais.

Je commence à me diriger vers la sortie quand la vieille dame m'attrape par le poignet.

– Tu ne vas pas y aller comme ça ! On a dit qu'on la jouait un peu à l'occidentale. Il faut que quelqu'un te conduise à l'autel.

On a pourtant préparé mon mariage au millimètre près. Comment ce détail a-t-il pu nous échapper ?

Je scrute les filles, en quête d'une idée. Habituellement, c'est un homme qui accompagne la mariée. Mais en dehors de Ben, je n'en ai aucun dans ma vie. Même John n'est plus dans les parages depuis que Maï lui a proposé de faire un break. Eh oui, elle a décidé de ne plus prendre la fuite. De ne pas quitter son pays, mais d'affronter ses démons et de venir en aide à celles qui n'ont d'autre choix que de vendre leur corps. Et je l'admire pour ça, mais ça ne résout pas mon problème !

Ma mère, gênée, fait un pas en arrière. Elle semble certaine que je ne vais pas la choisir. Boon-Bee arrange ses cheveux aux couleurs de l'arc-en-ciel, comme s'ils lui faisaient soudain honte. Tukata se croit sûrement trop vieille, Kiwimaï, trop jeune et Maï, trop indigne.

Je m'en fiche. Désormais, toutes ces femmes font partie de mon existence et sans elles, il me manquerait l'essentiel.

– Rien à faire des traditions. On y va en bande !

C'est de la folie, et c'est sûrement pour ça que je sais que c'est la chose à faire.

Entourée par les femmes de ma vie, je me retrouve dehors. Le jardin de Khwam a été décoré pour l'occasion. Rien de trop voyant, juste quelques fleurs par-ci par-là, sans quoi les animaux que nous accueillons seraient déroutés.

Eh oui ! Nous avons ouvert depuis peu notre refuge. Quant à l'hôtel, nous hébergerons les premiers touristes dans trois mois, pour le plus grand bonheur des habitants de Keaa Ling qui auront une source régulière de revenus. D'après l'accord que Ben avait passé avec ma sœur, ils devaient s'envoler pour la France deux semaines après le mariage. Mais il a décidé de prolonger ses vacances en Thaïlande, le temps que le projet aboutisse.

Nous avons choisi de célébrer le mariage sur la plage. Ma vie s'est arrêtée là lorsque mon père s'y est noyé. C'est aussi là qu'elle recommence aujourd'hui. Et lorsque la brise marine souffle sur moi, faisant danser mes cheveux, j'ai l'impression qu'il est toujours avec moi.

Je distingue la tente dressée pour l'occasion, autour de laquelle s'amassent quelques invités. Je reconnais Marc, le meilleur ami de Ben. Sarah, mon assistante. James, l'informaticien, qui a un singe perché sur l'épaule. Il y a même la famille estonienne qui me logeait lorsque je vivais à New York. J'ai décidé de tout recommencer. De donner une chance à l'amitié, même à distance. Et j'ai été grandement récompensée.

Mais ma plus grande récompense, elle se tient devant moi. Ben. L'homme qui a tout plaqué pour moi. Pour nous. Après avoir rencontré le succès grâce à son article ordurier, il a envoyé balader sa carrière de gratte-papier pour s'investir totalement dans Khwam.

Il a depuis ouvert un blog dans lequel il raconte en toute sincérité ses aventures thaïlandaises, son quotidien à Keaa Ling. Il paraît qu'il a beaucoup de succès. C'est d'ailleurs grâce à cela que notre projet pour Khwam a pu se développer aussi vite.

J'oublie toutes mes considérations pour me concentrer sur l'instant présent. Sur son corps athlétique qu'il cache sous un costume noir dans lequel il doit crever de chaud – vivement qu'il l'enlève. Sur le sourire joueur qu'il m'adresse. Sur son regard pétillant d'amour.

Ne pas lui sauter dessus pour l'embrasser alors qu'il est à portée de main est un véritable supplice.

Et puis merde !

Sans attendre l'accord du bonze bouddhiste, du prêtre catholique et de l'employé municipal, nous nous embrassons jusqu'à ce que nos cœurs s'enflamment.

L'amour comme le bonheur grandissent quand on les cueille, pas quand on les contemple.

REMERCIEMENTS

Nitty, tu m'as fait découvrir un univers totalement opposé au mien. Tu as répondu à mes questions avec la patience d'une sainte et tu m'as fait rêver en partageant ton vécu avec moi. Je suis tellement contente d'avoir fait ta connaissance devant l'école alors que nous étions aussi paumées l'une que l'autre au milieu des autres mamans.

Alice, mon éditrice, toi aussi, je te remercie pour ta patience. Et il en faut, pour me comprendre, pour me guider. Tu as su améliorer mon texte et démêler l'inextricable nœud que j'avais dans la tête. Merci, merci, merci ! Tu dois être un Jedi, je ne vois pas d'autre explication.

Lina, mon petit troll, du haut de tes dix ans, tu m'as soutenue, tu m'as épaulée, et tu m'as secouée chaque fois que je baissais les bras. Tu as l'étoffe d'un coach. Un coach un brin diabolique, mais le meilleur des coachs quand même.

Alex, merci pour ton enthousiasme. La lecture, ce n'est pas ton fort, mais tu aimes écouter les histoires, surtout quand elles racontent quelque chose de drôle. J'adore partager ça avec toi.

Guillaume, ma boussole, merci d'être toujours là, quoi qu'il arrive. Je serais perdue sans toi.

Lætitia, Alix, Apio, Lydia, Gaëlle, Porntitta, Matthieu, Thomas, Aly, Elina, Amel, Évelyne, Fanny, Mireille, Valérie, vous me suivez pratiquement depuis le début et j'ai tellement de chance de compter sur vous !

Et merci à toi, qui que tu sois, qui me lis aujourd'hui. Tu es la raison pour laquelle j'écris chaque jour.

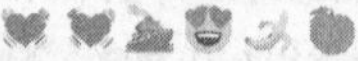

